韩殇◎著

血旗袍

天津人民出版社

图书在版编目（C I P）数据

血旗袍 / 韩殇著. —天津：天津人民出版社，2012. 1

ISBN 978-7-201-07251-7

Ⅰ. ①血… Ⅱ. ①韩… Ⅲ. ①长篇小说-中国-当代 Ⅳ. ①I247. 5

中国版本图书馆CIP数据核字（2011）第240786号

天津人民出版社出版
出版人:刘晓津
（天津市西康路35号 邮政编码:300051）
邮购部电话：(022)23332469
网址: http://www.tjrmcbs.com.cn
电子信箱: tjrmcbs@126.com
天津泰宇印务有限公司印刷 新华书店经销

2012年1月第1版 2012年1月第1次印刷
880×1230毫米 32开本 7.5印张 1插页
字数：150千字
定价：25.00元

C O N T E N T S

目　录

引子

暗红色的天空弥漫着诡异的气息，整个城市笼罩在黄色的沙尘之中，十年难得一见的沙尘暴竟然侵袭了这座高贵而典雅的城市，街上的人们无不戴着口罩，行色匆匆。没有人愿意在这浑浊不堪的街上多停留一分钟，冯瑶也是。

停靠在路边的车辆上覆盖着厚厚的一层沙尘，她伸手打开自己的轿车，忙不迭关上车门，生怕那些飞扬的、肮脏的尘埃肆无忌惮地钻进来。风素来是无孔不入的，她可不愿自己的爱车变成另外一个疮痍的沙场。

车上的男人在等她。眉目清秀，嘴上叼着烟，眯起的眼睛就像一条线。

“把烟灭了。”她瞪着男人，神色严肃。“我说了别在车上抽烟，最讨厌那股难闻的烟味了。”

男人蜻蜓点水般地一笑：“是是是，我的大小姐。”

“林峰，我还是有些担心见到你妈，万一她不喜欢我……”

男人凑过脸去，用胡碴子在她脸上蹭了一下，双手轻柔地抚着她柔顺的发丝：“你就放心吧，我妈不是那么难相处的人，她和一般家长不一样，你见了就知道,她是个通情达理的人。你就一百个放心吧。坐好了,出发了。”

车子逐渐驶出混沌的城市,沿途是排列整齐的法国梧桐,视线所及也就如此,更远的地方完全是沙尘的海洋。

她的心里忐忑不安,总觉着这一趟会有什么事情要发生,女人的第六感向来很准。不过就是去见婆婆,又会发生什么事呢?

城郊的空气比城里的要清新许多,这让原本纠结郁闷的她稍稍宽了心,心情自然也愉悦了。至少不会像刚才那般焦躁不安。

长青路15号,这是一座古老的洋房。有人说它建于明清时期,也有说更早,谁知道呢,总之它是林峰的先辈花重金买下颐养天年的宅院。人一辈子发奋打拼,最终就是想要找个栖身之地,和自己的家人了此一生。他的祖辈们做到了,而且惠及子孙,林峰就是靠着先祖们留下的大笔遗产才有了如今的成就。林峰的父亲去世之后,老宅子里就只剩下林母一人。

铁门缓缓打开,林母知道儿子要带媳妇回来,早早就叫保姆在外候着,而自己则亲自下厨做了一桌丰盛的菜肴。说起来,林峰也有好几年没有吃过母亲烧的菜了,着实怀念。

冯瑶自进入宅子就有一股说不出的压抑感,那些年近古稀的陈设,虽然说价值连城,但在她的眼中却异常的诡异。仿佛和这西式的建筑格格不入。这就好比一个外国人穿着中国人的旗袍,怎么看怎么不舒服。旗袍?她的脑海里怎么突然会闪现这个词?

大厅正上方的那幅古代名画引起了她的注意,遒劲的笔墨渲染出来的山水栩栩如生。一轮皓月悬于半空,亭台楼阁间满是银白的光晕。倚窗而望的是……那一点朱砂,不,是一个身着红色旗袍的女子。是女子。她慢慢向前走了几步,目光聚焦在画中的女子身上。画中人似是也在凝视着她,直直地,冷冷地盯着她,哀怨得像是有一肚子愁苦要倾诉。

“冯瑶,妈在跟你说话呢!”林峰推了推入了神的冯瑶,力度有点大。

冯瑶恍然道:“哦……不好意思,我刚刚走神了。”她侧过脸看着林峰,林峰会意地重复了一遍母亲的问题:"妈让我们在这儿住两天,反正城里的沙尘暴那么严重。"

冯瑶抿着嘴,将林峰拉到一边,小声说道:"林岚和林珂还在老师那儿呢……"

"有老师看着,你还怕什么。妈留我们住,难道要拒绝? 好了好了,就这么定了,在这儿住两天。"林峰拍着冯瑶的肩,转头笑呵呵地冲母亲说道:"妈,我们就在这儿住两天。"林母皱着的眉头突然舒展了开来。

冯瑶的不安又一次在心头作祟,从进屋到现在总感觉到有一双眼睛在盯着自己,或者是正前方,或者是侧面,或者是身后的某个位置,又或者是头顶上。也许是画中的那个女子吧……

宅子里的每一个人都古里古怪的,除了自己的丈夫林峰还算正常,其余每个人都不像生活在这个年代的人,阴阳怪气的。尤其是林母,穿着几十年前的服饰,当然,她不能当着林峰的面说这些事,更不能表露自己内心的想法,否则只会被扫地出门。她爱林峰,她可不想因此而断送自己美好的婚姻和幸福。

夜静得可怕,连睡在身边的林峰的呼吸声都被放大得清晰可见,那种均匀的节奏就像刚出生的婴儿。

冯瑶睁着眼睛,环顾着房间里的每个角落,始终无法闭上眼睛,她能够体察到那双隐形的眼睛正在诡谲地看着她,至于是从哪一个方位,她无法预测。

阴沉漆黑的房间幸好还有一丝淡淡的月光,洒落在木质的地板上。

她的心跳因着门外骤然响起的细微脚步声乱了节奏,仿佛剧烈得就要跳出咽喉,生生地跳到她的眼前。"咯噔","咯噔",是高跟鞋踩在地板上的声响,清脆而利落,急促而短暂。"咯噔","咯噔",越来越近。声音在门口戛然而止,是定在门外窥视屋子里的情况吗?

冯瑶的身体因为紧张而开始抖动,尽量压低呼吸的声音,甚至憋着一口气，不敢吐出去，生怕暴露自己所躺着的位置。

为什么没有声音了？没有了声音反而更让她感到恐怖和害怕……因为她知道，只有一种人走路不会发出声音，因为她们没有脚。鬼，她克制着自己不去联想到这个字。只是显然她的大脑已经不再接受她的控制，完全处于凌乱状态，思绪繁乱。

她用力地推了推身旁睡得跟死猪一样的林峰，企图推醒他，林峰虽然身体示意性地动了动，可转头又呼呼睡去。

不要触动门把，她极度害怕门外的人会扭转门上的把手。是人，一定是人！她在心里自我暗示道。这个世界上不可能存在鬼，不可能有鬼。否则我们人类根本不可能存活到现在。没有鬼，没有鬼。

她掀开被子，赤着双脚一步步地走近门边，每一步都踩得小心翼翼。两步、一步……她拍着自己的胸脯，闭上眼深深地吸了一口气，壮起胆子，双腿弯曲，不断向下俯身。她细长的头发缓缓及地，她要透过门下的细缝看到外面。

门外漆黑一片，似乎什么也没有。难道是自己疑神疑鬼？刚才根本就没有什么脚步声。或者……如果外面那个穿着高跟鞋的女人也像自己一样贴在地板上透过缝隙往里看，那么自己正对着的那片漆黑不就是对方直视的眼睛。

她被自己的想法惊到，全身上下的鸡皮疙瘩瞬间爬满皮肤，房间里流动的空气吹在她的身上，那种刺骨森冷的触感被放大了数倍，让她战栗着起身又不是，俯着又不是。

她的神经在一瞬间几近绷断，大脑里唯一的指令便是僵持着不要动，事实上她根本不能动，仿佛有一双冰冷的手正死死地抓着她白皙纤长的双脚，有一双挂着血丝的眼睛正一动不动地盯住自己。

也不知是多久之后，林峰蓦地坐起来，疑惑地看着她："冯瑶，你在干嘛？"见她没有丝毫反应，于是走到她身后，将手搭在她的肩上，冯瑶忽然尖叫了一声："啊！"声音尖锐刺耳，穿透云霄。

林峰倒是被她这突如其来的尖叫吓了一跳,“怎么了? 你,半夜三更的,好端端地站在这里做什么?”

“门外……有人!”冯瑶是颤抖着说出这几个字的,显然有些吃力。

“有人?!”林峰质疑地看着冯瑶,随即开了门,外面一片宁静。“什么也没有。”

走廊的灯骤然亮了起来,冯瑶的尖叫吵醒了已经睡着的林母。她披着一件白色的外衣,从自己的房间出来,关切地问道:“发生了什么事?”

“呵呵,妈,没事,冯瑶做噩梦了。吵到您了吧?”林峰急着替她解释道。

“哦,可能是第一次来,住得不习惯。明天我给你炖点参汤压压惊。”林母打着哈欠,看着失魂落魄的冯瑶,“没事就早点休息吧。”

林峰关上门,将冯瑶拉到床上,冯瑶惊魂未定,委屈地低垂着头,知道自己这一叫估计毁了在林母眼中的良好形象。她素来比较敏感,只是她不明白为什么自己明明听到了脚步声,怎么就没了呢?

“林峰,我真的听到有女人的脚步声,而且是穿着高跟鞋。”冯瑶执意坚持自己的听觉没有问题。

“这不可能,这个家里根本不可能有人穿高跟鞋。一定是你听错了。我看是你想太多了。好了,睡觉吧。有什么事明天再说。”林峰没有等冯瑶开口便熄了灯。冯瑶哽咽着把要说的话放回肚子里,夜又一次恢复了静寂。

幽冷的月光映在白色的窗纱上,白得迷离,白得剔透。冯瑶试着说服自己,只是幻觉,只是幻听。她试着用所有的唯物主义理论来说服自己,但最终还是难以战胜内心的恐惧。没有可能的,如果是一个正常人怎么会凭空消失呢? 她分明在门外停住了脚步。还是……她已经进入了房间,就躲在某个冯瑶所不知道的角落。不,她根本不用躲,因为她根本不是人。她在哪儿? 床上吗? 自己的床头? 还是床底?

有液体正在滴落,滴在她的脸上,一滴、两滴……它们想要吞噬她的头颅,她的身体,她的一切一切。

她猛然坐起来,有一道白色的光亮闪过,划过她的眼睛。镜子,是正对面的镜子反射的月光。她将视线落在镜子中，双脚什么时候已经迈了出去，镜子里的那个女人是自己吗？那张扭曲的脸在月光下显得异常诡谲。她的眉目似曾相识，还有唇上那浓郁的胭脂，红得犹如绽开的牡丹，倒像是拿嫣红的血液涂染的。

怎么她的衣服……是一身大红色的锦缎旗袍，而且有液体正在一滴滴从她的嘴角滴落在那身华美的旗袍上。一点点晕开，就像泼墨的水彩在宣纸上逐渐渲染开来。

那不是自己！那不是。她不能动弹半分，一双手正滑过她的发丝，环住她的脖颈，细长尖利的暗红色指甲正一分一寸地刺入她的脖子上的皮肉。那种撕心裂肺却又无可奈何的疼痛让她几乎窒息而死，那个女人，好熟悉，是画中人！画中的女人！

"咯噔"，"咯噔"，又是一阵稀疏错落的脚步声，从门外的某个地方传来，缭绕在空空荡荡的走廊，飘进冯瑶所在的房间。

冯瑶咳嗽了两声，大脑恢复了清醒，自己的双手正死死地掐着自己的脖颈。你到底是谁？她白痴地问出这个问题，在她的潜意识里已经将自己刚才不可理解、莫名其妙的行为归在了鬼神身上。一个正常人怎么会无缘无故掐着自己的脖子呢？那种力度简直是想要致自己于死地。

是那个女人，穿着旗袍的女人，大厅画上的那个穿着旗袍的女人。她的眼里满是怨恨。眼睛。只有眼睛。她的脸呢？是另外一张脸附着在自己的脸上吗？

她就在房间里，冲着冯瑶满足地、诡谲地、放肆地笑。

冯瑶擦掉脸上渗出的汗液，她不敢确定那究竟是不是汗液，但必须要擦掉。门外的脚步声依旧在响，镜子里一切如常，再没有什么怪异的景象。她走了吗？

她走到门边，深深地吸了一口气，扭动门把，过道的寒风吹起她垂落的长发，吹干了她额头上溢出的汗液。一个白色的身影恍恍地下了楼，她没有看错，白色的身影。长发披肩，身形有些扭曲。

白色的薄纱简单地系在脖颈上，轻飘飘地落在双肩。下面是刺眼的红色，当冯瑶再次看到这种让她不寒而栗的颜色，她失去重力般地瘫软在地上，视线开始模糊。

她听到那个女人回过了头，披散的蓬乱头发遮住了她的整个面部，就像一团黑色的绒球嵌在一件华美映丽的红色旗袍上。那个头，是挂着的。

一双红色的高跟鞋停在冯瑶的面前，伴随着“咯噔”的声响。“你是在找我吗?”

声音被拉得长长的，仿若是从另外一个世界传来的，迷离而玄幻。她“咯咯”地笑着:“我的旗袍好看吗?”

她听到的唯一一句话便是那女人口中呢喃的:“白旗袍，红旗袍，滴血割肉染旗袍，扯下长发穿针线，一针一线绣锦袍……白牡丹，红牡丹，血溅白绫绽牡丹，紧裹尸身缝皮肉，夜夜听得哭声寒……”

她看不清那个女人的容貌，即便努力地睁着眼睛，迷蒙中只剩一点红，犹似那画中的一点朱砂。

冯瑶醒来的时候，感觉周围的气氛有点不太对劲，林峰和他的母亲还有几个保姆都立在冯瑶的床边。她无辜地挠着头，疼痛的剧烈，好像被什么东西撞击过似的。

她终于明白为什么大家这样怪异地看着自己，是因为这红色的旗袍。她一下子蒙了，自己本来应该穿着白色的睡衣的，可是怎么一觉醒来就换上了红色的旗袍?! 她本能地想到了昨晚楼道口发生的一幕。

没等她开口，林母大声喝道:“是谁让你进阁楼的?!”声音震耳欲聋，林母面色铁青冷酷，失去了先前的慈善和蔼，冯瑶被这吼声震得不敢说半句话。

冯瑶企图向林峰求救，林峰虽然会意，可也插不上话，看着爱妻陷入窘境，心里比她还着急。“妈，也许只是个误会。”

“让她自己说!”林母吃了秤砣铁了心，直直地瞪着冯瑶，面对的似乎不再是自己的儿媳妇，而是一个犯了罪的犯人。

冯瑶支支吾吾地回道："我也不知道自己为什么会穿着这身旗袍……昨晚，明明，对了，是那个女人，穿着高跟鞋，楼道里，我看到她……"

她的语无伦次让林母更加生气，竟然朝着冯瑶的右脸狠狠地扇了一巴掌，掌印迅速扩散开来，她怎么也没有料到林母会有这种反应，在场的每一个人都没有预料到。

"马上去把它脱下来！"

冯瑶强忍着眼泪，走进洗手间将身上的大红旗袍脱了下来。她看着镜子里的自己，仿佛又看到了那个女人在对着自己纵情而诡异地笑。笑着笑着眼角和嘴角都溢出艳红的血，一滴滴染红身上的白色旗袍。是白色旗袍，还是红色旗袍？她的耳边又回荡着那句恐怖的歌谣："白旗袍，红旗袍，滴血割肉染旗袍……"

冯瑶顾不得多想，立刻开了门将旗袍塞到林峰的母亲手中，那是一件不祥之物，她从来都没有想过要去碰它，更没有踏进阁楼半步。

一定是那个女人给她穿上的，一定是。她究竟有什么目的？冯瑶百思不得其解，来这儿之前就有的忐忑不安一瞬间又冒了出来。

林母抛下一句："不准再随便进入阁楼，更别碰这旗袍！"

待所有人都出了房间，林峰才上前轻柔地抚着她的面颊，关切道："疼吗？"

"废话，要不你让我打一巴掌试试。"冯瑶的委屈只能吞回到肚子，她目前更关心的倒是那件旗袍还有楼下大厅画中的女人。"为什么你妈那么在意那件旗袍？还要锁在阁楼里。是不是有什么秘密？"

"这是我们家的禁忌。不准穿高跟鞋，不准穿旗袍，不能随意进入阁楼，更不能碰锁在阁楼里的那件旗袍。其实我知道得也不多，但是以前听长辈们说这是曾祖母生前最爱的，她留下遗言说不能拿它陪葬。于是就一代代地传了下来。

"不过在祖父那一辈发生过一件怪事，祖父娶了两任太太，大太太生性乖张，二太太却专横跋扈，然而祖父喜欢二太太胜过大太太，对她千依百顺的。突然有一天，二太太趁着祖父不在，竟然私自闯入阁楼取下那件旗袍穿在身上，你也看到了，那件旗袍的精致华美也无需我多说了，一穿上便不愿再脱下。说真的，刚才看到你穿上那件红色的旗袍也分外漂亮，然后可以想象得到当时二太太的兴奋和喜悦。”

林峰就像是在讲述一个和自己毫不相关的人的故事，而冯瑶则听得津津有味。“怪事发生在那天晚上12点，二太太穿着红色的高跟鞋和旗袍在走廊里来回地走，就像中了邪一般，嘴里还嘀咕着什么，然后放声大笑，笑声凄厉。接着，她缓慢地下了楼，进了厨房，所有的人都以为她只是饿了，进厨房找吃的，可谁都没有料到，她竟然拿着刀在割自己的脸，然后将割下的肉不停地擦身上的旗袍。”

冯瑶汗毛倒竖，差点呕吐出来。“后来呢?”

“大家都说是曾祖母的鬼魂附在了她身上，就因为她碰了曾祖母的遗物，所以她必须死。”林峰缓了口气，微笑着刮了一下冯瑶的鼻尖，“怎么样，我编的故事好吧?!”

“这是你编的?”冯瑶拿拳头锤了锤林峰的脑袋。“亏我还当真了。”

“如果是真的，那你也穿了旗袍，岂不是……”

“你是想咒我死啊!”冯瑶突然严肃地说道，“我要是死了，做鬼也会缠着你。”

林峰问起了她怎么会穿着旗袍一事，冯瑶确实不知道该怎么回答。一方面她是真的不知道，另外即便她说她见到了一个穿着旗袍和高跟鞋的女人出现在走廊，林峰未必会相信。她只期望林峰能快点带她离开这个诡异的宅院，她一分钟也待不下去了。

她无法预料接下去还会有什么稀奇古怪的事情会发生，而自己见到的那个女人究竟又是谁？难道真的只是幻觉吗？这也太匪夷所思了。

冯瑶一整天待在房间，甚至连吃饭也是林峰端进来的，在林母看来她是在冲着她耍脾气，但也没有为难她，而是炖了一碗参汤让林峰端给她。

冯瑶也知道，林母是个好人，只是那一巴掌着实让她咽不下这口气，人家是长辈，总不能记恨一辈子吧。

那天晚上，外面下起了大雨，原本就不安的心，因着这烦躁的雨声更加忐忑。

她有种不祥的预感，死亡的气息正在一步步向她靠近。如果晚上再有脚步声，我就拿手机录下来，不，还要把那个女人拍下来！林峰睡在她身边，像个乖巧的婴儿。

她坐在床头等着奇怪的声响，但外面没有一丝动静，渐渐地竟打起了盹儿。

林峰是被一阵乍响的雷声惊醒的，她旁边的床位是空的。这么晚了，她又去哪儿了？生怕冯瑶又闯祸，他只得披了一件外衣穿上拖鞋去找她。门开着，楼道里没有一丝灯火。出去了也不开灯，她到底在搞什么鬼?

他按下开关，楼道瞬间亮如白昼。尽头处，一个身穿红色旗袍的女人背对着他。她的嘴里喃喃念道："白旗袍，红旗袍，滴血割肉染旗袍……"

他慢慢向她靠近，他对着她上下打量了一番，这身段是冯瑶无疑。只是，她怎么会穿着高跟鞋和旗袍……而她穿成这样站在母亲的门外做什么?

林峰带着一系列无人解答的疑问逐渐向她走去，五步、三步、一步，他伸出的手悬在冯瑶的肩上，不敢拍下去，因为那对耳环根本不属于冯瑶。他不能确认站在眼前的到底是不是冯瑶，除非她回头。

心里刚这么一想，她口里的呢喃也骤然停止，慢慢地扭转头，披散的头发、坚挺的鼻尖、艳红的唇一点点映入林峰的眼帘。她冲着他痴痴地笑："你来啦?"

她说这话好像等了林峰很久了似的，那声音如此飘渺，林峰甚至不敢相信她真的就是冯瑶。"你……在这儿做什么?"

"我在染旗袍啊，把白色的旗袍染成红色。染不完就要被拖出去当成染料……你看，我的旗袍漂亮吗？”说着她转过身，将身上的旗袍展现给他。而她手中提着的东西让林峰不禁向后退了几步，生生地摔倒在地上。

她手里那滴着血的头颅，不是别人，正是林峰的母亲的头。脖颈上滴落的血液一声声叩击着木质的地板，每一个音调仿佛都被放大好几千倍。“滴咚”，“滴咚”，林峰的脑子一片空白，整个人僵在地上，像是被数以万计的铁钉钉在了地板上，不能抽离开来。

她继续若无其事地念着：“白旗袍，红旗袍，滴血割肉染旗袍，扯下长发穿针线，一针一线绣锦袍……白牡丹，红牡丹，血溅白绫绽牡丹，紧裹尸身缝皮肉，夜夜听得哭声寒……”

她把头颅送到林峰的手中，然后“咯咯”地轻笑。她的另外一只手拿出一把刀，一刀一刀地在自己的脸上划出痕迹，不，应该是在一片片割下自己的肉，她笑得更欢了，仿若没有一丝疼痛，她将割下的肉一遍遍地擦拭着身上的旗袍。

红色的旗袍在血液的浸染下更显得崭新艳丽。

一个保姆看到了这种场景，瞬即尖叫着：“鬼啊！二太太的鬼魂！！”

若不是那个保姆报了警，或许冯瑶的肉已经慢慢割尽，而血也流干。林峰自此大病一场，冯瑶被送去了精神病院。

老宅子也因此被荒废，林峰再没有回到过这里。至于冯瑶，他则当从来没有遇到过这么个人。虽然如此，她所需的高额治疗费还是林峰提供的。一转眼，那已经是二十年前的事了。

第一章　腐烂的女尸

长青路给人的印象一直是空寂寥落，二十年前的那场离奇杀人案使得这地段更富有诡异神秘的色彩。尤其是长青路15号那幢阴森古旧的老洋房，以及谣传的关于红色旗袍的灵异传说。随着旗袍的消失，时间的推移，人们也就渐渐淡忘了那些陈年往事。

房间里弥漫着淡淡的香水味，他闻惯了那种散发自一个女人身上的味道，让他一觉睡到天亮。

推开窗，外面是一片朦胧的烟雨，犹似寥寥几笔勾勒而成的水墨，逐渐在宣纸上渲染开来。

他的眼睛一亮，一种莫名的冲动侵袭了他的大脑，让他迅速着装梳洗，带上自己的相机冲出门去。

雨水打在透明的雨衣上，奏着轻快的旋律。

他不停地转换视角拍摄自己所住着的老宅子，然后不断地向周围移动，按下快门，将这微蒙空灵的雨景定格在瞬息之间。

他最讨厌雨天，然而现在却也不得不赞叹一番江南的烟雨。

一个白色的模糊人影蓦地出现在他的镜头里。

这么早，那种偏僻的地方不应该有人才对。况且又是这么糟糕的雨天……

谁会有闲情逸致跑到人工湖那边呢？难道是镜头沾上了雨水的缘故？还是自己眼花?!

他放下手中的相机看了一眼镜头，仔细检查了一番。外面有一层透明的保护膜遮罩着，没什么问题。

他的视线穿过雨幕，极目远视，直直扫向正前方，那里确实有个影影绰绰的身影，飘渺、轻盈，倒不像个平常人。他重新举起相机，努力调整焦距，试图以此看清对方，然而只是徒劳。不过大致上可以确认那是一个女人，而且最重要的是，她的穿着打扮跟他再熟识不过的女人林岚一模一样，但奇怪的是又有几分像他的前女友陈洁。

她在看着自己，是的，王皓能感觉到一双犀利的眼睛冷冷地、一眨不眨地穿透雨雾看向自己，让他酥到骨骼里。

是林岚吗？还是陈洁？倘若是林岚，一大早地跑去那里做什么？她不是说先去影楼了吗？如果是陈洁，她又为什么要出现在那里?!她知道我在看着她？还是一直就在等着我看向她？

带着一系列没人能够回答的问题，王皓朝着不远处的白影走去。

那个人似乎觉察到他在靠近，也开始慢慢地挪移。如同两条平行线以近似的速度移动，中间始终保持着一段不可逾越的距离。王皓惊奇地发现，她不像是在走路，而更像是在飘。

等到王皓抵达她最开始站着的位置时，那个神秘的形似林岚的女人已经消失得无迹可寻。他在四周巡视了一番，见不到半个人影。

是人还是鬼？他的脑海里闪过这样的念想，然后又自嘲地笑了笑，这世界上哪有鬼?!难道说真的是自己的眼睛出了问题产生了幻觉？他不禁开始怀疑起自己。

地上几个深陷的水洼引起了他的注意，他俯下身子仔细地瞧了瞧，是脚印没错，还有鞋底的些许纹路。那么也就是说，刚刚的确有人在这儿，并非是鬼，更不是幻觉。

王皓兴奋地站起来，可他为什么要兴奋呢？连他自己也不清楚。也许就是证明了自己没有见鬼吧。

环顾四周，除了杂草和雨声什么也没有。他没有心思再去欣赏这雨，也不想像古人那样吟咏诗句，什么雨打芭蕉诗情画意都与他无关，他的注意力一直集中在找人上。白色的，一晃而过的身影。

光顾着看远处，并未在意脚下湿滑泥泞的路面，一不留神，他的脚底一滑竟像踩着雪橇一样沿着人工湖的斜岸滑入污浊不堪的湖里。下半身生生浸泡在泛着恶臭的墨绿色污水里，难以形容水上漂浮的垃圾究竟是什么，一个巨大的涟漪以他的身体为中心向周围扩散开来。真够倒霉的！王皓愤懑地嘟囔道。庆幸的是他的相机依旧安然无恙地在他的右手。

他试着移动陷在淤泥里的双脚，才刚挪动一步就感觉不太对劲儿，他的脚下踩到的应该不是淤泥，倒像是柔软的沙发，有着轻微的弹性。他又抬腿轻轻踩了踩，一块细碎的布料随之浮出水面。

淡蓝色的布，上面沾满了黑色的淤泥，伴随着刺鼻的气味，那种味道不禁让他作呕。

天哪，这是什么？

王皓用空闲的左手扯了一下，想把它从自己的身上移开，谁料他脚底的那一团柔软的东西也被扯了上来。那是一堆黑色盘结在一起的绒线，长长的，凌乱地缠络在一起。上面还夹杂着不明的混浊物，更有蠕动的虫子。它们像是在抱怨王皓惊扰了它们清幽的生活，因而不停地扭动细长柔滑的身体来做反抗和示威。

他又凑近细细地瞧了瞧，不！那不是绒线，绒线不该是这种质地，那是交错繁杂的长头发，盘根错节。

是女人的长发！长发！

他刚要松开手，却发现水底的什么东西正紧紧地贴在了他的手背，黏糊糊的如同胶水一般，又有点生硬，他的身体不自觉地开始颤抖，不知是因为水里的温度过低还是因为这未知的恐惧。

究竟是什么？难道是传说中的水怪?！还是……

一堆庞大的蠕虫将他紧紧包裹，慢慢地进入他的皮肤，一分一寸，享受着他的皮肉。它们肆无忌惮地在他的身体里穿行，游走在各个细胞组织血管，在他的心脏安家，吸吮着新鲜的血液。它们向上爬，贴着他的表皮，从嘴巴、鼻孔和耳孔侵入，所有能够进入身体的部位都积聚着成千上万的蠕虫，它们是一支残暴的侵略军队，吞噬他的整个身体。最后只剩下一具干瘦的枯骨，它们才会选择离开。

他下意识地看着自己的身体，还在，还是完整的。他的手指轻微地动了动，触摸着那个庞大的东西，一个大致的轮廓出现在他的脑海，突起的颧骨，尖尖的下巴，暴露的牙齿，深陷的眼窝，那是……一个女人的头颅！

他身上的每一根神经都绷到了极限，只要稍稍一碰就会断掉。他多么想立刻抽回自己的手，然而就像麻痹了一般，他的四肢竟然和大脑的指令分离开来，只能眼睁睁看着一具腐烂了的女尸从湖底缓缓浮出水面，那张已经被腐蚀了的残缺的狰狞面孔似乎在一点点靠近他，靠近他，而他只能惊惧地定在那儿，像是被千万双冰冷的手紧紧抓住，不能动弹半分。

大脑顿时空白。眼睛仿若被那女尸的长发紧紧地缠绕着，几乎看不到任何东西。他在无望中挣扎，企望有一双温暖的手将他解救。此刻的他是多么渴望能够有一丝光亮，这让他快要窒息的黑暗不断地吞噬着他的身体。

女人空洞的眼窝闪着绿色的冷光，墨绿色的以及乳白色的液体不断溢出，她的嘴在一张一合，牙齿相互敲击磨合，随后各个孔洞都流淌出艳红的血，滴在他的头顶，他的面颊，他的嘴里，渗入他的咽喉，进入他的身体。女人狰狞地笑着，笑声凄厉，“咯咯”地笑着。

过了半晌，他的意识才开始清醒，唯一的反应便是猛地向后退了几步，呕吐了出来。仿佛用尽了毕生的气力，狼狈地跌坐在了岸上积聚的污水里。腐尸安静地漂浮在水面。他的左手仍在没有节奏地抖动。

雨淅淅沥沥地下着，一阵喧闹的警笛声过后，几辆警车停在附近的人工湖岸边，原本清幽静寂的长青路忽然间挤满了人，警戒线外围观的人们纷纷议论着什么，王皓惊魂未定地瘫坐在岸边，眼睛死死地盯着湖水里漂浮着的那具女尸。

几个警察开始小心翼翼地打捞女尸，接着抬上岸。

"你是王皓？是你报的警？"一个身穿警服，样子魁梧的中年男人走到王皓面前。"我姓张，这案子由我负责。"

王皓脸上的肌肉都在颤动。他努力地点点头，如此的艰难。

"你是怎么发现尸体的？我是说，你怎么好端端跑到这儿来，然后发现尸体的？又怎么会搞得这么狼狈？"

王皓愣愣地抬头看了他一眼，嘴角抽动着说："拍照的时候，不小心滑入湖里发现的。"

"你是摄影师？"他仔细地看了看王皓右手上的相机，"这相机好像有些年头了吧。"

王皓机械地点头说是。

他抽了一口烟，笑着拍拍王皓的肩膀，"没什么的，不过就是个死人，没什么可怕的。"

当警察的常与死人打交道，自然见怪不怪了，可王皓毕竟是第一次遇见这种事情，怎么可能从容自若呢。况且那具女尸的模样又如此恐怖。

雨水瞬间浸透他的衣物，渗入身体的每一寸肌肤。他的全身都在颤抖。

直到此刻，他才真正有意识地去看清那具腐烂了的女尸。

那是一张腐蚀了的脸，皮肉模糊，甚至连颧骨也凸显出来，还有许多微小的蠕虫在她的眼窝里扭动，牙齿暴露在外，她身上的衣物却依旧完好，倒是出乎所有人的意料。更让王皓没有想到的是，那着装似曾相识，但由于惊吓过度他也没有过多去想。看着看着又吐了一阵。原本早上就还没吃什么东西，把昨天未消化的食物都吐出来了。

警察很快地将尸体装上了车撤离了现场。按照常理，他们一定会在现场勘察一番，不过遇上这种大雨，即便是真的有什么重要线索，也已经被雨水冲刷得干干净净了。

围观的群众也一点点如鸟兽般散去，只有一个年长的老太婆语重心长地说了句："诅咒啊，诅咒！她又回来了……"没人在意她所说的，只有王皓听得仔细。什么诅咒？她又是指谁？惊吓过度的他暂时没有心力去考虑这些事情，他仔细地看了一眼那个老人，双鬓斑白，脸上皱纹横生，眼睛里充满了恐惧，仿佛是有什么恐怖的经历一般。

王皓被带去警局做了一份简单的笔录。出了警局的门，口袋里的手机忽然响了起来。

"王皓，你怎么还没到？所有人都等着你呢。今天是你影楼开张的日子，我让你多睡会儿，你也不能睡到现在吧。"电话那边虽然是焦急催促的声音，却依然带着几分温柔甜美。

"刚刚长青路这边发生了一些事，所以就……我这就过去。"王皓忙回应道，声音里却满是疲惫。

"什么事儿能比你自己的影楼开张还重要？你赶紧过来吧。我还要招呼他们，不跟你多说了。"

"好好好，我马上过去。"王皓在路口顺手拦下一辆计程车，他必须先回自己的住处，冲个澡换掉身上脏兮兮的衣物。他想洗掉身上所有的污秽，那些墨绿色的液体，刺鼻的异味。

他一遍遍擦着香皂，涂上沐浴露，一遍遍冲洗。身上已经没有了先前的臭味，但他就是觉得不够干净，仍旧不停地冲洗。换上干净的衣服，他不敢再多停留，匆匆忙忙地赶去了影楼。

王皓一直喜欢摄影，他没有上过正规的专业课程，只是凭着兴趣拍摄自己想要拍的东西，更没想过有一天要开一间自己的影楼，如果不是遇到林岚，他也许还在漫无目的地过着自己闲散的生活，拍着自己喜爱的风景，给一家杂志社供稿，然后换取一点点足以让他生存下去的生活费。

看着车窗外纷纷零落的雨击打着透明的玻璃，王皓的脑海里闪过一些记忆片段。

一年前那个夏日的午后，他第一次踏上长青路，街道两旁的法国梧桐将阳光切割得支离破碎，使得细碎的光粒洋洋洒洒地落在柏油路上。他抬起头看了一眼街道尽头的古旧洋房，拿出相机按下快门。

他调整着焦距，脚步也跟着向合适的位置挪动，在最佳的拍摄角度处迅速按下快门，也是在那一刹，猛的有人在身后拍了拍他的肩膀，倒是吓了他一跳。他回转身瞧了一眼，不是别人，正是自己的女朋友陈洁。他没有上前去拥抱或者做其他亲昵的动作，而是再次专注地聚焦拍照。从他们认识开始就一直是这个样子，王皓并不觉得会有什么不妥，只是那天的陈洁却与以往不同，大发了一场小姐脾气。

王皓并没有当回事，不过对于后来陈洁提出"分手"他倒是严肃认真地给予了回应，想来这两年的相处已经让他们足够了解彼此的性情，或许他们真的不合适。

"好啊，既然你提了，那就分手吧。"他没有赌气，更没有冲动，他在脑子里已经过了一遍，才吐出这句积压在心里的话。就这样，他和陈洁之间两年的恋情戛然而止。他朝着陈洁离开的方向拍了一张照，淡蓝的天空下一棵孤寂的梧桐挺立在街道的边沿，婆娑的身影被阳光笼罩着，像一个落魄却依旧散发着迷人气质的诗人。

分手并没有对王皓造成什么太大的影响，可能是他早就料到会有这么一天，只是迟早的事情，所以已经做好了心理准备，等待着分手的到来，因而没有太多感伤。他照旧做他爱做的事情，一个人背着自己的双肩包，拿着相机，四处游走，现在没有谁可以打扰他，他可以不必再考虑回去的时间，也不会再有人不通情理地催促他。陈洁倒是打来几个电话，无非是想挽回些什么,不过王皓权当没有听见没有看见,将手机抛到一边,把自己关在暗房冲洗着白日里拍摄的照片。暗房以外的世界,与他隔绝。

女人对他而言似乎并不显得那么重要,反倒是照片在他心目中占着至关重要的位置,一个无法被其他东西替代的位置。至少目前的他是如此,至于将来会如何又有谁知道呢?

他拿着镊子的手忽然停在半空,是因为夹着的那张照片边缘处的一个女人,笼罩在黄昏的余晕当中,越发显得翩跹柔美。他仔细端详画面中的那个女人,纯白的T恤和黑色的牛仔裤将她婀娜的身段凸显得淋漓尽致。

他记得,当时是在长青路的老洋房外抓拍一片瞬间落下的梧桐叶,那时的确有人从旁边经过,只是没有来得及去看就按下了快门,应该就是那个时候不经意间拍到了那个女子。

他从来没有如此仔细地去看过一个人,即便是自己相恋了两年的女友陈洁他也不曾这样凝视过。刚交往那会儿,陈洁要王皓给她拍些生活照,但是王皓以不拍人物照为理由推掉了。算起来现在这张照片倒是他第一次拍人物。

王皓对长青路尽头的那幢洋房有一种奇怪的感觉,虽说不上来究竟是什么,但就是有某种神秘的力量牵引着他,令他沉迷。不可否认,那种牵引着他让他不断来此拍摄的神秘力量很可能源自照片上的那个女孩子。而那个女孩子就是林岚。

或许那就是命运吧,没有早一分钟,没有晚一分钟,刚刚好在那一瞬间遇上。也许不是命中注定王皓要遇到林岚,因为王皓遇到的人也不止林岚一个,只是偏巧林岚闯进了他的生活。

从质量守恒定律来看,他似乎没有失去什么,也没有得到过什么,总之身边还是有一个女人。

林岚是个作家,因为创作需要一个相对安静的环境,搬到了长青路的祖宅,王皓第一次进入祖宅是得到了林岚的父亲林峰的许可,那也是他第一次近距离地接触到林岚,当然还有林岚的妹妹林珂。

在一番装修过后，林岚搬入了王皓眼中十分诡秘的老宅子，而王皓也成了那里的常客。两个人的关系在一来二往中逐渐亲密，以至后来发展成为恋人。一切看似都顺理成章、顺其自然。

计程车转过一个十字路口，进入了一条窄道，之后就看到一条长龙。严重的塞车。可笑的四轮汽车在这种街道还不如两条腿，无能为力地等待着道路畅通。

司机心不在焉地嘟囔了一句："什么情况？怎么又堵车?!"

王皓望着窗外，回应道："每天从这儿走，都习惯了。"

"也不知哪来这么多车?"司机的语气里似乎带着几分埋怨。闲着无聊，他和王皓搭起了讪，"听说了吗？早上长青路停了好多警车，看来是又有什么大案子发生了。说真的，这地段很久都没这么热闹了。"

"呵呵。"王皓的脸色开始泛白，又想起了那具女尸狰狞的面孔。"有人在那儿发现了一具女尸。"

他没有说是自己发现的，他只是不愿意再去回忆。

"真的假的?!"司机似乎对王皓的话有些许怀疑，顿了顿，接着说道，"不过话说回来，长青路那儿死气沉沉的，又比较偏僻，发生命案也是合乎常理的……"

王皓点点头表示赞同。

司机侧过头看了一眼王皓，问道："你刚才也在长青路吧？那你一定看到了，说说，那女的长得怎么样?"

"当时离得比较远，而且下着这么大的雨，看不太清她的脸。"王皓无奈地回道，心底里在想着那个司机一定是对那具"女尸"产生了什么想法，可能很纯粹，但也不排除有龌龊的成分。然而他不想再跟他多谈什么，他也不愿再去谈女尸的事儿，因而随便搪塞了一句。

女人正在车里的某个位置看着他，用她空洞的眼睛，她在冲着他"咯咯"地笑，她的嘴角还在滴血，一直往下滴。她也许就在他的头顶，她垂落的血液正滴在他的头顶。他不敢想，不敢说，他惧怕那张残缺腐败的脸。

王皓的手机铃声突然又响了起来，不用看就知道是谁打来的，除了林岚再不会有别人。他从口袋里掏出自己的手机，按下接听键。还没等对方开口就先说道："先别急着骂我，这回真的是路上堵车了。不信你可以问我旁边的司机。"

"我说你这个男人到底是怎么回事啊?！我们都等了大半个小时了，你怎么连个影子都没出现！整天拿堵车当理由，你就不能早一点儿出发啊?！"

这声音着实够洪亮的，手机险些从王皓的手中滑落。"林珂……怎么是你?"

"是我！我跟你说，你要是再不来，我真把你这影楼给拆了！"

王皓知道林珂是在开玩笑，除了说"我就到了"之外，似乎也没有其他的台词可讲。

林珂和林岚虽然是两姐妹，性格却截然不同，姐姐林岚是温柔贤淑型的，而林珂则大大咧咧的，活像一个男孩子，但她魅惑的外表却弥补了这种性格上的不足。

大概过了十分钟，拥堵的街道才开始慢慢恢复正常，车辆得以顺畅通过。

王皓的影楼在市中心的某街道口，为了那家店面确实费了不少周折，光是装修就让他忙得不可开交，不过还好林岚抽出空来帮他，就连装修师傅也是林岚联系的。

他抵达影楼还是让林珂臭骂了一通，这也不奇怪，按着她那直来直去的性格自然不会放过这么好的机会去数落他。但人家王皓毕竟是自己的未来姐夫，更何况自己的丈夫刘涛也在旁边，自然不敢太过分。

"对不起，对不起，"王皓还是连连赔不是，"难得你们能抽空过来。我却迟到了，真不好意思。"

"你要是再迟点儿会更不好意思。"林珂忙着回应道,脸上还不时流露出一丝诡异的笑,又不知道她有什么鬼主意。"我们要是都走光了,这开张的气氛可就更惨淡了!"

林岚在一边看着,有点隔岸观火的味道,也许是因为林珂那张嘴噼里啪啦地说了一堆让她也接不上什么话。

过了片刻,林岚终于插了一句道:"好了好了,今天人家刚开业,你可别来闹场。"

"姐,我可是你亲妹妹,怎么是来闹场的?我可是诚心诚意来祝贺的,好歹人家王皓也是我未来的姐夫啊。"

刘涛站在林珂旁边,表情倒是有些木讷。

王皓和他曾是同学,但刘涛出国之后,两个人就没怎么联系了。听林岚说刘涛和林珂早就认识,而且当时是一起出的国,出国的目的不是留学,而是结婚。可能那时候他们俩都比较小,也没考虑太多,两个人就心甘情愿地领了结婚证,但结了婚之后两人的生活并不愉快,摩擦越来越多,刘涛的作风似乎不太检点,在外面有了女人,林珂知道以后一气之下就买了飞机票回了国,而且闹到要离婚的地步,刘涛却不肯离婚,此事也随着时间的流逝被搁置了下来。之前林岚的父亲林峰大病住院,刘涛才回国,林珂和他的关系也才有了些许缓和。明眼人都看得出来,林珂对刘涛已经没有爱,至于为什么没有狠下心坚决跟他离婚,纯粹是因为父亲林峰的再三劝阻。

"你这丫头越来越过分了!"刘涛也凑了上来,开口说道,"你们的事儿我也是前几天才知道,说实话你们还真够隐秘的,什么时候在一起了也不说一声,我还真是有些吃惊呢。不过,你们俩也不能这么拖着吧,打算什么时候结婚?"

"等手头那本小说完成了,出版后就结婚。"林岚恬淡地笑笑,又看了一眼王皓,站到他身旁。

"姐,那你要是迟迟不肯将小说写完,未来姐夫岂不是要等一辈子!"

林珂撅着嘴,挤眉弄眼地打趣道。"我说摄影师,你还真有耐性。"

王皓搂着林岚的肩,深情地凝视着她的眼睛,"既然认定了,便是等一辈子也无所谓。婚礼原本就只是形式罢了。"

"我看你干脆跟我姐学写小说算了,说的话都让人起一身鸡皮疙瘩。也难怪你们能凑成一对,两个都是怪人。不过这形式是不能免的,要知道结婚对于一个女人来说是一生中最重要的事,怎么着也要风风光光体体面面的。"林珂摇了摇头,学着老人的口气,一副语重心长的样子,惹得大家不禁又笑了起来。"有了这影楼,你以后就得天天在这儿,那不是没时间拍你喜欢的东西了?"

王皓没有吱声。

"你怎么心不在焉的?林珂跟你说话呢。"林岚拍了拍王皓的肩。

"啊?哦……影楼没必要每天都开着营业,时间可以自由安排呀。"

"来,切蛋糕吧。"林珂将手里的刀递给王皓,而她自己手里还有另外一把。"算了算了,还是我来吧。你的魂都丢了吧,怎么感觉就一具肉体站在我们面前啊!"

切蛋糕。蛋糕。切!头颅。白色的奶油是颅腔里溢出的脑浆,乳白色,滑腻地从眼窝的暗孔流淌出来,糅杂着红色的艳丽的血液,还有那粘连着的墨绿色混浊物,是头颅,切头颅。一刀,脸上的皮肉被慢慢割下,片状的血肉,他们在吃,津津有味地将那些滴着血的肉片塞进嘴里,狞笑着咀嚼。王皓手里的刀"咣当"一声落在了地上,倚着门柱吐了出来。

众人不解地看着他,林岚拿着一块蛋糕上前问道:"你今天到底是怎么了?"

话音刚落,王皓的手机忽然响起,会是谁呢?是一个陌生号码,他满心疑惑地接听了电话。

电话是警局打来的,让他立刻赶去警局辨认一具尸体。

辨认尸体?难道是早上发现的那具女尸……

"怎么了?发生什么事了吗?"林岚看到王皓的脸色苍白,关切地问道。

“警方在一具女尸身上找到一部手机，手机里有我的号码，所以警察联系了我，让我去警局辨认尸体。林岚，影楼这儿就先交给你了。”

“嗯，你自己当心点儿。”

他看到林岚手里的蛋糕，又吐了一口。林岚递给他一张纸巾，又帮他擦拭了嘴角残留的浊物。他这么一吐，加上又被匆匆忙忙叫去警局，所有人也没心情吃东西了。

王皓没有再做任何停留，匆匆忙忙地拦下一辆计程车，朝着警局的方向而去。这一天，他去了两次警局。

第二章 自杀、谋杀还是诅咒

王皓的心里着实不安,他的脑海尽是今早自己在长青路看到的那一幕,那具被打捞起来匆匆带离现场的女尸。那就像一场噩梦,让他没有办法醒来,压得他喘不过气。

他到达警局后,一个姓张的警官带着他去停尸房辨认尸体。

“哟,怎么又是你?还真是够巧的!”张警官打趣道。王皓却怎么也笑不出来。

停尸房的冷气让他感到浑身不适,兴许是因为有太多的死人,总觉得那些冰冻的尸体正在用诡谲的目光扫视着他。又或者只是因为那股刺鼻的异味不断地冲击着他的嗅觉的缘故。他怕突然有一只冰冷的手趁他不备抓住他,或者有一具尸体猛地坐起来……

他的脚步比以往任何时候都轻,不安地紧紧跟在张警官身后。

他的后背有一阵凉风吹过,是有什么东西飘过吗?不能回头看,不能回头。他能感觉到一双冰冷的眼睛正在他的正后方,直视着他,他只要一回头便会被这双眼睛勾去魂魄。他不能回头。他听到女人“咯咯”地笑,仿佛是从另外一个空间幽隐传来，慢慢地被空气淡化，但还是传到了他的耳畔。她好像在说："你来啦？"声音被拉得长长的，起伏不定。又像是在说："来，躺下，累了就睡吧。"她继续诡谲地、阴沉地、尖锐地、森冷地笑。笑声犹如十二月的寒冰刺入王皓的骨髓，让他的每一根神经都异常紧张。

"你听到什么声了吗？"他的这一问让张警官嗤笑了一阵。

"你不是想告诉我听到什么女人的笑声了吧？"

王皓皱起眉，难道没有吗？是自己幻听?！还是早上的惊吓留下的后遗症?！

"我们在她身上找到一部手机，虽然手机泡在水里报废了，不过那张手机卡还能用。顺着里面存储的号码一个个联系，最先找到的就是你。"张警官引着王皓到了一个银白色的柜前，拉开其中一个抽屉。

此刻，王皓却有些害怕去看她。他究竟在害怕什么呢？是那张被腐蚀了的狰狞面孔吗？还是怕躺在眼前的会是那个人？之前他是因为害怕到没有时间去考虑，除了她，王皓实在想不到还会有别人。终于，他的猜想在看了那具尸体之后被证实。

难怪那衣服似曾相识。死的果然是自己的前女友——陈洁。

"你认识她吧？"张警官这话问得有些多余，如果不认识人家也就不会把他的号码存在手机里了。

"嗯。她叫陈洁，曾是我的女朋友。不过我们分手很久了。"

"是吗？那么后来就一直没联系过？"张警官接着问道。

王皓犹豫了片刻，他不知道该不该把一个星期前发生的事说出来，如果毫无保留地讲了，他无疑会成为最大的嫌疑犯，而且也会拖累林岚，可是如果隐瞒实情又良心不安。

张警官似乎看出王皓有些不太对劲儿，拍了拍他的肩膀，轻缓地笑了笑，"有什么就说吧，法医已经对尸体做过检查，没有什么异样，而且验尸报告上也说她是溺水而亡的，她是自杀的。一个人自杀总该有个理由，不可能无缘无故就去寻死，不是吗？"张警官的话仿佛一粒安定剂，让王皓放心地开了口，他一边回忆，一边叙述当日的事情。

一个星期前。

那天和往常一样，王皓正准备去找林岚，刚走到洋房门外，陈洁阴魂不散似的出现在他身后。王皓不知道她是何用意，但感觉得到她没有什么好意。

“是因为她，你才不再打算重新接受我的，对吗?”陈洁质问的语气让王皓心里很不舒服，他已经不想再跟她纠缠下去。

“上一次我们已经说得很清楚了，请你不要再这么闹下去了好吗？我们已经分手了。”

他们的对话林岚听得清清楚楚，她已经站在了门口，想退回去给他们私人空间又抬不起脚，想出去替王皓解围，又显得多余，闹不好还会引起更大的争议。她只能尴尬地站在那儿，进退两难。

陈洁像是失去了理智似的上前给了林岚一巴掌，这和电视剧里的情景如出一辙。

王皓猛地一把拽开陈洁，扶着林岚的肩膀，又回头冲着陈洁吼道：“你是不是疯了?!”

他将林岚带进屋子，重重地掩上了门。

陈洁在门口像个疯子一般乱叫着，一会儿骂他们是狗男女，一会儿又骂林岚是个“贱人”、“狐狸精”，到后来越骂越过分，甚至连“臭婊子”也骂出了口。

王皓实在听不下去了，林岚一把拉住了他，她知道王皓想出去干嘛。然而她还是没能拉住他，也许是因为自己的力气太小，又或者她根本就没有用力去拉住他。再温顺的女人也不能容忍别人羞辱自己。

王皓第一次动手打女人，第一次，他从来没有像这样气愤过，那一巴掌狠狠地落在了陈洁的脸上，鲜红的掌印逐渐晕开，然后浮肿。

陈洁也是第一次没有再声嘶力竭地回应他，王皓知道自己的那一巴掌着实打重了，她的眼睛里积满了泪水，眼神中带着几分绝望。一点儿也不再像那个平日里泼辣的她。

王皓的心像被什么东西抽了一般，隐隐疼痛，“对不起。但请你以后不要再无理取闹了，我们早就分手了。”

说着，他再次关上门，将她一个人抛在暮色深沉的门外。

“对于一个女人来说，一个她爱的男人为了另外一个女人而打她比拿刀杀了她更痛苦更绝望。你不该动手打她的。”林岚没有想过王皓会真的动手打陈洁，她以为也就是回骂几句把她轰走就罢了。

“我也不知道自己是怎么了，从来都没有像现在这么冲动过。以前自己最厌恶打女人的男人，没想到自己也是同样的人！”王皓无奈地苦笑着，接着说道，“她并不爱我。她心里有她所爱的人，但不是我。她跟我在一起也许只是想打发无聊的时间吧。”

王皓帮她拿了一瓶药油搽着红肿的右脸。“疼吗?”王皓关切地问道。林岚浅笑着摇头。

两张脸从没有如此靠近过。半公分，甚至更近。近得可以听到彼此的呼吸，那是种暧昧的气息从耳畔滑过。

林岚的嘴唇慢慢贴近王皓的侧脸，停留了片刻。他的手顿时僵在半空，不知如何是好。然而谁又能禁得起温柔的诱惑。

他们疯狂地接吻，舌尖相互缠绕着。

他们紧紧地拥抱着，身体几乎就要融为一体。

屋子里的一切就像他们此刻的体温，慢慢地燃起，升温，充满了炽热的情欲。那是一团糜烂的欲望之火，让人失去了理智。他们只想享受着彼此的体温。

“等等。”王皓发热的头脑顿时冷静下来，“我们不能这样……”他的理智却再一次被林岚温润的唇压制下去。

林岚将她的身体毫无保留地给了他。她知道自己在做什么，她信任眼前这个男人，她相信他会给她一个未来。一个属于他们的未来。

那是他们第一次那么放任自己的身体。第一次。她安静地靠在王皓的肩上,看着纯白的被单上留下的那一点儿落红。

王皓抚着她柔顺的发丝,吻了一下她仍有汗液的额头,温柔地说道:"我们结婚吧。"

他没有冲动,林岚是她遇到的唯一能够让他产生想要结婚念头的女人。他不是个不负责任的人,所以他和陈洁交往了两年却从来没有碰过她的身体,因为他从来没有想过要和陈洁结婚,然而此刻他想得很清楚明白,林岚就是他一直要寻找的女人,是命运安排给他的女人。

"你也曾这样对她说过吗?"

王皓明白林岚口中所说的"她"是指陈洁。

"没有。可能你不会相信,和她在一起两年,我从来没有碰过她。"

"听上去有些不可思议。"林岚抿着嘴笑了,她觉得自己没有看错人。

"我们结婚吧!"王皓又重复了一遍。

他会对自己所做的事负责,他是个男人,这种事情自然要他先开口,他等待着林岚的答复。

林岚将头移到他的胸口,手指不安分地抚弄着王皓的鼻尖,笑着说:"等我的这本小说出版了,我们就结婚。"

张警官点燃一根烟,抽了一口,缓缓说道:"那么也就是说那天你和林岚一直在老宅子?"

"嗯。"王皓点点头。

"陈洁的死亡时间是在那天晚上 8 点到 12 点左右,如果你所说的是真的,那么你和林岚就都不可能是凶手,但要是凶手是两个人的话又得另当别论,你们还是有嫌疑。"张警官自顾自地念了一句。

王皓不解地看着张警官,"什么凶手?你刚才不是说陈洁是自杀的吗?!"

"我要是不那么说,你会跟我讲那么多吗?虽然表面迹象上看,陈洁是自杀没错,但在验尸报告还没出来之前是不能立刻断定她就是自杀的。”张警官拿出一份文件,“有件事我很好奇,一大早的你怎么会跑到人工湖去拍照?况且还是在这种不适合拍照的雨天。据我所知,今天是你的影楼开张的日子,按理说你应该直接去影楼才对。你怎么会去那儿?”

王皓迟疑了片刻,吞吞吐吐道:“我当时看到了那边有个人影,有点像林岚,又有点像陈洁,一时好奇就想过去看个究竟。”

“既像林岚又像陈洁?你不是开玩笑吧。林岚今早一直在你的影楼,而陈洁都已经死了,所以这两个人都不可能会在那儿出现……”

“可是我隐约看到的就是穿着林岚衣服的陈洁。”王皓的语气越来越不坚定,连他自己也不敢确定今早到底是不是看到过那样一个人影。

“陈洁的尸体就在你面前,难道说是她的鬼魂穿着林岚的衣服引你过去,然后再让你发现她的尸体?!这也太荒唐了。”

王皓不知该如何作答,只能愣愣地盯着陈洁尸体以外的其他地方。张警官继续吸了一口手里的香烟,“好了,跟我去做份详细的笔录吧。”

“我刚才说了那么多,怎么还要做笔录?!”王皓既无辜又无奈地看着张警官。

“你小子真够笨的。”

张警官将王皓带到一个办公室,简单地做了一份笔录,王皓原以为又要大费口舌,出乎意料的是并没有他想象的那么繁杂。张警官接了个电话,之后另一个警员将尸检报告递交给他。他简单地扫了一眼,淡淡说道:“尸体上没有什么可疑的地方,只有左耳上的耳钉尚未找到。不过那个湖那么大,想找一只耳钉显然不是一件容易的事。况且是自杀,也没有必要花精力再去寻找已然没有用途的耳钉。你可以回去了。”

“陈洁是自杀的吗?”王皓被张警官弄得云里雾里的,到现在也还没回到正常状态,他必须要把心里的疑惑解决掉。

“嗯。按照我们目前所掌握的资料只能判定她是自杀,或者是失足跌入湖中溺水而死。”

王皓离开警局回到影楼已经是下午两点钟，彼时林岚还在焦急地等待着，心里着实不安，生怕王皓会出什么事。看到王皓平安回来，心中悬着的石头才算落了地。

“总算回来了。没事吧？”林岚急着上前问道。

“没事。”王皓不知道该不该告诉她死的就是陈洁，正在犹豫着。

“给你录口供的是不是一个姓张的警官？”林岚扶着他的手，侧着脸问道。

“你是怎么知道的？”王皓皱起眉头，疑惑不解。

“听说警局的人让你过去，我不放心，所以打电话联系了他。”林岚解释道。

“你认识张警官？难怪刚才我过去的时候，他一直都挺客气的。好像见了熟人一般。”

林岚笑着说：“他和我爸是同学，从高中到大学毕业，一直都是。他对我和林珂都很好，就像对待亲生女儿一样。除了我爸，就属他最疼我们了。”

王皓这才明白过来为什么刚刚离开的时候张警官提起自己和林岚的婚事，原来是这个缘故。

“那么……你都知道了？”

“嗯。”林岚点点头。

让王皓一直没有办法安心的是陈洁的自杀。回想起自己那次出手那么重，心里便满是歉疚与悔恨。她的死，根本就是自己造成的。令王皓想不明白的是以她那样性格的人，怎么就突然想不开轻生了呢？！一点儿也不像她。还有，如果真的是自杀，为什么又要摘掉左耳的耳钉呢？按道理说，捞尸体的警察应该不会大意到弄掉她的耳钉才对。戴在耳朵上的耳钉怎么就那么轻易掉了呢？

难道不是自杀，而是被人谋杀？或者两者都不是。王皓想起了长青路上见到过的那个老人说过的话，“诅咒啊，诅咒！她又回来了……”这句话到底隐含着什么意思，难道说陈洁的死是受到诅咒吗？那个老人为什么会发出这样的感慨？！

“你在想什么？”林岚看着沉默不语的王皓，于是推了推他。“不是说没事了吗？”

王皓这才惊觉过来，“我总觉得怪怪的。但是又说不上来哪里怪。不过陈洁的死，我有很大的责任……”

“事情既然已经发生了，自责也没有用。况且当时的情形，我们也没做错什么。对于她的死，同情自然是要同情，但也不必太过悲伤，毕竟以后还要生活，不能因为她而活在这种自责的阴影中，不是吗？！”

林岚的话听上去虽然有些冷漠，却在情在理，王皓也懂得她是在关心自己才这么说的，是怕自己受到陈洁这事儿的影响而思虑过多。他将自己的下巴贴近林岚的额头，两个人紧紧地抱着，没有再说什么。就那么抱着……

“林珂他们都走了吗？”

林岚点点头，“我让他们先回去了。”

“还好有你张罗着。”王皓用手轻轻地触弄了一下林岚耳垂上的耳环，随口问道，“如果不用手去碰，耳钉会掉下来吗？”

林岚将自己的头从他的下巴处收回，蹙着眉凝视着王皓，她不明白王皓为什么会问出这个问题，但还是回答了他：“一般不会，就算是做什么剧烈的运动也很难自己掉出来，除非是有人触碰。怎么会突然问起这个来？”

“陈洁的尸体被找到后，她的左耳钉一直没有找到。按理说，如果是自杀应该不会自己摘掉一只耳钉才对。”王皓原不想再在她面前提陈洁，但是又不由得脱口而出。

“也许是打捞尸体的时候不小心弄掉了。”林岚回应道，神色不太自然。

也许是因为王皓抱着自己的时候还在想着陈洁的事，自己有些生气吧。

“不是都结案了吗？你还去想那么多干嘛?!”

看到林岚着急的样子，王皓又将她抱紧，温柔地说了一句：“你也别多心，我只是随便问问，没有其他什么意思。”

林岚听了这话倒是更加糊涂了，她似乎也钻进了牛角尖儿：“什么叫没有其他什么意思，难不成你以为是我杀了她?”

王皓原是没有这个意思，想必是自己刚才的话说得不太明白，林岚误会了，于是又忙着解释道：“大概我刚才没说明白，我不过是想让你别多虑，我没有再去想陈洁的事，毕竟我跟她已经分手那么久了，如今她也已经不在人世，我是怕你误会我还想着她，所以才那么说，谁想到你竟误解了我的意思。”

难怪俗语说“多说多错”，王皓算是亲身体会到了。他也不想再浪费口舌争辩什么，那样只会让他们之间闹得更僵。影楼里突然变得沉寂，他们都不再说话。

林岚回了长青路的老宅子，王皓则在影楼一直待到傍晚。没想到原本应该喜庆的开张仪式如今却变得一团糟，他也没有心情做生意，还好第一天开张也没有什么顾客光临。

回去的路上王皓心不在焉地看着脚下的路，一个人从他身后蹦了出来，“怎么一脸沉重，像个落魄的诗人?”

王皓抬头看了一眼，苦笑着说：“没什么。”

“还说没什么，脸上都写着‘我很苦恼’这几个大字呢！”林珂指着王皓的脸，一本正经地说道。“是上午警局的事吗？说出来听听，也许我能帮你，我可是认识警局里的人。”

“你认识的是张警官吧。”王皓直截了当地说道，信心满满。

“这你都知道，真神了！”林珂崇拜地盯着王皓，思忖了一会儿，恍然大悟道，“是我姐已经找他帮忙了对吧？那你还有什么可发愁的。有他在，一切都可以摆平的。他可是神探！”

“不知道该怎么跟你说,总之事情有点复杂。”

“那你慢慢说不就完了。我没那么笨,很容易理解的。”林珂的话让王皓哭笑不得。

王皓将陈洁的事简单地陈述了一遍,林珂倒是没怎么发表意见,只说王皓比较倒霉,遇到这种事情。

“你是说你见鬼了?”

“我也不知道,但这世界上根本就不可能有鬼。”

“很多事都很难说,毕竟大千世界无奇不有。你见到的倘若真是陈洁的鬼魂,那可有你受的了。”

“这种时候还有心情开玩笑?!”王皓无奈地看着天,两个人有一句没一句地胡乱扯着,王皓凌乱的心绪倒是舒畅了不少。暂时地忘了烦恼琐事。

不知不觉间,王皓倒是陪着林珂到了林峰的别墅。透过雕镂的铁门,王皓看到了刘涛的白色轿车。

“要不要进去坐坐?”

王皓拒绝道:“不了。改天吧。”

“也是,我姐还等着你呢。”

王皓只勉强地露出一个笑容,没有提及他和林岚白日里为陈洁的事发生过争吵,大家都在气头上。林珂袅娜的身影逐渐消失在他的视线之外。

他依旧一个人原路返回。伫立的路灯将他的影子拉得长长的,延伸向远处的黑暗。他感到有一双手正在向他慢慢靠近,要掐着他的脖子,使他窒息。一对尖利的獠牙对着他的脖颈动脉刺入,血液汩汩流出,剧烈的疼痛遍布全身。清脆短促的高跟鞋叩击地面的声音由远而近,一声声落在他的心里,仿佛细长尖锐的鞋跟正一寸寸地插入他的心脏,他艰难地喘息。眼前蓦地晃过一个红色的人影,风一般地消失在黑夜的长街。

有女人“咯咯”的尖笑声,缭绕在空茫的夜色里,还有低低的呢喃:“白旗袍,红旗袍,滴血割肉染旗袍……”

第三章 穿旗袍的女人

王皓虽然心里面疑惑重重，考虑到林岚的感受，没有再在她面前提起有关陈洁的事。

王皓私下约张警官在一家咖啡馆碰面，向他询问案子的事情。张警官像是在隐瞒什么，总是闪烁其词不愿再谈这案子。

“都已经定案了，就没必要再去追问什么了。王皓，还是多花点时间在林岚身上吧。她才是你该关心的人。”张警官语重心长地叹了口气，眼睛看着窗外。

“可是这案子还有疑点，怎么就草草结案了呢？”王皓不懂，也不明白为什么警方那么草率地了结此案。难道也是因为林岚打过招呼的缘故吗？

“查案本就是警方的事情，有没有疑点也是由警方去判断。你不该这么执著下去，现在这样已经是最好的结果了。倘若你再揪着不放，对谁都没有好处。”

王皓苦笑着说：“难道不该查明真相吗？”

“真相就是陈洁为情自杀。”张警官加重了语气强调着“为情自杀”四个字，“你怎么就不明白呢，如果真要查下去，你和林岚都是嫌疑犯。要知道，陈洁出事之前和你们有过争吵，还动了手，况且案发地点又离你们的住处那么近……我想，其他的也不用我多说什么了吧。”

张警官喝完杯里的咖啡，站起身走到王皓旁边，拍了拍他的肩膀，“有时候真相是很残酷的，还是不知道的好。”

王皓的情绪有些激动，蓦地从座位上站起来，正对着张警官说道：“可是不查出陈洁的真正死因就是对法律公正的亵渎，那么你也不配当一个警察！”

张警官停了片刻，嘴角微微扬起，反问道：“看得出来陈洁对你很重要，既然如此，当初为什么要跟她分手呢？！”

王皓并没有回答他的问题，而是自顾自说道：“依陈洁的性格根本就不会自杀，即便是自杀她也没必要摘掉自己的左耳钉。再则，我无意中看到那份验尸报告，陈洁腹中的水和长青路人工湖的水并不相同。”

“你还看到了什么？”张警官原是想转身离开的，听到王皓突如其来的那一句蓦地停了下来。又坐回到先前的位置上。

“就这么多。”王皓激动的情绪平复了许多，缓缓说道，“我知道您和林岚关系匪浅，您一直视她为自己的女儿，只是这案子如此草率结案，难免大家会有所猜想。”

“你是怎么想的？”

王皓忖度了片刻，眉头皱了皱，脸上的肌肉也不自觉地抖了几下。“陈洁曾是我的女朋友，况且她出事前我和林岚都跟她发生过矛盾，一般的人都会觉得是我们杀了她，不是吗？”

“你说得也没错。不过所有的迹象都证明了陈洁是自杀，并非被人谋杀。除非你能找出证据证明她是被人谋杀的，否则只能以自杀定案。”他说完便自顾自地离开了咖啡馆，王皓依旧坐在原位，思绪游离。

林岚忙着赶稿子，将自己关在房间里，王皓也没有打算去打扰她。

这段时间一直住在长青路那幢老宅子里陪着林岚，已经很久没有回过自己家了。

打开门的那一刹，一股久违的温暖气息迎面而来。他在大厅舒软的沙发上躺了一会儿。然后拿着相机带上自己的背包，穿梭在大街小巷，只为拍到满意的风景。或者也有陌生的人，在那些迷离的灯光中涌动，留在他的镜头里。那样的时刻，他不会再去想繁琐的事情。有些人喜欢用忙碌来打发时间，而有些人喜欢用忙碌来忘记时间。

累了一整天，他回到家里脱了衣服就冲进浴室洗了个热水澡。闭上眼睛听着淋浴的水声，像雨的声音，稀稀落落地浇打在他身上。浴缸的水慢慢溢出，他将自己赤裸的身体渐渐浸入水中，深深地呼了一口气。他想安安静静地这样泡一会儿。昏暗的灯光，让他不禁想要闭上眼小睡片刻。

才刚闭了眼，却好像有一只冰冷的手正用力地将他的头狠狠地往水里按，让他喘不过气。王皓生生地被呛进几口水。墨绿色的水，浮游生物在浮动，蠕虫钻入他的鼻孔和耳洞，还有生生从他的眼窝挤进去的，他的皮和肉逐渐剥离开来，黑色盘结的长发将他的头紧紧裹住，逐渐地挤压，随时会被挤爆。白色的脑浆会像火山爆发时的岩浆一般喷泻而出，装满整个浴缸。那只细长的、扭曲的、没有一丝温度的手有细长的指甲，涂着暗红色的指甲油，她的指甲片在他的身上划出一道道痕迹，浴缸里的水由墨绿瞬间染成了红色，仿佛一个染布的缸。而他则成了鲜活的人血染料源泉。

他的耳边回响着一个陌生女人的声音："白旗袍，红旗袍，滴血割肉染旗袍……"

他猛地睁开眼睛从浴缸里站起来，吓出一身冷汗。"白旗袍，红旗袍，滴血割肉染旗袍"到底预示着什么？环顾四周，然而浴室里并没有其他人，除了他自己。

他看着镜子里面色惨白的自己，心脏仍旧在剧烈地跳动，惊魂未定。镜子里，忽然闪进一道红色的光影，半个人头逐渐移入，之后是竖直垂下的长发，以及隐藏在长发之下的那双幽冷的目光，窥视着他。

她红色的旗袍艳如盛开的牡丹，艳得绝美，艳得刺目。她不属于这个时代，是远古的某个年代的女人，她粉红色的高跟鞋精致得炫目，只是她扭曲的身体和下垂的头部充满着诡异的气息。她定定地看着他，就像在欣赏一座人体雕塑。冷笑。

她的手缓慢地抬起，拨开披散下来的黑色长发，一点点露出面容。

她……没有……脸！她脸上的皮肉俨然是一堆黏稠的浊物涂上去堆积而成，鲜红的脉络在有节奏地弹跳，她在滴血，越来越急，越来越多，一滴滴渗入她身上的旗袍。她肆意地狂笑，像个失去理智的疯子。不断撕扯自己脸上的血肉，一遍遍涂饰自己的衣物。

突然，所有的动作都静止，她缓缓抬起头，平视着王皓，她的手什么时候已经触到了他的脊背？向上划过，不，这不是真的！他的双腿在发颤，脸上的肌肉也在无规则地抽搐，喷薄欲出的喊叫声被一种莫名的力量压制在咽喉，哽咽得他透不过气。她的头颅她的身体在向他逼近，逼近。

"砰"一声巨响，洗手间的镜子一瞬间碎裂，零碎的镜片散落一地。

他的拳头狠狠地落在那面镜子上，骨节上的皮被镜片划伤，一丝嫣红的血液淡淡溢出。一切都恢复了平静。

他双手捧着水冲了一把脸，随手拿下一块毛巾擦干，却发现毛巾上竟沾着鲜红的血。血，他本能地将它扔在地上，借着破碎的镜子再仔细看时，其实也没什么可惊慌的，不过就是自己流了点儿鼻血。

很多时候恐惧源自于内心，也许是因为对陈洁的死感到愧疚，才心神不宁。他蹲下去捡起刚刚扔掉的毛巾，他的视线突然停在浴缸的底部不再挪移。若不是亲眼所见，怎么也不敢相信那是真的。

陈洁左耳上那只耳钉竟掉落在自己家的浴室里。

在她出事之前难道来过自己家？那天打了她一巴掌之后，究竟又发生了什么事？

越来越多的疑团堆积在王皓心里。他也越来越相信，陈洁的死并非自杀那么简单，一定还有什么不为人知的秘密。他想要亲手解开这个谜团，即便张警官一而再地劝说自己不要再牵涉此案。王皓既不是侦探，又不是警察，怎么可能查个水落石出呢？而且，如果陈洁的死和灵异事件扯上了关系，仅凭自己一人之力又能怎么样呢？会不会下一个要死的就是自己？那个穿着红色旗袍的女人到底是谁？还有那句时常出现在耳畔的“白旗袍，红旗袍，滴血割肉染旗袍”背后又隐藏着怎样不为人知的故事?!

王皓深深地叹了口气，有些失落。

他穿好浴衣，小心翼翼地将陈洁的耳钉收入一个精致的盒子里，放到卧房衣橱的抽屉里。

如果陈洁死之前来过这里，一定会留下些蛛丝马迹。

王皓有一种不好的预感，他怀疑陈洁是在自己家里被害的，至于为什么尸体会跑到长青路的人工湖尚且还是个未解之谜。

他仔细地察看着屋里的每一个角落，除了茶几上落着一丝烟灰，其他也没什么异样。

烟灰……

王皓素来就不抽烟，也没有什么人来过自己的家里，不应该有这些烟灰才是。难道陈洁曾带男人到过自己的家里？如果不是，那么又会是谁能够进到这屋里呢？

一堆的疑问藏在王皓心里，就像一根根藤蔓缠络着，让他透不过气。

倘若案发地点真的是自己的家里，那么自己无疑是最大的嫌疑犯。杀人的是人还是鬼？他不得不这样问自己，因为这一切都来得太过诡异。

他还在苦苦思索，整理思绪的时候，手机铃声骤然响起。

第四章 疑神疑鬼

林岚把自己关在房间,她需要一个人静一静,好好地想一想这两日来发生的事情,有关陈洁以及她和王皓之间的种种。她没有那么豁达,没有他所说的那么通情达理,她只是个平凡普通的女人,也会为自己心爱的男人吃醋,会在意他的每一个想法。每个女人都希望自己所爱的男人心里只有一个自己,唯一的自己。

她的泪就像断线的珍珠,不断地滑落,沿着脸颊的轮廓,沿着下巴,滴落。落在淡蓝色的床单上。女人流泪是给男人看的,如果仅仅是独角戏,自己也会觉得无趣。她止住了泪水。

楼下忽然响起的“叮当”声让她屏住了呼吸,难道是王皓回来了吗?他刚才不是已经甩门而去了吗?!按理说,每次吵架他一走便会回到他自己的公寓,然后好几天不会理睬对方,除非是自己主动打电话给他。今天怎么一反常态?不管,这一次他要是不先认错,自己绝不妥协。林岚心里暗暗想着。

“叮当”“叮当”蓦地转变成了“咯噔”“咯噔”声,这……是高跟鞋踩在地板上的声响,而且声音越来越近,越来越响,她在上楼梯,一步、两步、五步……

林岚在心里默默地帮她数着步数,到了,就快到门口了。

“王皓……是你吗?”

她的声音在一系列的物体碰撞之后被无数次的折射,扭曲得不太自然,而最后的“是你吗”三个字被反反复复地重叠,竟像是另外一个女人的音质,绵长而尖细。脚步声在林岚发出问话的同时如云烟般消失。

林岚止住呼吸,这屋子除了自己和王皓有钥匙,其他人根本不可能进来。那么这个穿着高跟鞋的女人会是谁?她是如何进来的?

林岚将眼角的泪抹去,又壮起胆子走到门边扭动把手,木门“吱呀”一声豁然敞开,一阵阴郁的风从过道拂过,扫过她的脸颊,吹起了她的发丝,倒像是有一个人生生从她面前擦过一般。带着几缕未散的芳香。

她探出头向左又向右审视了一番,空荡荡的过堂里什么也没有,更别说什么穿高跟鞋的女人了!她敏锐的嗅觉却抓到了一丝奇异的香味,这应该是一种法国的香水味,曾经在什么地方闻到过,是哪里呢?她挠着头,试图回忆起这似曾相识的味道。对了,是王皓的房间,王皓公寓的房间里有这种香水。他来过吗?刚刚的声音是他弄出来的吗?

她收回视线,正准备关上房门的时候,一双精致的红色高跟鞋映入她的眼帘。是送我的吗?林岚心底里泛起涟漪,脸上也骤然现出三月的春光。一定是他为了道歉,所以买了一双红色的高跟鞋送我?可是我从来都不穿高跟鞋的呀,好吧,既然买了,总不能放着落灰。她喜悦地拾起地上的鞋子,捧在手心视为珍宝。

她笑逐颜开地坐在床上试起了鞋,尺码似乎小了一点点,不过凑合着还能穿,虽然可能站立的时候会比较吃力,她在镜子前反复地照了照,越看越喜爱。

她在房间里踱着,又试着旋转舞步,“咯噔”“咯噔”,她又听到了这奇怪的脚步声,不是自己发出的,而是房间以外楼梯以下的某个地方。声音由强变弱，和先前的刚好相反。还有隐隐约约的凄凉的笑声，又像是哭声。

林岚停下脚步，脱下高跟鞋，仍旧穿好自己的那双鞋，开了门。水声！楼下洗手间忽然传来“哗哗”的水声。谁？是谁？她顾不得多想，立刻冲回房间，拿起手机按下一串熟悉的数字，电话很快拨通了。“王皓，你快过来一趟。”

林岚突然打电话来，要王皓迅速过去一趟。王皓不知道发生了什么事情，她那么着急。但听得出来她的语气带着轻微的颤音，像是受到了惊吓。

他不敢怠慢，匆匆忙忙从洗手间出来，穿上衣服便跑去长青路15号的老宅子。

门没有上锁，微微掩着，他推开门，里面灯光通明，犹如白昼。

林岚好不容易盼到王皓出现，才刚看到他就丢下手头的抱枕一步冲上去将他抱住。她的身体仍在颤抖，额角都是冷汗。

“出什么事了？”王皓的声音温和柔软，他轻抚着林岚的后背，又拍了拍她的头，将自己的头慢慢靠近她的发丝，闻着那一股清新的香气。他能感觉到林岚抖动的身体。

“这两天不知道为什么，我总觉得有什么东西跟着我，可每次回头却又什么都没有。还有，这个屋子每到深夜就会有奇怪的声音。不是我疑神疑鬼，是真的……”林岚心有余悸地说着，又回头指着转角处的洗手间，放低声音说，“刚才我在房间，外面突然传来脚步声，而且洗手间突然响起水声。情急之下我给你打了电话，之后又下楼去看个究竟，可是一个人也没有。”

“你是不是听错了？或者，浴室里的水龙头是你忘了关了吧。”王皓宽慰道。“有段时间我也常常幻听一些东西，去看了医生，说可能是压力太大，神经绷得太紧，所以才会出现那样的情况。我想，你可能是近段时间赶稿太累了，整天把自己关在房间会憋出病来了。要不，找个时间我陪你去看看心理医生？”

“我没病！是真的听到了脚步声。你是不是不相信我所说的？”林岚无奈又无助地看着王皓。

“我信。你先别激动。不过你看到的和听到的是相对的真实，在你的世界里可能很真实，但并不是实实在在存在的，仅仅是在你的意识当中可能存在的有别于真实的存在。”王皓的解释其实连他自己也有些迷糊，也不知道林岚能不能听得懂，但看到她木然的表情，想来她是没有明白王皓所要表达的意思。“好了，没事了。要不明天我陪你出去散散心，缓解一下压力吧。再这么封闭着赶稿，正常人也会疯的。工作固然要紧，但也应该给自己留一点儿放松的空间和时间。”

他将林岚扶到沙发上，倒了一杯水递给她。

王皓坐到林岚身边，接着说道：“心理学上说，人产生幻觉很大程度上是受心理暗示的作用。”

“你什么时候也看心理学方面的书了？你不是不爱看书的吗？”林岚转动着手里的茶杯，又紧紧地握着。

“我曾去看过心理医生……而且这两天……”王皓似乎不愿回忆已经发生过的事，皱着眉头，那段历史应该让他很痛苦吧。

林岚的注意力已然聚焦在了王皓身上，她对此表现出极大的兴趣，渴盼着王皓继续说下去。“为什么？”

王皓缓慢地低下头，十指相扣托着下巴，说道：“从我记事起，父母就一直在吵架中过日子。我爸是个脾气暴躁的人，和其他男人一样喜欢喝酒、抽烟、赌博，几乎就不干什么正经事，每次回到家都是醉醺醺的，那时候我最怕见到他凶神恶煞的样子，完全不像一个父亲。

“开始的时候，我妈还会劝他，但换来的却是拳打脚踢，他嫌我妈管得太多。这样的日子根本就不像在过日子，母亲提出要离婚，他拒绝。再后来，我被母亲送去了外婆家，就再没有听到过他们的消息。所以我和其他孩子生性不太一样，孤僻、冷漠、沉默寡言，甚至和这个社会，这个时代格格不入。”

林岚已经忘记了自己之前的那些恐惧，沉浸在王皓的故事里，“难怪你都没什么朋友。”

“有段时间变得异常抑郁，做事情也有些反常，大人们也只是把它当成青春期的正常反应，其实只有我自己知道，是心理出了点问题，可能有些东西在心里压抑了太久吧，像是心理扭曲了似的，看到别人家长来接他们的孩子的时候就会有一种忌恨感。”王皓停了下来，看了一眼林岚，好像正在犹豫着该不该往下说。

“然后就去看心理医生了？”林岚问道。

“嗯。也就是那时候认识陈洁的，当时她在心理咨询室帮忙……”

林岚明白，在他最孤独寂寞的时候，只要有个人能够开导他，关心他，他一定会对她产生好感，林岚没有表现出嫉妒或者其他表情，她喝了一口水说道：“晚上留下来陪我吧。”

他没有拒绝，他也想证实一下林岚所说的半夜出现的奇怪声音是怎么回事。

王皓重新出去锁好门，回来关掉了大厅的灯，将林岚扶回房间。

屋子里一片安静，根本没有任何动静。王皓又去察看了一下洗手间，发现里面也没有什么地方不正常。他更加肯定林岚是由于工作上的压力才造成的精神紧张。或者陈洁的死也多多少少对她产生了影响。人总是无法避免对于死人的恐惧，尤其是有些和自己相关却又不是非常熟悉的那些人。

林岚是个作家，对生活中再细微的事物也会有敏感的触觉，就像是一种天性。虽然王皓宽解着林岚，然而对这幢房子，他也有种怪异的感觉，也许是因为房子年代久远容易让人产生联想吧。再则环境幽僻，也造成了诡异恐怖的气氛。

王皓看到林岚服了一粒安眠药就要躺下睡了，便替她盖好被子。自己则坐在床边守着她。她的睫毛细密而纤长，上下秩序井然地交错着。白皙的肤质犹如刚出水的豆腐，白嫩而有弹性。

“什么时候开始有服安眠药睡觉的习惯了?”王皓微风拂柳般地问了一句。手自然地落在她的秀发上来回抚摸。

林岚挪了一下身子,将头深深地埋在王皓的怀里,那里有她需要的温度,那里能给她无尽的安全感。她睁着眼睛,仰视着王皓的下巴,伸手触摸着他的胸口,耳朵紧贴着心房聆听着他有节奏的心跳声。

她没有回答王皓的问题,没有告诉他她是在知道陈洁自杀的那一晚开始就听到了奇怪的声响,然后只能用安眠药帮助自己进入睡眠。她怕听到那些怪异的动静,就像有人在门口渐渐向她走近,越来越近。

一阵风吹过她都会以为那是什么不干净的东西从她身边走过。她以前不相信鬼神,但是自从那天之后她变得异常敏感,变得疑神疑鬼,变得神经质。

她在王皓温暖的怀中沉沉睡去。她已经很久没有这么踏实地睡过觉了。他可以给她足够的安全感,而一个女人寻找自己归宿的最终目的其实就是为了找到安全感。王皓靠在床头也渐渐地闭上眼睡着了,但只是处于浅睡状态。

大概半夜十二点多,楼下大厅里传来细微的声响,他被那“窸窸窣窣”的声音吵醒。睁开眼,屋子里漆黑一片,唯有窗外斜射进来的一丝微弱月光,暗黄的就像陈旧的牛皮纸。王皓动作轻巧地掀开被子下床,蹑手蹑脚地挪动,生怕吵到已经熟睡的林岚。他靠着房门仔细地听着外面的动静。不敢大声呼吸,耳朵紧紧贴着门板。

这就是林岚所说的奇怪声音吗？这屋子里除了我们真的还有第三个人?！他心脏的跳动节奏明显紊乱。王皓扭转门把,缓慢地开了门,虽然已经将速度放到最慢,但还是弄出了“吱呀”的声音,许是因为木门的转轴太过陈旧,而木门也因为时间久远发生了变形的缘故。

由于光线昏暗,几乎是伸手不见五指。他准备走下楼梯,看个究竟。说实话,虽然他是个男人,但在这种情况下还是不免有些害怕和紧张。尤其是这两日自己时不时地看到一些莫名其妙的事物,比如那个镜子里出现的穿旗袍的女人，还有听到的那句骇人的“白旗袍，红旗袍，滴血割肉染旗袍”。人类对于未知事物的恐惧是与生俱来的，这倒也可以理解。

他的手扶着墙壁，后背也紧紧贴上去。他心里默数着楼梯的级数，小心翼翼地迈出每一步。18、19、20，停顿了片刻……20，他在心里反复掂量这个数字，20，他的脚不敢再动分毫。他的脑子嗡嗡作响，脑浆就像滚烫的岩浆在翻涌，即刻就要喷泻而出。20，怎么会有第20级台阶？他记得很清楚，明明只有19级。

他的耳边有女人窃笑：“你踩到我的脚了。”

隔世的声音、低沉的语调，恍恍惚惚，往复回荡，减弱又增强。

“你踩到我的脚了……”这声音在夜色空茫中重叠，在穿透他的听觉神经直入他的肉体，越过五脏六腑直冲头顶，顺势带出那滚涌的脑浆。

他的脊背一阵寒凉，仿佛顶着一块冰，遇热而化的冰水沿着脊背的凹槽直线下滑。他的腿一软，竟跌坐在地板上。

黑暗中灯光蓦地闪亮，一个女人的轮廓出现在他眼前，耷拉着脑袋，发丝自然下垂，她周身笼罩在一股幽微的青气里。他头脑里闪过的第一个念头便是“鬼”，即便他一而再再而三地说服自己世界上没有鬼，如今鬼才相信这话！

她身上有不明液体在滴落，一滴、两滴，“嘀咚”“嘀咚”，它们和墙上的挂钟一样富有节奏。“嘀咚”“嘀咚”，是滴水，还是滴血？或者是在滴其他不知名的液体？它们慢慢地汇聚，蓄势待发，有一股潮涌向着他的方向侵袭。冰凉的温度自他的脚底开始向上蔓延，一点点将他淹没吞噬。

“喵”，一声凄厉的猫叫几乎刺破他的耳膜，他猛然惊醒。什么时候已经按下了室内电灯的开关，黑暗一刻间被光亮替代。

他的双脚正浸在透明澄澈的水里，而水是从浴室溢出的。浴室里仍有“嘀咚”“嘀咚”的滴水声，他一个箭步冲进去拧紧水龙头。他自嘲地摇摇头：“王皓啊王皓，总有一天你会被自己吓死！”

他的思绪刚刚落定，前脚才跨出浴室，先时的那只猫骤然从他眼前飞蹿而过，犹如一道闪电，迅雷不及掩耳，惊得他险些又滑倒在地。他拍着胸脯，长长地舒了一口气。他又找到拖把将地板上的水擦干，到楼梯口才发现多出的第20级台阶不过就是个细长的木质工具箱。

他终于长长地松了一口气。怪声的制造者不过就是一只黑猫。屋子里根本不可能再有什么人，更没有什么脚步声。

他回转身，愣住了，刚才已经擦过的地板怎么又有两排错落排列的脚印？他的眼就像被一根针扎入一般刺痛，整个身体再一次因恐惧而不自觉地颤抖。

冷风顺利地从他扩张的毛孔侵入，他感到四周的空气一瞬间急速流动，仿佛有人自他身边滑过，或者是飘过，轻盈地带动气流……

第五章　鬼盗尸

谁会如空气一般无声无息地走路而只留下两行足印？他的耳边再次响起嗡鸣声，嘈杂的电波干扰着，让他不安。

王皓擦拭着额头上的冷汗，循着地上的湿印一步步跟进，脚印在浴室门口消失，他真的是糊涂了，看到自己的光脚猛地锤了几下自己的脑袋，那哪是别人的脚印?！根本就是自己的，因为是从后往前拖，正常人都知道会留下脚印。疯了！疯了！一定是疯了！

他扭转身体，那只黑猫停在楼梯口，闪烁着绿光的眼睛盯着王皓，又好像是在看着王皓身后的某个方位的某个人。

王皓将目光迎回去，细细地瞧了瞧，倒不像是一般的家猫，应该是附近哪里的野猫吧。到了晚上出来寻找食物。偏这宅子又大，平日里也没人注意到它潜进屋子里来。它目露凶光，王皓越看越觉得胆寒，猫给人的印象素来都是凶邪，而且据说猫记仇，又说是邪灵魂魄附着在人间的载体，又加之龇着嘴露出尖利的牙，更让人觉得可怕，巴不得避而远之。

一番对视，双方都没有退让的意思，如同两军对战，主将相互对峙试图以气势和魄力来征服对方，不战而胜。大致僵持了五分钟左右，王皓光着脚踩在地板上着实受不了这种温度，况且大半夜的跟一只猫在这儿较劲，不是白痴就是神经病。

他用食指指着那只猫，随而又伸出大拇指："猫哥，服了你了！"

他将拖把依旧放回原处，待回头再看那猫早已不见了影迹，就跟出现时一样突然。神出鬼没。

走到大厅的茶几旁倒了一杯水，灌了下去，顿觉神清气爽，丝毫没有一点儿睡意了。他关好前后的门窗，在沙发上大概坐了一个小时，仍旧熄了灯回到房间。

林岚的呼吸有些急促，而且全身被冷汗浸透。王皓知道她肯定是做噩梦了，嘴里还喃喃地嘀咕着什么，断断续续的也听不分明。

王皓替她擦掉额头上冒出的汗液，她忽然喊了一句"别碰我"，猛地从床上坐了起来。那是一声撕心裂肺的吼叫，惊惧到了极点。

"是不是做噩梦了？"王皓的问题显然有些多余，谁都看得出来她是被噩梦惊醒的。

"我梦到一个女人，穿着高跟鞋，向我走来，她伸出一双冰冷的手死死地掐着我的脖子，然后把我按到水底，我拼命地挣扎、挣扎，但是就是没有用，水下很冷、很暗，我被水呛到，它们灌满了我的嘴、喉咙，我喘不过气。不停地挣扎、挣扎。接着又有一双手抓着我的双脚，可我却怎么也看不清那个人的脸，只看到一身的白色，不，红色。白色，红色，我在水底看不清……我仍旧无助地挣扎，想要挣脱那两只手……"林岚惊魂未定，苍白的脸上没有一丝血色，没有了昔日红润的光泽，就像一副枯骨，轮廓凸显。"是水池，染缸，他们把我扔进去按在水底，我不能呼吸，全身都在抽搐！"

林岚惊惶的言语和表情看得出那个梦究竟有多可怕，她仍怀疑自己还在梦里，她的双手紧紧握住王皓，那是她的救命稻草，一双可以带她摆脱困境和噩梦的温暖手臂，她不能放开，一旦放开，自己将再次沉入那冰冷的水底，永无天日。

"只是噩梦,没事的。"王皓将她抱在怀里。"你全身都湿透了,去冲个热水澡吧。要不很容易着凉。"

她让王皓陪着下了楼。王皓在沙发上看着电视,听着浴室里哗哗的水声。她没有关上浴室的门,只是拉了帘子,这样让她感到安心。她害怕一个人在浴室里,甚至有些害怕水。

"王皓,帮我拿一下浴衣,刚才忘了拿了。就在房间的衣柜里。"

王皓跑上楼,打开她的衣柜取出一件白色的浴衣。

"你的衣柜怎么那么大?"王皓将浴衣递给林岚,林岚因站在帘子后面,她的身形影影绰绰地凸显出来。"对了,你之前听到的奇怪声音是一只猫弄出来的。我已经把它赶出去了。下次人不在的时候别开着窗户,估计那只野猫是从窗户进来的。"

林岚简单地披上浴衣,从浴室里走了出来。"可我记得窗户一直是关着的。"

既然是猫,那她也没什么可怕的了。她一边擦着湿淋淋的头发一边坐到王皓身旁,后背靠着他。她像是有话要说,却又在犹豫着。一番思虑之后,还是开了口:"王皓,你是不是去找过张叔叔。"

林岚口中的张叔叔就是警局的张警官,王皓一时间没反应过来,便问道:"哪个张叔叔?"

"就是张警官。"林岚解释道。

"他都告诉你了?"王皓侧过脸看着林岚,"你不会怪我偷偷去找他吧?我是不想你担心。"

"是怕我担心,还是对陈洁的死耿耿于怀,始终放不下?"林岚也转过头去盯着王皓,两双眼睛直直地对视着。

"我没有放不下她,只是自杀的理由真的太过牵强了,明明有很多疑点,却那么草率地结案了。难道不是在掩藏什么吗?"王皓自顾自地说出了心里话,也没考虑林岚会怎么想。

"你就那么肯定陈洁是被人谋杀的吗?"林岚压低了声音,"还是你希望我就是那个你要找的杀她的凶手?"

"你怎么这么说?! 我没有别的意思。而且……我也没说陈洁一定是被谋杀的……"

"你虽没有这个意思,但是只要这案子再查下去,我就是最大的嫌疑犯。大家都会认为我抢了她男友,和她发生争执,因为她的那一巴掌而怀恨在心设计让她溺水身亡造成自杀的假象,不是吗?"

"你又何必如此呢。"

"这句话应该是我说才对,你为什么就非得揪着这个案子不放呢?! 难道你真要让我去坐牢才甘心吗?"林岚缓了一口气,接着说道,"还有,在调查陈洁死因的时候有人提供证据,证明陈洁曾在你的房子里出现过,但后来就没有见她出去过,只看到一个男人扛着一袋东西在深夜慌张离开。我想那一袋东西应该就是陈洁的尸体。这些都是张叔叔亲口告诉我的,若是继续查下去,你的嫌疑比我还大。我知道那个男人不是你,因为那晚我们在一起,但是别人会相信吗?"

王皓明白张警官和林岚的良苦用心,但他的心头始终有一个疙瘩。"也许陈洁的死……根本不是人为。"王皓刚说出这句话就后悔了,一个接受过唯物主义洗礼过的年轻人竟然怀疑世界上有鬼魂的存在。

"你说什么?"

"其实这几日来……我也看到了一些怪异的事情,总觉得陈洁就在身边的什么地方窥视着自己的一举一动。"

鬼吗? 笑话! 是谁说我疑神疑鬼的,自己还不是一个德行! 林岚瑟缩了一下,站了起来:"忘不了她就直接说忘不了她,我最讨厌口是心非的人了!"

她径自朝房间走去。她已然没有了睡意,铺开稿纸,坐在写字桌前继续书写着尚未完成的小说。

她之所以那么拼命地写,是想快点将它结束,然后跟王皓顺顺利利地结婚,好好地过平凡的日子。

王皓愣愣地在沙发上靠了片刻,什么时候闭上眼睡着连他自己也没察觉。若不是骤然响起的手机铃声,他应该还沉浸在他的梦里。

“王皓,或许你说的是对的。陈洁并非自杀。昨晚她的尸体不见了。”王皓听得出来这是张警官厚重而沉稳的声音。“待会儿我过去找你们。”

没等王皓回应,他就挂断了电话。林岚应该也听到了刚才的手机铃声,从房间里走出来问道:“是谁打来的?”

“张警官。”

“发生了什么事?”林岚一边揉着自己的头发,一边迈着轻盈的步子下了楼。

“陈洁的尸体不见了。”

林岚愣住了,难以置信地看着王皓:“怎么会这样?!”

“我也不知道,但至少说明一点,陈洁的死并非自杀那么简单。”

不是自杀? 也不像被谋杀? 难道真如那个老人所说的是诅咒吗? 老人布满皱纹的沉郁却又惊恐的脸再次浮现在王皓的眼前。她扭曲的声音如孤魂野鬼般飘荡着,在他的周身绵延环绕。“诅咒啊,诅咒……她又回来了……”

深夜的天空疏星寥落,吝啬地洒下一丝微茫的月光,照在路边的枯木上,几只猫头鹰凌厉地俯视着地上的动静。干涩而凛冽的风横扫过停尸房的玻璃窗,年久失修的窗框上嵌着的玻璃摇摇欲坠,还不时被晃出噼里啪啦的声响。

异常清冷静寂的停尸房里只有一个值班的老人,姓陈,大家都叫他老陈,打了一辈子光棍,若非年纪老迈又跛脚实在没办法挣钱养活自己,他才不愿每天对着这些冰冻的尸体。说起来身世倒也可怜。

他的胸前挂着一串佛珠,据说是经得道高僧开过光的,而在他的那间极其简陋的卧室里放着一尊观音像,每天都会焚香拜拜,嘴里念的倒是中西结合:“南无阿弥陀佛、观世音如来保佑、基督耶稣保佑……阿门。”

也不知他是从哪儿学来的这些，只知道他比谁都相信这世界上有人类肉眼无法看见的另外一种无形的生灵存在。老人们就是比较迷信，一方面是出于对死亡的恐惧，另外则是一些无法用科学解释的事物在他们看来就是鬼魂所为，因为这样的解释最不用大脑，最简单，最方便。

他烧了一壶水，正准备泡面，忽然从走廊传来尖锐的“吱呀”的开门声，木质的门轴因为相互间摩擦而产生的响声。这么晚了还有人？

“认领尸体明天再来吧……”他放大嗓门吼了一句。一边撕开方便面的调料包倒入锅里，一边将面饼也扔进锅里，用筷子沿着圆圈搅了一下，接着走出值班室，朝着外面的长廊看了一眼，昏暗的灯光下除了一张供人休息的座椅根本没有丝毫人影。

听错了？他摇摇头。“人老喽，耳朵也不行了！”

他继续等着他香喷喷的方便面出锅。

又是“吱呀”一声，怎么回事儿?！他关掉炉灶上的火，沸腾的水声渐渐消失，而“吱呀”声在这沉闷静寂的空间被无限放大。他尝了一口面汤，啧啧了两声就朝着走廊而去。一个红色的人影闪进了停尸间。老陈一肚子火气上来了，冲着停尸间的方向吼开了：“我说，你这个人怎么回事儿！不是告诉你明天再来认领尸体吗！你怎么自己进去了！”

他的声音被墙壁反复地折射反射而交叉重叠，最后又回到自己的耳畔，倒像是正对面有个人正在对着自己吼一般。他一瘸一拐地立定在停尸间门口，一阵刺骨的冷风迎面而来，而身后也有同样的一股风穿堂而过。将他温热的身体紧紧围裹，似乎是有什么东西要将他身上仅有不多的温度抽干。

门微微敞开，有一条缝隙可以看到里面。他的双脚粘了万能胶一般，死死被定在了地面上，无法抬动分毫。他浑浊的眼睛如死鱼眼一般瞪得大大的且瞳仁在不断扩张，血丝暴胀。风声，呼呼而过的风声。停尸间没有人！

许久的静默。他的脊背已经湿了一片。刚才的红色人影……明明进了停尸间。他的大脑不断重复之前的片段,“吱呀”声,红色的人影,“吱呀”声,红色的人影,空无一人的停尸间。他艰难地伸出手,缓缓推开虚掩的木门,他的视线落在了一个不曾合上的藏放尸体的抽屉,步履蹒跚地向前挪移,一步、两步、三步……空的。抽屉里空空如也。尸体呢?难道……红色的人影……尸体……复活!他的脑子里断断续续地拼凑着这几个短句,然后组合排列得出结论:那个红色的人影是复活的尸体。

他的耳边响起了诡异的笑声,一个女人的诡谲笑声,她在用变了调的声音哼唱:“白旗袍,红旗袍,滴血割肉染旗袍,扯下长发穿针线,一针一线绣锦袍……白牡丹,红牡丹,血溅白绫绽牡丹,紧裹尸身缝皮肉,夜夜听得哭声寒……”

老陈的两腿间已有不明液体顺着大腿的内壁向下流淌,当他循声回望,终于整个身体失去重心一般地栽倒在地上,双唇发紫,面部肌肉剧烈抽搐。

停尸间门口。一个穿着红色旗袍的女人在冲着他“咯咯”地笑,她脖子以上没有任何东西,她的头被她的手提着。“白旗袍,红旗袍,滴血割肉染旗袍……”

王皓再次见到张警官不是在警局,而是在长青路的这幢老宅子。张警官也已经很久没有见过林岚了,难免又要寒暄几句。王皓在一旁静静等着他开始正式的话题,关于陈洁的案子,关于她被盗的尸体。

“听说陈洁的尸体不见了,是真的吗?”林岚倒是先转入了这个话题,她是看到王皓焦急和不耐烦的表情才止住和张警官的琐碎谈话而转入正题的吧,她等着张警官的回答。

张警官习惯性地从裤袋里掏出一包烟,红色的硬壳,是什么牌子倒也没细细看。他递给王皓一支,王皓向来没有抽烟的嗜好,所以摆手拒绝道:“我不抽烟的。”

张警官面上的肌肉轻轻抖了抖,将烟点燃放到嘴边抽了两口:“你和刘涛不太一样，他可是个嗜烟如命的人，那小子比我还会抽。据说，有时候一天能抽掉一包烟，这肺哪受得了，就算肺受得了，周围的人也受不了！”张警官语重心长地说了这么一句，许是在拿王皓跟刘涛作比较。看得出来，张警官对王皓的印象比对刘涛好得多。

浓重的烟味开始升腾，在屋子里缭绕弥漫。林岚本能地捂住了鼻子，又不好说什么，只默默企盼他快点抽完。

“前几天联系上陈洁的父母，让他们来认领尸体。今早我带他们去停尸间的时候，值班室里没有一个人，结果在停尸间里看到了老陈横躺在地上，满脸惊恐地抽搐着，好像是中风的症状，我只好找人先把他送去了医院，而陈洁的尸体也莫名其妙地失踪了。”

“怎么会这样……那老陈他现在怎么样?”王皓的精神一下子来了，他倒在地上抽搐，而且一脸惊恐状，会不会是见到了什么可怕的东西，比如说……鬼。他是这么想的，但这种事情不能随便说出口，毕竟眼前有个坚定的唯物主义者。

“生命倒是无碍，就是脑子有点……本来还指望能从他口里问出点儿什么来，但现在看来是没什么希望了。他的嘴里就念着:旗袍、人头、红牡丹、女人。这些支离破碎的字眼也不知道代表什么，更没人明白他想表达什么，但可以肯定的是这些是他看到的或者听到的事物。”

旗袍？人头？红牡丹？女人？王皓的脑子里闪现过一些熟悉的片段，穿着旗袍的女人，旗袍上绣着一朵艳红的牡丹……他也看到了?！那么，也就是说当日自己在镜子里看到的穿着红色旗袍的女人并非幻觉！

“你在想什么?”张警官洞悉到王皓的表情不太对劲儿，推了推他。

“是一个身穿红色旗袍的女人，那旗袍上绣着一朵红牡丹……不久前我也看到过。”

“什么?!”林岚和张警官都惊诧地盯着王皓。他不像在编故事，他的样子那么诚恳，而且眼睛里流露着一丝恐惧，仿佛那是一次惊心动魄的经历。

“她长什么样?”

“看不清她的脸,那张脸是被长发遮挡着的,但能感觉到她在冲着自己诡异地笑,她出现和消失一样神出鬼没,就一眨眼的工夫……”

“你这么一说,倒不像是个人了。”

“一定不是人!”

“那是什么? 鬼吗?! 这世界上要是有鬼,要我们警察做什么?!”张警官不屑地冷笑了一声,灭掉手里的香烟。“一定是人做的,世界上根本就不可能有鬼。如果有,那也是装神弄鬼。我应该派人看着尸体的,谁也不会料到有人会去盗尸,所以才让他有机可乘,不过这样一来,倒是印证了你所说的,陈洁很可能不是自杀的,而是被人谋杀的。凶手一定是怕警方从尸体上找到对他不利的证据,所以才大费周折地盗走尸体。”

王皓自顾自地说着。“可是为什么她不早一点儿去,而是现在呢?”

林岚插话道:“可能是刚知道陈洁的尸体被警方找到。”

“这不可能,一点儿逻辑都没有。警方都已经以陈洁自杀定案了,她不可能一点儿都不知道。而且也没必要多此一举地去偷尸体呀。”王皓反驳林岚的观点,又不解地看着张警官,期望他能够解开自己心里的疑惑。

“可能凶手还不知道。”林岚努着嘴。

“这也不是不可能。”张警官又吸了一口烟,“但这不是最关键的。”

张警官卖起了关子,他似乎没有要马上讲出来的意思,林岚忍不住问道:“什么意思?”王皓也迫不及待地等着张警官的回答。

他不紧不慢地抽着烟,终于开了口:“其实被盗走的不是一具尸体,而是两具。”

“两具?!”王皓和林岚异口同声道。之后两人又互视了一眼,继续听张警官说下去。

“是的。陈洁怀有身孕。”张警官将目光聚焦在王皓身上,“还记得那份验尸报告吗? 你不是瞥见了吗。”

“我只看到了一点点,并没有看到……”王皓的脑子里正在整理着一些断断续续的思路，"凶手盗尸应该跟陈洁肚子里的孩子有关吧，而且她也一定知道我找过你，让你继续查陈洁的案子这事儿。所以，凶手是我们身边的人。"

"你小子并没有我想象中那么笨。"张警官犀利的眼睛直视着王皓，像是要把他看透似的。"陈洁肚子里的孩子是你的吧？"

王皓脸色乍变，几近苍白。他虽然和陈洁交往了两年，但从未与她发生过关系，慌忙解释说："不，不是。我从来没有碰过她。真的。"

"两个人在同一屋檐下住了两年，什么关系都没有发生，任是谁都不会相信吧。"张警官质疑的眼神让王皓着实不安，他知道自己怎么解释都不会让人信服，若不是张警官提到，他甚至根本不知道陈洁怀孕这件事，此刻他比谁都想知道陈洁肚子里的孩子究竟是谁的，他坚信，那个孩子的父亲或许就是杀死陈洁的凶手。可这也不对，凶手应该是女性而不是男性……

"我相信他，我相信他所说的。他说不是，那个孩子一定就不是他的！"林岚语气坚定，即便如此，她的心里却还是有一层疙瘩。她将视线挪到了正上方的天花板，之后才又落到王皓身上。

"本来只要做一下 DNA 鉴定就能证明一切，如今尸体不见了，就难了。"张警官继续道，"除了你，就没有其他人跟她交往了吧？"

王皓点点头，林岚却插了一句："或许有，只是王皓不知道呢，他一向都在外面摄影，根本不知道陈洁的行踪，更不知道她和什么人在交往。我有个疑问，按你的说法，如果盗尸的人是因为陈洁肚子里的孩子，那么凶手不就变成男人了吗？可之前不是说凶手是一个穿着红色旗袍的女人吗？"

"男人穿上旗袍戴上假发同样可以让人误以为是女人，不是吗？目前也只有等老陈清醒一点儿再说了。你们昨晚一直在这儿？"张警官看向二人。

"嗯。没有离开过。"林岚的脸上泛起了红晕，低声回道。

王皓明白张警官怀疑自己也是理所当然的，换了是谁都会先怀疑他。

"张叔叔，你怀疑是我们盗走了尸体？"林岚看了一眼张警官。

"呵呵，说真的，在个人感情的立场，我是相信此事与你们无关，不过站在警察的角度，我必须怀疑每一个与此事相关的人。"他站了起来，笑着说，"也别因为这些耽误了正事。"

"什么正事儿？"林岚不解地看着张警官，王皓也是如此。

"自然是你们俩的婚事。"

"这个……可能还要过一段时间。要等新书出版之后再说。"林岚心里还藏着半句，她足够理智，因而没有顺口说出来。

"真搞不懂你们年轻人的想法。"张警官摇着头离开了老宅子。

屋子里忽然又恢复了往日的静寂，两人的呼吸让彼此显得更加局促。

林岚走到厨房倒了一杯水，咕噜喝了两口，清爽凉彻的舒畅感让她精神一振。她一个人进了洗手间，王皓则撇下一句"我出去一下"就匆匆出了门。

穿旗袍的女人到底是谁？只要弄清楚这个问题似乎所有的事情就都会迎刃而解，王皓是这么认为的。陈洁被杀是因为诅咒，那她一定是碰了什么不该碰的东西所以才会惨遭厄运。盗尸的是一个穿着红色旗袍的女人，那么诅咒的执行者是不是也是这个女人?！这一系列事情的发生是不是也都是源于这个穿旗袍的女人?！她究竟是谁？又有着怎样的仇怨？

王皓的思绪一片混乱。谋杀？诅咒？自杀显然已经被排除。陈洁的死就只有两种可能。要么被人谋杀，要么就是受到诅咒。如果是谋杀，凶手性别暂不确定，而这个人一直在用"鬼魂"这层外衣来伪装自己，试图以此来掩盖自己杀人的行径，将一切顺理成章地推给无形无影的"鬼魂"；倘若是诅咒，那么就是身穿红色旗袍的女人死后化作的厉鬼杀了她。她的死是偶然吗？

第六章 恐怖的歌谣

一路上，王皓总感觉身后有人在跟着自己，他频频回头，却并未见到什么可疑的人，或许是自己的神经绷得过于紧张，又或者是警局的人在暗中监视自己的行踪。他并没有特别在意，毕竟自己坦荡磊落，没做什么伤天害理的事。

正所谓"平生不做亏心事，半夜不怕鬼敲门"，"鬼敲门"，他重复了一遍。"鬼"这个字眼对于他越来越敏感。他最不想提到的便是这个字，可偏偏就是会胡思乱想。

到了长青路与主街道交会的地方，迎面驶来一辆红色的计程车。他迫不及待地伸手拦下，打开车门迅速侧身坐到副驾驶座上，他喜欢这个位置，可以有足够的视野看到车窗外的风景。而且旁边还有个人，活生生的可以跟他说话的人，让他的安全感有了些许保障。

他要赶去影楼。途经那条拥堵的窄道，不经意间看到了刘涛从附近的一家酒店出来。是的，他没有看错，环抱着一个魅惑的女人。王皓仔细打量了一番刘涛身边的那个女人，穿着性感的露背装和迷你短裙，倒是有几分风骚的体态。明眼人一看就知道他们之间关系不简单。王皓能够想到的就是刘涛一定背着林珂在和这个女人交往,即所谓的婚外恋。他只当什么都没看见,刘涛和那个女人上了一辆计程车,在路口朝着王皓相反的方向而去。

让王皓意外的是在影楼门外他遇到了林珂,那不是凑巧,而是林珂特意在等他。

"什么风把你吹来了?"

林珂咧着嘴笑道:"西北风呗!"

"今天怎么这么有空来我这儿?"王皓轻描淡写地问道。

"也没什么,就是早上张叔叔来过,是关于上次你提到过的陈洁的案子。"

王皓揣摩到林珂的来意,笑道:"你是来找刘涛的吧?"

"呵呵,好像什么都瞒不过你。"林珂回道,"他昨晚没有回来,还以为他在你那儿呢,刚去过你家,不过白跑了一趟,想必你昨晚是在我姐那儿过的夜,所以只好在这等了。"

"他昨晚没回去?"王皓故意抬高语调,做出惊讶状,接着又简简单单地回道,"也许是公司的事情比较忙,在公司熬夜了,或者是和客户……"

王皓脑海里闪现的是刚才看到的那一幕,刘涛和一个女人从街边的酒店出来的情景。

"和客户怎么样?"林珂直直地看着王皓。

王皓挠着自己头,痴痴地笑笑,"当然是谈生意啊。"

林珂迟疑了一会儿,缓缓说道:"但是张叔叔似乎有点儿怀疑刘涛。"

"那是正常的,不怀疑才怪呢。其实不单单只怀疑他,我们每个人都在被怀疑的行列。"王皓将林珂请进影楼,"你也不必太担心,他不会有事的,况且陈洁的事和他也没什么牵扯,反倒是我和你姐姐的嫌疑比谁都大。"

林珂进去的时候感觉内部的布景和开张那天的有所区别,尤其是正中那张巨大的彩照。她侧着脸仔细地盯着看了片刻,"这是你第一次去老宅子的时候拍的吧?”

王皓顺着林珂的视线望去,浅笑道:“你还记得?”

“呵呵,怎么会不记得,你当时那副傻乎乎的模样任是谁都忘不了吧。”说着,林珂的记忆已然跳回到当时的情景。若不是王皓把她推醒,估计还在神游呢。

“为什么你好像一点儿都不担心。”林珂忽然好奇地问道。

“担心什么?”王皓明知道林珂所指,但还是不由得问了一句。

“既然你自己都说了,你和我姐有最大的嫌疑,你怎么一点儿都不担心?”

“因为我相信张警官会查明真相,又何必自寻烦恼呢?!”王皓蜻蜓点水般的回答让林珂有些意外。

“听我姐说,是你一直坚持要张警官查下去的。想来你一定是掌握了什么线索,所以才那么肯定说陈洁并非自杀的吧?”

“好像还真是瞒不过你。不过说到底,我是很想证明一件事——世界上到底有没有鬼!”王皓停了下来,整理着柜台上的一些文件,“想听听我的想法吗?”

“当然,就怕你不肯说。”林珂的表情有些奇怪,许是听到“鬼”这个字眼,心里发毛。女孩子本来胆子就比较小,而陈洁的案子又如此玄乎,不信有鬼都难。

“凶手是我。”王皓的表情没有一丝开玩笑的迹象,那么严肃那么认真。

林珂愣在那儿半天没有吱声,她如何都没有想到王皓会那么直接地说出这句话。甚至她敢都不敢想。“你?! 鬼!”

“怕了吧? 人比鬼可怕!”王皓骤然笑了出来,一副心满意足的天真的模样,显然林珂被他一本正经的说辞吓着了。“首先,陈洁死之前,我和你姐都曾跟她发生过口角,甚至还动过手,在理论上我和林岚都有杀人动机。陈洁扬言不会让我们轻易在一起,我为了不让林岚受到伤害,所以产生了杀陈洁的念头，那么怎么样才能让大家都看不出来她是被谋杀的呢？这就必须要考虑杀人的手法，人们最怕什么？鬼！因而用水溺死她无疑是最好的办法，等到她没有了心跳再将尸体抛到长青路的人工湖里，造成自杀的假象。之所以选择那么僻静的地方是为了不让人发现，因为那一带人烟稀少，即便被发现了，也不会有人怀疑她是被谋杀的，大家都会以为她是自杀或者不慎落入湖中溺水而死，再或者她是被鬼上身而失去性命……"

林珂等着王皓继续说下去，可他却戛然而止，悠然地托着下巴看起了手中的一张照片，林珂蹙起眉头凑上前看了一眼，不看还好，看过之后整个人都在发颤，那是一具面目狰狞的女尸，发丝交错盘结，眼窝空洞，鼻孔处溢出墨绿色的不明液体，耳朵上趴着几条灰褐色的蠕虫，它们似乎正在享用一顿味道鲜美的人肉大餐。她尽量捂着嘴，肚子里一股上涌的热流冲破咽喉从口中喷出。早上喝的还未被消化尽的牛奶被生生吐了出来，还好没有吐在王皓身上。

王皓惊诧地看着林珂，抚着她的后背："怎么这么大反应？不过也是，记得我第一次看到这具尸体的时候也吐了好久。"

他已是过来人，自然不会反应那么强烈。林珂则是第一次见到这么恶心的尸首，虽然是照片，恐怖的腐尸还是会让她毛骨悚然，似乎连不经意间吹过的风都是一把把尖利的刀刺在她身上，以往的大大咧咧瞬间被风干了，杳无踪迹。

"她就是……陈洁？"林珂抬起头，缓了缓。那既然你是凶手，为什么还要张叔叔把这案子查下去呢？你的葫芦里卖的是什么药？还有，你为什么要告诉我？难道……你也想杀了我？！

"嗯。死了的陈洁。你是不是在想，既然我是凶手，为什么还执意要张警官继续查下去，对吗？因为只有这样，我的嫌疑才会降到最低。"王皓的笑仍旧如春光般温暖，他的手在整理着柜台上散落着的其他几张照片。其中有一张是陈洁生前的生活照，但并非王皓所拍，他从来没有替她拍过照片，即便那花不了他多少时间，甚至只是举手之劳，他不愿拍人物照，至少她身上没有能够让他产生想要拍人物照的激情。

“但是你没有想到的是张警官真的提出申请继续追查此案,你也知道了陈洁怀有身孕,所以——是你盗走了尸体? 不对不对! 盗走尸体的是穿着红色旗袍的女人。你一定在开玩笑,一定在开玩笑。”林珂喃喃道。她浑身上下都不自在,她和王皓保持着大概一米的距离,她已经做好了逃出影楼的打算。

“凶手不是他!”一个男人浑厚沉稳的声音突然出现,不用看也知道是谁,除了张警官再不会有人能有这种声音。“王皓,就别再吓她了。”

“张叔叔,你怎么来了?”林珂惊异地看着张警官。

“你们说的话我都听到了。你这丫头被人家耍了。平常看你挺机灵的,这会儿被人家耍得团团转都不知道。”张警官拍了拍林珂的脑袋。“如果王皓真的是凶手,你觉得他会把事情都告诉你吗? 你见到过这么笨的凶手吗?”

王皓此时也跟着笑了起来。“还真别说,看她那样子似乎是都相信了。”

“谁让你那么严肃的?! 我能不信吗! 真是的,信不信叫我姐休了你!”林珂委屈地撅着嘴。

“陈洁的案子确实有些棘手,有些离奇和诡异,但绝对不是什么鬼魂所为。杀人的一定是人,而且是个高智商的人,她懂得利用鬼魂之说来伪装自己。王皓刚刚所说的都是正常人能够推想得到的,越是这样就越是蹊跷,越让人产生怀疑。这摆明了就是冲着王皓去的,凶手是想要借‘鬼魂’的手嫁祸给王皓。”张警官还想继续说,却看了一眼林珂,欲言又止。

“张叔叔,你是不是有什么要说的?”林珂还不算笨,看出了他的异样。“你是想说刘涛吧。尸体是昨晚被盗的,偏偏他昨晚又没回家,所以你是怀疑他?”

“毕竟你们和这案子都直接或者间接地产生了关系,所以……”

张警官还没说完,王皓就将他拉到了一边,尽量远离林珂,凑到他耳边放低声音说道:“盗尸的不会是他,他昨晚和一个女人在酒店过的夜。我是早上无意中碰见的,不过他没看到我。这事儿,当着林珂的面我也不好说。”

“那个臭小子!”张警官青筋暴胀,如果刘涛在场的话,他铁定会冲上去给他几拳。“好了,我会去酒店核实一下的。”

“你们没必要躲着我说,我知道他跟他那个秘书有一腿。”什么时候林珂已经到了他们身后,王皓和张警官都有些尴尬。

张警官说要去酒店核查,所以先一步离开了,影楼里只剩下王皓跟林珂两人。之后林岚也来了,说是闷在家里久了想要出来透透气。林珂不想当电灯泡,也随便编了个理由撤走了。

林岚没有告诉他小说已经接近尾声,也没有告诉他她把陈洁也写进了故事。在她的小说里,陈洁是一个对爱专一的女子,她没有背叛过任何人,她的死也不是自杀,而是被人谋杀。谋杀她的是一个爱她却又得不到她的男人。

林岚不知道为什么要这样设计,只是凭着感觉一直写下来。她的小说里充满了诡异的气息,就像她居住的老宅子一样,让人心生恐惧。或者她内心的恐惧正是因为自己太投入,而混淆了现实与小说。她的小说里描写的就是发生在一座古老宅子的恐怖事件。

她是第一次尝试写这种题材的小说,像是被一种神秘力量牵引着,她毫无选择,只能跟着向前走。不可否认的是,陈洁的案子让她抓到了不少创作的灵感。

大概是半个小时之后,张警官重新回到影楼。

“张警官,有没有什么进展?”王皓直截了当地问道。

“确实如你所说,刘涛那小子真的和一个女人在那家酒店过夜!”他一肚子的火气,“刚刚医院打电话来说老陈的状况已经好转,所以打算过去向他了解一下当晚的情况。对了,你有没有陈洁的照片?”

王皓疑惑地看着张警官,“有。”说着把刚才整理的照片又从抽屉里取出来,递给张警官,他随手抽了一张,说道:“就这张吧,正面的,看得比较清楚。”

“做什么用?”林岚问出了王皓心里同样存在的疑惑。

张警官嘴角的肌肉抽动了一下,淡淡地笑了笑,“待会儿就知道了,要不要跟我去医院看看?”

医院的消毒水味浓重而刺鼻。来往的人群中有年老的也有年幼的,年龄参差不齐,但始终脱不了几分愁容。王皓和林岚紧随着张警官,进入电梯,他按下数字3,缓缓上行。伴随着“叮”的一声,电梯门向两侧敞开。

301房。老陈背对着门坐在病床上凝望着窗外的某处风景,蓝天,或者更遥不可及的地方。他的双手不停地抠着指甲,左手的食指抠着右手的食指、左手的无名指抠着右手的无名指,十指相互抠着,弄出“啪”“啪”的碎响。

“老陈,还认得我吗?”张警官上前探视,走到他面前试图引起他的注意。他呆呆地看了一眼张警官,又自顾自望向窗外,视张警官为空气。“老陈,我是张警官,平常跟你喝酒聊天的张警官。老陈……”

他完全不理会。

张警官从口袋取出陈洁的照片,放到他面前晃了晃,“认得她吗?”

他神情呆滞,目光涣散,但还是转头看着张警官手里举着的照片。脸色骤然铁青,之后又变成苍白,身上的肌肉都在疯狂地抖动。“人头、人头、人头!”他连说了三个“人头”,惊恐的双瞳正在放缩不定,他极力推开张警官拿着照片的手,别过头去,低声自语:“旗袍。人头。红旗袍。无头女尸。尸体复活!”

支离破碎的语言。他的双手紧紧攥着白色的床单,将自己的身体和头部裹着,只露着一双眼睛防备地觑着张警官,生怕张警官会靠近伤害他似的。他是在害怕张警官还是那张照片?难道陈洁就是那个穿着红色旗袍的女人?

王皓凑上前，靠近老陈，直言问道："她是不是就是那个穿着红色旗袍的女人？"

老陈的头完完全全地缩进了被子里，看得出来他是受到了极度的惊吓。真的是她吗？王皓开始回忆自己见到的那个穿着红色旗袍的女子的身段、身高，确实和陈洁不相上下。莫非真的是她?！她已经死了，也就是说，他和老陈一样见到了——鬼！他的心顿时也寒了起来，毛孔不断扩张，眼前不断闪着金星。世界上真的有鬼吗？

张警官似乎已经找到了他要的答案，他将陈洁的照片收好。转身对王皓和林岚说道："果然是鬼啊！我得回警局查一些资料，这案子很快就能水落石出了。"他的语气轻和，犹似微风拂柳。

"鬼——"林岚原本就要脱口而出的声音最后还是卡在了喉咙。她推了推入了神的王皓，示意他该走了。他们刚走到门口，背后却响起一阵凄凉的女人的声音："白旗袍，红旗袍，滴血割肉染旗袍，扯下长发穿针线，一针一线绣锦袍……白牡丹，红牡丹，血溅白绫绽牡丹，紧裹尸身缝皮肉，夜夜听得哭声寒……"

女人的声音。悲戚扭曲，绵延长久，声声刺耳。千万根针落在王皓和林岚身上的每一根痛觉神经，深深的痛感让他们失去了喊叫的能力。他怎么会发出女人的声音?！王皓和林岚面面相觑，不敢相信自己的耳朵。王皓更是惊异万分，因为这歌谣如此熟悉……

老陈猛地蜷缩成一团，在床上剧烈地抽动，就像垂死挣扎的蠕虫拼尽生命里最后的气力扭动躯体。医生掀开他紧裹着的白色被褥，他口吐白沫，双目圆睁，停止了心跳。他猝死在床上，生生地毫无征兆地死在王皓和林岚的面前，或者，他是被什么东西吓死的，而那东西就在这房间的某个地方，窥视着房间里的一切一切，她借着他的口吟唱着她记忆里的歌谣。

他的面部表情如此恐怖，他一定看到了她，穿着红色的旗袍，旗袍上有一朵嫣红的牡丹盛开，而她的人头在滴血，一滴滴落在肩上、旗袍上，将身上的旗袍染得更红更艳，如同崭新的一般。她在笑，诡谲地笑，笑声里仍旧带着戾气。

她在冷冷地笑,笑声划过王皓的耳畔,低沉地说:"下一个就是你!"笑声更加凄厉更加杳渺。她飘走了,飘出病房,沿着空旧的长廊远去,去一个他所不知道的地方。

"下一个就是你!"反复回荡,重叠交替。幽幽的,幽幽的,又传来那毛骨悚然的歌谣:"白旗袍,红旗袍,滴血割肉染旗袍,扯下长发穿针线,一针一线绣锦袍……白牡丹,红牡丹,血溅白绫绽牡丹,紧裹尸身缝皮肉,夜夜听得哭声寒……"

第七章　滴血的头颅

死了。莫名其妙地，毫无征兆地就死了。双目惊恐地盯着天花板，身体蜷缩成一团。不是毫无征兆，是陈洁的照片让他无比害怕。还有那凄楚的歌谣，他临死前哼着的歌谣，是一个女人的声音，不是老陈的。他怎么可能会发出女人的声音?！天花板！上面有一块黑色的逐渐扩散开来的黑色印记，仿若有什么东西蛰伏在那儿等待着亲眼看到一场突如其来的死亡的降临。

“你……听到了吗?”林岚不能确信方才所听到的是否属实，迟疑地看向王皓。他木然地将视线落在天花板上，正是老陈双目聚焦的那块黑色暗记。那里有什么？不过就是一片被雨水浸湿的痕迹。静寂无声。这样安静的场合，又有一个尸体在旁边，让她浑身不适。瑟瑟地靠到了王皓身上，紧紧攥着他的袖口，像个迷失了方向的小女孩。

“啊?”王皓此刻才从恍惚中醒来。“你刚刚说什么?”

“你听到一个女人的声音了吗?”林岚小心翼翼地环顾四周，重复了一遍。会不会有一双眼睛正在盯着自己？冷冷地凶神恶煞地盯着自己？

“他……是不是……被鬼上身了?”

鬼上身?! 一定是。否则一个正常的老头子怎么会发出如此娇细而尖锐的女人的声音。他们能等的也只能是张警官可以给他们的事实的真相。

“或许吧。我不知道。”王皓无精打采地回了一句,接着自顾自出了病房的门。林岚尾随其后。

傍晚的夕阳带着几分暖意,渲染着路边的梧桐,宛若一幅浓墨重彩的画卷。

他们似乎很久没有这样一起走在落日的余晖里了,可能是近来的事情频繁扰乱他们正常的生活吧。让他们不得不陷进这无端的泥淖中。

“你刚刚没听到一个女人的声音吗?”林岚穷追不舍地追问道。难道只有自己听到了吗? 他一直回避回答这个问题是不是意味着他也听到了? 还是压根就没有女人的声音? 为什么偏偏自己听到了呢? 听到了歌谣——会死吗?! 一肚子疑惑如藤蔓一般缠绕着,盘根错节、凌乱纷杂。

“嗯……听到了。”王皓的这一点头让林岚舒心了不少。不是单独的,他也听到了,她几乎兴奋得跳起来。王皓在嘴里喃喃念道:“白旗袍,红旗袍,滴血割肉染旗袍,扯下长发穿针线,一针一线绣锦袍……白牡丹,红牡丹,血溅白绫绽牡丹,紧裹尸身缝皮肉,夜夜听得哭声寒。”

他的样子庄重而专注,仿佛中邪了似的。念了一遍又重新开始念,听得林岚全身汗毛倒竖,她实在忍不住打断道:“别念了! 王皓!”

“怎么了?”

“别念那歌谣了……你怎么把它给背下来了?”是啊,怎么会把这无根无源的陌生而又熟悉的歌谣背诵下来了呢?! 王皓也默默地问着自己。不,这并不陌生,因为在他的记忆里曾经有人不停地念过,还有那张长发披盖下的完全模糊的残缺的脸以及刺眼夺目的红色旗袍上绽开的嫣红牡丹。这些都不陌生。

无头女尸。红旗袍。人头。牡丹。老陈看到的是一幅怎样恐怖的景象呢? 居然能够生生将他吓死。还是他原本心脏就有病,所以经受不住惊吓?

“是陈洁的怨魂不肯放过我们对吗?”王皓愣了一下,林岚的这句话确实让他感到意外。他的心仿佛被人狠狠地抽了一下,隐隐地疼。他抚着林岚的长发,又顺势抚擦她的白皙的柔嫩的面颊:“不会的,一定不是鬼魂!张叔叔会给我们一个答案的。”

“可是……”林岚质疑地看了一眼王皓,欲言又止。目前也只能寄希望于张警官了。

长青路15号,也不知道从什么时候开始,王皓已经成了这里的常客,事实上他已经算是这座宅子的半个主人了。只是还有些仪式没有完成罢了,而林岚早把自己的一切交到他手中。

那一夜显得特别安静,王皓和林岚都没怎么讲话。

王皓站在房门口静静地凝视着她专注写作的样子,怕打扰到她,于是悄悄地走到床沿坐下。林岚沉浸在小说的世界里,全然忘了王皓的存在。深夜的老宅,异常宁静,所有微小的声音都像经过扩音器放大一般,听得明晰清楚。

“咯噔”“咯噔”“咯噔”,节奏舒缓沉稳,音质清亮干脆,在瞬间冻结的空气里蜿蜒流转。一声、两声、三声……他被这稀疏却又嘈杂的声音惊醒。一道红色的人影开了门,“吱呀”,门轴转动,房间里的灯什么时候被熄了,他毫无知觉,借着微茫的月光他下意识地看了一眼林岚的桌子。她伏在桌子上睡着了!那么……刚才开门出去的……不是她!也不是自己!屋子里除了她和自己再没有别人!门确实是敞开的。他的脑子嗡嗡作响,如同被雷劈中一般,整个身体在麻木和惊惧之间徘徊。

轻薄的被褥一点点被他掀开,折到另外一边的空床位上。双脚脱离床垫,直接抵触冰冷的木质地板,双脚小心翼翼地划了个圈搜索着自己的拖鞋,动作和声音极其微小,生怕惊扰到刚刚闪出门外的红色人影。

呼吸。深呼吸。屏住呼吸。心脏剧烈地弹跳,双脚一前一后缓慢交替抬动,他不是在一步步走路,而是僵硬地挪移,脚底板贴着地板,一分一寸地艰难移动。楼道漆黑一片,连仅剩不多的月光也因着乌云的遮罩而隐退。

他的眼睛洞悉着四周的一切,似乎周围也有无数双眼睛同样以这种目光盯视着他,他们目光狡黠,张着血盆大口,牙齿上还粘连着一丝丝挂下来的血肉。“呲”的一声,楼道的灯光骤然闪亮,又渐渐变暗,呈奶黄色,或者更陈旧阴暗的颜色,像是压在箱底的封存已久的牛皮纸的昏黄颜色。皱皱的,泛着潮湿的霉臭味。

他的两侧不再是楼道,更没有先前的房间。这是……一条幽深的不见底的窄小巷子,两边是青石、黄砖堆砌而成的古怪高墙,墨绿色的草从石缝间疯狂地生长,细细密密的叶子向下伸探,上面一滴滴垂落下来的是……暗红色的血!

他的脚不敢再动分毫,因为那些不知名的植物正在蠢蠢欲动,它们舔着他的面颊,沿着额角、鼻尖、颔、脖颈……停住了!一切都停住了!瞬间止息。他的脖子一阵冰凉,是不是已经被那嗜血的植物的尖细长叶割开了一道口子?他下意识地用双手抚了抚自己的脖子,没有,什么也没有。他猛地回转头,空寂的长巷吹来一股刺骨的冷风。

那些植物呢?!怎么都不见了?蛩音叩响,“咯噔”,“咯噔”,只有高跟鞋的鞋跟才能敲击出这种清脆短促的声响。声音来自正前方,远远地有一个袅娜的身影,月色朦胧中的轮廓极尽华美,令人动容。

“你来啦?”她在向他招手,是的,他看得到一双白皙而纤长的手臂在向他缓慢晃动,一下、两下……他的脚被这遥远飘渺的感召驱使了,朝着她的方向一步一步移动。檀香,是焚烧的檀香弥漫在空巷,丝丝柔腻滑过他的鼻孔,就像有人从他身旁经过弥留的体香。他闭上眼睛深深地吸了一口,陶醉其中。

当他睁开眼继续朝前走时,却怎么也迈不开步。两侧的高墙何时已经变成了一摞摞的朱红色棺材,檀香……是棺木散发的檀香。一层层的棺材都在晃动，“砰”，“砰”，“砰”，棺盖就要被掀开了。成千上万的死尸正在棺材中敲打着木棺，意欲冲出来分享这暗夜里自动送上门来的鲜美人肉。

手，苍白的冰冷的手，搭在他肩上，向前环住了他的脖颈，不断收紧，死死地掐住了他。黑色的盘结的长发像野生植物一般从地底生长出来，沿着他的两条腿向上蜿蜒攀爬，一圈圈将他的身体缠绕，裹紧。

他的声音死死地被卡在嗓子里，失去了惊叫的能力。他的攥紧的拳头却使不出半分力量，他想挣脱，挣脱这恐怖的黑夜，挣脱眼前的一切，然而死亡的气息似乎已经将他团团笼罩，如何挣扎都是多余。他将尸骨无存！

“白旗袍，红旗袍，滴血割肉染旗袍……”声音渐强渐弱，不是很明朗，在他耳边轻轻呢喃。一个女人轻柔婉转的声音。

他睁开眼看到自己正躺在一个女人的怀里。一双手环抱着他的腰，她的长发自然垂落在两肩，只是她的脸……好模糊。不！她根本没有脸！只有一堆模糊的血肉，脸上的皮肉应该是被人生生剥离了。她的嘴在一张一合，发出尖细柔美却阴森恐怖的呢喃声：“扯下长发穿针线，一针一线绣锦袍……”说着，她竟然用手狠狠扯下自己的长发，揉成一根细细的丝线穿过针孔，一针一针地痴痴地在自己身上的旗袍上绣着图案，那是一朵尚未绣完的牡丹。旗袍。牡丹。王皓如五雷轰顶，浑身筋脉近似全断了一般，瘫软地倒在那里一动不动。

红色的液滴从她的脸颊顺着下巴滴落，一滴、两滴、三滴……滴落在王皓的眼窝。她的手突然停住，嘴角冷冷地抽动，发出诡谲的笑声，双目炯炯地瞪着他，轻声问道：“我的旗袍好看吗？”

她的眼睛也在滴血，蓦地连眼瞳也随着血线掉落下来，击中了王皓的脸，她的空洞的眼窝里模糊的血肉如烂泥一般慢慢滑脱。她依旧在笑，似乎连那张残缺不全的嘴也要跟着掉落了。王皓的视觉神经几乎崩溃，瞳孔放大又收缩，收缩又放大，在清晰和模糊之间不停转换。而胸腔里有一股热流喷薄欲出，他只想痛痛快快地呕吐一场。

“我的旗袍漂亮吗？”她拾起地上的眼珠，塞到他手中。“你怎么不说舌呀?”她腼腆地捂着嘴“咯咯”地轻笑,又将针线穿好,“既然不说,那就都别说了。”话音刚落,她的针硬生生地穿过了王皓的嘴唇,撕心裂肺的疼痛蔓延至全身……

她娴熟地将针线一针一针穿进他的皮肉,拉紧,缝合,最后打了个结,多么完美的艺术品啊！他的整张嘴被缝合得严严实实,上下的嘴唇俨然从来没有分离过一般。密密排列得秩序井然的针脚不停地溢出红色的血液,被暗夜的冷风迅速风干,凝成紫红的血块。

她满意地看着自己的杰作,忽而皱起了眉头,少了点什么,她挠着头皮在想。“少了什么呢?”左看右看,反复思量。“哦,对了!”

王皓惊恐的眼睛里蓄积着透明的泪液,尖锐剧烈的疼痛让他麻木地痉挛。

她又从自己的头上扯下一把长发,发根连带着头皮,她轻柔地将它们捻成细长的丝线,和之前一样。每一个动作,甚至连穿引针线的姿势以及嘴角的诡笑都一模一样。她伸出两根手指,在他的脸上丈量了一番,尖长的涂着暗红色指甲油的指甲如锋利的手术刀一般,轻轻地在他脸上划出了一道细痕。沿着面颊的轮廓,钻心的剧痛一遍遍强烈地侵袭着他。

翻开的皮肉向外卷起,就像沾过水的纸页自然翻卷。她冰冷的苍白的罪恶的双手扯住了皮肉卷曲的一角,像剥开橘子皮一样轻轻剥开他的整张脸的皮肉。她的动作格外小心谨慎,生怕扯坏了一张完好的人皮。

痛！疼痛！剧烈的疼痛！这是他当下唯一的知觉,抑或已经没有知觉。他感到自己置身在一个无底的深渊,四周是漂浮着油污蠕虫的墨绿色潭水,它们疯狂地肆无忌惮地占据他的身体,啃噬他的身体,它们在为着这一顿丰盛的美食而欢悦。死。他宁愿立刻死掉,死了便不会再有这撕裂般的疼痛。

她疯狂地笑,双手举着一张透明的人皮,是他的脸!! 灯光的映射下显得异常鲜嫩而剔透,“咔”。血溅三尺,喷泉也不过如此。一颗头颅骤然滚落在地，骨碌碌地滚到王皓的面前。他还没从先前的惊恐中脱离出来，此刻又是一场惊心动魄的场景。他的心脏再无法承受，几乎要衰竭而死。

他的眼睛一眨不眨地看到了全过程：“咔”的一声脆响，断了，她的头颅像被人用刀砍断一般，倏然落地，离开了她的身体。而她的双手依旧举着那张刚从王皓脸上剥下来的皮肉，地上，她的眼睛忘情地盯着远在一米开外的双手和整个身体，嘴里“咯咯”地笑出声来，仿佛头颅从来都没有离开过自己的身体。

“砰”，他的额头火烧似的灼热，痛处越来越强烈。焚烧。他撞到了木门。什么？木门！他努力睁大眼睛环顾四周，是是是，这是楼道，眼前的木门是卧房！没事！我没事！他迫不及待地用双手摸了摸自己的脸，还在，又试着张了张嘴，也没什么事。他捶着自己的胸膛长长地舒了一口气，竟露出一丝坦然宽心的微笑。

他往楼下的方向探视了一眼，空寂如常，于是摇着头带上房门，回到房间。最近到底是怎么了?！林岚仍旧伏在桌子上一动不动地熟睡，他朝着林岚走去，取过一条毛毯想为她披上，手刚把毯子放到她肩上的位置，却只有一件衣服软软地滑到了地上。一件空空的衣服，没有人的任何躯体支撑着，那么林岚呢？桌子上圆形的皮球般大小的又是什么?！

人头！人头！人头！他鼓起勇气按下台灯开关，“嗒”，明亮的光束瞬间聚焦在那圆圆的物体上……一个女人滴血的头颅！她的双眼淌着血，嘴角淌着血，她在冷冷地瞪着他，似有深仇大恨，一股诡异的肃杀之气直直逼向他。

他的后背透着一丝寒凉，仿若有一只手轻触着，是不是她的没有头颅的躯体就站在后面?！他不敢回头，怕一回头，自己的头颅就会被生生拧断，然后骨碌碌地掉落在地上。

脚步声很细、很轻，他敏锐的听觉洞悉了两只脚踏在地板上的动静。他屏住呼吸，太阳穴跳动的节奏如战场的擂鼓声，声声震耳。别过来！他在心底里暗暗祈祷,反复念叨。别再过来了!

“你在发什么呆?”一个熟悉而清亮的声音打破了夜晚的宁静,却又像是一根救命稻草让他的生命有所依靠,林岚,林岚的声音,如此悦耳如此婉转如此亲和。他回转身,看清了她的容貌,可不就是林岚。他疯了似的上前一把将她拥在怀中,两个人的身体紧紧地贴在了一起。

“怎么了? 发什么神经?!”林岚摸不着头脑,满脸雾水地凝视着王皓。此刻的他比任何时候都像一个孩子,一个尚未成年的孩子,而她则有种像这孩子的妈的错觉。

“桌子上的头颅是……”王皓沉住气,缓缓地指着书桌上安放的那颗女人的头颅。

“哦,那是一个模型,假的。你该不会是被它吓成这样的吧? 亏你还是个男人!”林岚捂着嘴暗暗笑道。

“红色的液体不是血液?”王皓惊异地走上前,跟随着林岚的步子。她举着那颗假头颅,递给王皓,不屑道:“仔细瞧瞧,那不过就是一些红色的颜料。”

“没事,你放着这么个东西做什么?”王皓更加不解了,女人素来就不喜欢和这些乱七八糟的东西打交道,可她却一反常态竟然玩起了假头颅。“你是从哪儿弄来的?”

“在一家玩具店买的,我是打算用这个头颅拍成照片设计一下做新书的封面。白天的时候本来想叫你帮忙的,但是忘了,晚上你又睡熟了,所以没有吵你,正好我还可以给它涂点颜料化妆。不过颜料很快用完了,我才下楼找了些来,还找到了一支唇膏。”她不紧不慢地解释道。手里的一支口红旋转开来,给假头颅的嘴唇一层层涂上艳红的唇膏,涂完一层又一层。“你别光站着呀,也来帮忙。或者,你可以现在想想要用怎样的角度去拍才够艺术够恐怖。”

王皓不情愿地向前挪动了两步,这俨然就是一个活生生的头颅了,怎么可能不恐怖! 狰狞的面孔,凹陷的眼窝里镶嵌着圆鼓的眼珠,瞳仁里布满了错综复杂的血丝，鼻梁上有一个缺口，空洞里是一团暗红的血肉，估计是颜料涂多了残留在里面。嘴唇上覆盖着厚厚的膏体，林岚似乎没有停下手头的动作的打算。半支唇膏已经消耗殆尽。

“够了吧，还要涂多少唇膏啊?”王皓推了推她的手，一划，红色的唇膏沿着假头颅的嘴角斜向脸颊，留下一道明亮刺眼的红印。

“你推我干嘛呀?!”林岚焦急地冲着王皓吼了一句，又慌慌张张地从抽屉里取出一张纸巾，轻柔地将红印一点点擦净，仿佛是在擦自己的脸，小心翼翼的。嘴边还漾着一丝清浅的笑。怎么看怎么诡异。“你在这碍手碍脚的，还是先去睡吧。”

那一夜似乎特别漫长，王皓已然毫无睡意，坐在床上盯着林岚摆弄着那个头颅模型，一会儿把它的长发盘起来，接着又摇着头把它放下。一会儿把它的脸仰起，之后又感觉不对把它的脸侧翻过来。如此反反复复，不厌其烦地和那个头颅较起了劲儿。她就像着了魔似的，还暗自嘀咕着:“是这样吗? 不对不对。还是这样吧。好像少了什么，少了什么呢?”她挠头冥想，眼睛一亮，给她戴上了一只耳环，然后满意地看着自己经手的伟大作品，欣然而笑。笑得人全身发毛。

第八章 人皮面具

清晨的阳光透过玻璃窗斜斜地射进来，整个房间瞬间变得明亮温暖。王皓再去看林岚时，她竟然趴在桌子上睡着了。他没有注意到自己究竟是什么时候睡着的，而她又是什么时候睡着的。他取下被单披在她肩上，动作异常小心，生怕将她弄醒。又拿过写字桌上厚厚的一沓手稿，细细地翻看。他是第一次看她的作品，也是第一次看到她秀美的文字。

那颗头颅呢?！他四处找了找，就是没有找到。算了，即便找到了也不能怎么样。应该是林岚将它收起来了。林岚醒来的时候王皓已经从外面带回了早餐。

"起得这么早，你是昨晚一晚没睡?"林岚看着眼睛有些浮肿的王皓。

"嗯……后来眯了一会儿，接着就，好像是昏沉沉地睡去了，我自己都不太清楚。不说这个了，倒是你，怎么老是趴在桌子上就睡着？有床不睡!"王皓的话语里带着绵绵的关切。他原是想问头颅的事情的，不过又不想自寻烦恼，索性咽了回去。

"小说终于写完了。照片也搞定了！不用麻烦你了，看来自己的事情还是得自己亲手去做。”林岚伸了个懒腰，脸上浮出一丝温润的笑，就像窗外温暖的阳光。“待会儿陪我去出版社交稿吧。顺便走走，你可是说过要陪我散心的，今天一天你都是属于我的。”

林岚说这话的时候像是在撒娇，但又有几分霸道的意味。王皓偏就喜欢现在这样的林岚，他将手中的早餐递给林岚，然后调侃着说：“怎么只有今天一天属于你?！等你的小说出版了，每天都属于你了。”

“知道就好。”林岚的笑更加灿烂迷人。林岚的手机突然响了起来，她一边整理书稿，一边在接电话，王皓在一边等着。手机里的声音虽然很小，但是听得出来是出版社打来的。大概是谈书稿的事情吧，或者其他，王皓不敢确定。

“是出版社打来的吧?”虽然是疑问的口气，但其实王皓心里带着笃定。

“嗯。”林岚看了看一切都已整理好，便牵着王皓的手说，“好了，我们走吧。”

王皓跟着林岚去了那家出版社，比他想象中的要气派得多。林岚和几个编辑在办公室里谈着稿子的事情，而自己则坐在大厅的塑料座椅上。期间有一个女孩儿倒了一杯水给他，王皓说了声“谢谢”，那女孩儿简单地笑笑就去忙她的事情了。

大约过了半个小时，林岚才从编辑室里出来，她看到一脸无辜的王皓坐在那儿干等着，不禁笑了起来，“等待是一件很痛苦的事情吧？某人当初不是还说既然认定了，就算是等一辈子也无所谓的吗。”

王皓缓缓站了起来，咳了一声，接道：“等一个喜欢的人是一件幸福的事情。”

“少来，那你干嘛一副可怜兮兮的样子?！走吧。谈妥了。”

“你们不是之前就已经联系好的吗？怎么现在还要谈那么久?”王皓随口问道。

“这你就不懂了吧。之前谈呢是确定交稿时间以及稿酬等等问题，现在谈呢主要是谈出版的时间。”

王皓没有出过书自然不懂，但在他的意识里出书就是只要签合同然后交稿，等到出版了再收稿费就是了。没想过还要谈那么多东西。他们原是打算继续去逛街的，林珂的一个电话把他们叫到了医院。

林岚的父亲病情复发，又住进了医院，现在仍昏迷不醒。王皓算是相信林岚所说的，他的病好的时候跟常人无恙，若是犯了就随时可能有生命危险。林岚、王皓、林珂和刘涛四个人围着一张病床，看着仍有呼吸却一直没有清醒的林峰。

刘涛说是公司里出了点儿事提早离开了，王皓、林岚和林珂三人则在医院整整守了一夜。护士给林峰换了一瓶点滴，看情形他这次犯病比之前的哪一次都要严重。林岚和林珂一人抓着一只手，坐在病床床沿无助地看着。

那天中午，林峰倒是睁开了眼，也能动也能说话，就是喘气有些困难。他看了一眼王皓，露出一个久违的笑。然后又指着他说：“从第一次见你那会儿开始就觉得你小子看着挺顺眼的，还真别说，有时候不得不相信缘分这个东西。你和林岚都在一起这么久了，怎么都不来看看我？怕我吃了你不成?!”

看到林峰还能笑着开玩笑，大家的心也算是放宽了许多。林珂接上了话，说道：“爸，他可是个腼腆的人，你别把人家吓跑了。那到时候可上哪儿去再找这么个未来姐夫。”说得房间里的人都放开了笑起来。

“林岚啊，你也不该那么任性，哪有人拿自己的婚姻大事和写作混在一起的。你妹也跟我说了，倘若你的小说迟迟不写完，岂不是要人家王皓白白地等下去。况且你也知道我的病，趁着还能活动，我还想喝你们的喜酒呢。”

“爸，你别说这些丧气的话。医生也说按时吃药慢慢地会调理好的。至于我和王皓的婚事，一个月后就能办。”林岚抚着林峰粗糙却壮实的手说道。

"怎么还要等一个月?"林峰长长地叹了一口气。他又四下看了看,像是在找什么东西。"我的公文包呢?"

"在枕头下面垫着呢。"林岚小心翼翼地将他扶起,抽出放在枕头下面的黑色公文包。

林峰从里面取出一把钥匙,犹豫着要不要递给林岚,二十二年前的那场骇人听闻的惨案依然历历在目,"这是祖宅阁楼的钥匙。不到万不得已就不要打开阁楼……"

林峰的话还未说完,已经吐出了一口血痰。像是要告诉林岚什么,犹豫再三还是停住了,之后人就迷迷糊糊地嘟囔起一连串奇奇怪怪的字句。林岚隐隐听到"气泡""风谣",只是完全没人能明白他想表达什么意思。

她有种不祥的预感,越来越强烈,父亲把阁楼的钥匙交给她,是怕他自己一病不起吗?这是在交代后事,把一切都安排妥帖吗?透明的液体在她的眼里打转。

"你们都先回去休息吧。我想再躺会儿。闭眼,就不用再看见她了,就不用受折磨了。"他口中的"她"是谁?"不用再受折磨"是指不用受到病痛折磨,还是"她"的折磨?!王皓的脑子里闪过一道白光,他之前说的不是"气泡",而应该是"旗袍"!那么"风谣"呢?那是什么东西?人吗?一大堆的疑惑潜藏在心里,无人能解答。既然林峰说了要他们回去,他们也只能各自离开了病房。

黄昏被夕阳浸染得通红,仿若一片血海。浓重的血腥味弥漫着整座城市,那是一张血盆大口,吞噬着一切生灵。尖利的挂着血丝的牙齿锯断他们的每一根肋骨,细菌滋生的浑浊黏液逐渐融合他们的血肉,咀嚼,机械般在嘴里咀嚼,直到分不清谁是谁的骨肉,"咕噜"吞到了暗黑的腹中,等待着被消化腐蚀。

法国梧桐的身影遍布城市的每一个角落,凛然而立,影子被暗淡的路灯拉得扭曲而细长,它们是夜里哭号的孤魂,随着凄凉的寒风游荡在幽长幽长的街道。

阴冷静寂的长青路15号,俨然就是一座有着西式风格的华美坟冢,阴霾笼罩着整个墓室。

旗袍。风谣。风谣到底是什么？王皓坐在大厅的沙发上神不守舍、魂不附体地思虑着,旁边的林岚侧过头问道:“你怎么看上去怪怪的?”

王皓“啊”了一声,挤出一个笑脸,回应道:“有吗？呵呵,我只是……你爸刚才突然吐出一口血痰,他的视线……”

“你到底想说什么?”林岚不耐烦地追问道:“干脆一口气说完,别吞吞吐吐的。”

“你不觉得你爸是看到了什么才会吐出一口血痰的吗?!”惊雷一般的话语从王皓口中迸出,像跳跃的火星,燃起燎原之势。“他当时的视线落在病房门口,似乎我们背后站着一个什么人,而他就是看到了那个人才咳出一摊血！那个人会不会就是他所说的‘不用再看见她’中的‘她’?”

经王皓这么一说,林岚倒是有些印象,林峰瞥了一眼门外的某个方位,面部的表情急遽紧张,胸中一股上升的热气将一摊血冲了出来,之后便昏昏沉沉迷迷糊糊地闭上了眼胡乱自语。他看到了谁？为什么会让他如此害怕?

“当时我们身后根本没有其他人……如果有,应该只是过道里路过的人,医院里人来人往,从门前经过也是自然的事。是我们想太多了吧。”林岚宽慰着自己,也是在说服王皓。显然连她自己对自己所说的都持有怀疑。

父亲林峰的病是莫名其妙得的,而医生始终没有找出病因,对此束手无策,吃药最多就是缓解病痛,并非长久之计,更不能治愈,没有人知道林峰的身体接下去会怎么样。她不得不将他的病和鬼怪联系在一起,而且越来越深信不疑。

晚饭过后,林岚神神秘秘地出去了一趟,也没说要去干什么,王皓一个人待在卧房,仔仔细细地梳理了一遍这些天里接连发生的事情:人工湖旁出现的穿着林岚衣服的疑似陈洁的女人；人工湖里发现一具腐烂的尸体，尸体就是陈洁的；陈洁的尸体在停尸间被盗，值班的老陈看到盗尸的是无头女鬼，接着他看到陈洁的照片之后猝死在医院的病床上……能够将它们联系在一起的便是已经死了的陈洁。

难道真的是陈洁阴魂不散？穿着红色的旗袍，唱着古怪诡异的歌谣？而所有见到了她，并且听到了歌谣的人是不是都会莫名其妙地死掉？就如猝死在医院的老陈一样。下一个……会是谁？是林峰，还是自己？他今天在医院是否也看到了她，所以受到惊吓吐出血痰，也才有了他口中那句“闭眼，就不用再见到她了”？

铁门的转轴因旋动而轻擦出声响，窸窸窣窣、吱吱呀呀，王皓知道必定是林岚回来了。

她倒是不着急上楼，而是在大厅闲坐了片刻。仰起头望着斑白的天花板。深吸了一口气，从棕黄色的提包里抽出一张白纸，平整地铺开，右手握着笔在上面簌簌地画出了一个大致的椭圆形轮廓，心满意足地露出恬淡的微笑。

她双手合十，闭上双眼，仿佛是个虔诚的佛教信徒，口中念念有词，兴许是“南无阿弥陀佛”，听得不太分明。

她的左手边是一个精致的扁平木盒，涂着一层朱红色的漆。檀木锦盒上雕饰着奇奇怪怪的盘旋扭曲的纹路，颇似一些道观的符文，抑或是某个远古族氏的祭文、巫文乃至咒文！遒劲有力，大气磅礴。盒子正中镶嵌的两颗血红色玛瑙如同一对燃烧着火焰的人眼，怒视着一切。据说血红的玛瑙有辟邪之效。

她刚才出去就是为了拿这个锦盒，如此精致华美却又透着几分离奇诡异的檀木锦盒里究竟装着何方圣物？圣物还是邪物？王皓对此兴趣盎然。

林岚蓦地睁开眼睛，盯视着楼上，王皓拍着胸脯蹑手蹑脚地退回到房间，还好避开了她的视线。他若无其事地钻进被窝，饶有几分小偷的潜质。

林岚携着她的神秘锦盒上了楼,缓缓推开房门,见王皓已经躺在床上以为他已经睡下,于是放轻脚步,替他掖好被子。他微微眯着眼观察着林岚的一举一动,而她全然不觉。灯,熄了!一瞬间。伸手不见五指的房间里连一丝幽暗的月光都照不进来,是她拉上了窗帘挡住了外面的银白色幽微的月光。

她的脚步在移动,移向门口,王皓能够凭着敏锐的听觉判断她的位置,她此刻应该就站在房门的边上,或者已抵达楼道。黑压压的空气凝固了,他的呼吸越发凝重。她还不睡觉,要去哪儿?做什么?王皓的眼皮不安地跳动,不祥的预感让他胸闷得透不过气。

她下楼了。楼下传来鞋跟点地的声音,"吱呀",她开了一扇门,是哪一个房间的门?浴室是推拉式的玻璃门不会有这种声响,厨房也不会,那么……后院的大门。对!后院的大门是木质门板,而且年久失修,最有可能发出这样的噪音。

王皓鬼使神差地从床上爬起来,摸着墙壁沿着楼梯向下,一束白色的光在暗夜里闪亮炫目,幸好他蹲得快,否则那束光亮铁定会直直打在他的身上。光源来自后门,自己的推测没错。林岚肯定拿着手电筒去了后院。后院是一片蔷薇花地,空着一间破落的木屋,堆放着一些陈旧的家具以及废弃物。平常很少有人会去那儿,王皓也是上次赶走那只野猫才知道那儿还有那么一间空置的破屋。

木屋的门上挂着的锈迹斑斑的铁锁在一番"叮叮当当"的声响之后颓然落了地,是被林岚砸开的,而不是用钥匙打开的。王皓压制着自己的呼吸和脚步声,慢慢靠近木屋,脚下是软软的不知什么东西,松软的泥土吗?踩在上面就仿佛是踩在无数人的身体上一般,软绵绵的。他根本没有办法看清路面,凭着感觉和前面的那一丝吝啬的手电筒的光亮。

窗。手电筒的光被窗上的玻璃折射和反射出来,他侧身隐藏在窗下,接着长长地舒了一口气,他到底在干什么?!为什么不光明正大地走进去,而要偷偷摸摸地跟着她?连他自己一时半会儿也想不明白。他像壁虎一般贴着墙壁向上直起身子，透过残破的玻璃窗窥视着屋子里的情况。

沾染着厚厚的灰尘的桌子上，赫然放着一面古旧的铜镜，一碗盛满的清水，两根红色的蜡烛，一张白色的有着些许图案的纸，一盒火柴，还有她紧抱着的神秘锦盒。她注视着檀木盒子上那些交错别致的纹路，并用纤细的双手轻柔地抚摸，那动作就像是在轻抚着一张俊美的脸，陶然自得又带着忐忑。

突然，她的手在血红的玛瑙上停住，两根食指分别按在左右两颗玛瑙上，"砰"，锦盒应声而开，她痴迷地深情地凝视着盒子里的东西，魂魄已然飞离肉体。她的脸上浮起一丝涟漪，三月的春光尽显，嘴角上扬的那一点弧度犹似虹霓，她的双手缓缓取出檀木盒子里的东西——白皙柔嫩，剔透润泽，胜似脱水而出的芙蓉，轮廓处附着一圈雪白的茸毛，在微弱的灯光下依然光彩夺目，鲜丽异常。那是一张绝美的——人皮面具。

第九章　诡异的咒术

破旧木屋的顶梁上悬挂的是一盏旧式的煤油灯，“呲呲”作响，它在夜风的吹动下左右摇晃，舞步杂乱无序。

她背对着王皓，举着人皮面具静默了足有半分钟，王皓瑟缩地拉了拉自己的衣领，防止寒冷萧瑟刺骨的风灌入身体，僵硬着伏在窗外，为了看清那张诱人的诡异的面具，他已将自己的脸紧紧贴到玻璃上，一层黏稠的肮脏粉尘蹭到了他的面颊。

专注的他哪里还有时间和心力去擦掉脏物，他巴不得自己的眼睛立刻脱离头颅“嗖”的一下直接飞到屋里，贴着面具看个一清二楚。

林岚放下手里的人皮面具，在桌子的正中摆好那方古旧的铜镜。黄色的镜面周围镶着一圈银白色的什么东西，也许是银，环绕它们的便是镜框，椭圆的框架上雕镂着密密麻麻的图案，雕刻精细、手工上乘，绝非普普通通的镜子，是仿古的还是本就是古代的铜镜？容不得他去细想，似乎也不重要，重要的是林岚要用它做什么。

两根红色的长烛被固定在铜镜的两侧，那碗清水则被放置于铜镜正前方一尺开外的地方。她又取过火柴，划了一根，点燃蜡烛，烛火在轻微地晃动，她的身影也在墙上跟着晃动，不是一个身影，而是两个！两个身影?!

王皓的脑子又开始出现“嗡呜”的嘈杂声音，一种受到电波干扰般的喧噪的声音。他禁不住捂住耳朵，视线却未曾离开过林岚。她戴上了那张人皮面具，触电般地身体抽搐了一下，俯下身，双膝及地双手高举，叩首，再叩首，“砰”，“砰”，额头撞击地面的真实声响。

那还是林岚吗？他的毛孔霎时扩张数百数千倍，冷风穿堂而过，游走自由。两次叩首稽拜之后，双手合十，默念着一连串稀奇古怪的词句，难道她在大厅所做的只是预热，是为了现在正式开始而做的演练？大约过了一分钟，她缓缓起身，走到铜镜前，拿起那张画着不知什么图形的白纸，点燃，所有的灰烬落在盛满了清水的瓷碗中。

她沿着桌子绕了三圈，继续俯下身体，双手抱起一个红色绸缎包裹着的球状物。放到铜镜和瓷碗之间，一寸寸揭下红色的绸布。一个面相狰狞的头颅赫然显现。那张脸……如此熟悉。陈洁！陈洁！是陈洁的头颅!!她的眼窝，空洞的眼窝流淌出了艳红的血，鲜活的流动的红色的血液，滑过鼻梁骨两侧的凹陷，一部分流进残缺的孔洞，一部分继续向下蠕动，像虫一样缓慢蠕动。经过嘴角，带出更多的血，连嘴里也开始淌出红色的液体，它们正在汇聚，汇集成一条溪流。

林岚右手的食指和拇指捏着一根细长的大头针，凌厉地将针尖刺入左手的中指指尖，挤出一滴鲜艳的血滴，滴在瓷碗的清水里，血滴完完整整地沉到了碗底，宛若一颗红色的珍珠，散发着迷离的光泽。屋子里弥漫着血腥的味道，他在窗外似乎也已经嗅到。馥郁浓烈的血腥味透过玻璃窗直达他的每一根神经。

他眨眼的一瞬，“哐当”，屋子骤然一片漆黑。煤油灯、蜡烛刹那间熄灭！再一眨眼，幽暗的灯光继续点亮。烛火依旧。屋子里没有人！没有一个人！

眼睛一睁一闭的时间，一个活生生的人在密闭的屋子里凭空消失了，简直太不可思议太匪夷所思了！他仍处于游离状态，摇着头，拼命地吐出连续三个“不可能”，还不足以表达他此刻的惊诧，又加了一个：“绝对不可能！”梦，一定是梦！

他狠狠地掐着自己的脸，滚烫的疼痛真真切切。不是梦！林岚真的人间蒸发了！若非亲眼所见，何以相信这是千真万确的事实。灯灭的那一分钟不到的时间里究竟发生了什么？

他拖着自己几近麻木僵硬的身体闯进木屋，一股浓重的蜡油味掺杂着霉臭味迎面袭来，侵占他的嗅觉。他的双脚仿佛脱离了地面，轻飘飘的，不是走过来的，倒像是飘过来的。

头颅。陈洁的头颅。死死地盯着他，而且各个孔洞的血液还在疯狂地流淌，许是过于浓稠而立刻凝固在棕褐色的桌面上。他壮着胆子迈开步子，上前，定住，双手捧起那颗血淋淋的人头。假的！假的！头颅是假的，鲜血也是假的。这是上次在卧房书桌上林岚要用来拍照的那个假头颅，而淌着的血不过是红色的蜡遇热而融化沾着红色颜料流淌下来。

林岚为什么要把它化妆成陈洁的模样？还要在假头颅上涂蜡？是为了制造更加真实的恐怖效果吗？没那么简单，刚才她所做的就像是某个远古民族的祭祀仪式，隆重而庄重。两个人影，墙上的两个人影！王皓猛地将视线落在墙上，仅仅只有一个人影而已！方才在窗外明明看到林岚投射到墙上的就是两个人影，那么，另外一个是……鬼吗?!

他的心脏仿佛停止了心跳，而胸腔逐渐收缩，他努力地呼气，却怎么也不能再吸进任何气体，生命瞬间止息了，剩下的是摇曳的烛火越来越模糊，耳边忽然响起一个女人熟悉的窃笑：“下一个就是你！”

他看到铜镜里自己扭曲的身影，拉长又收缩，不，那不是一个人，他的身后还站着一团黑乎乎的人影，正在用带血的眼睛阴冷地盯着他，那眼神是要穿透他的头颅看到镜子。血红色的旗袍，他看到了她身上的旗袍，一点点明朗，黑色转成红色，上面的图案清晰可见，栩栩如生的一朵绽放的牡丹花。

她绣完了？他的脑子里蓦地蹿出这样一个问题。对，没错，上一次见到的时候她的旗袍上是一朵尚未完成的牡丹，如今是一朵完完整整的，每一片花瓣都细腻精巧、娇艳欲滴、层次分明。那是一双多么灵巧的手和多么精湛的刺绣技术才能绣得如此完美?！他竟啧啧赞叹起来，忘了该有的恐怖。

她渐渐俯身，左手，不，镜子里和真实环境是相反的，是右手拾起地上的摔成两半的瓷碗。瓷碗。瓷碗不是在自己的脚尖前面吗?！她的手怎么会……毫无思考的余地，只能像看电影一般随着镜头继续看下去，她的手举起，锋刃的瓷碗裂隙边缘沿着自己的脸划去，入骨三分，自上而下慢慢割开一道口子，皮肉翻卷，露出崎岖的白骨，鲜红的血滴落在旗袍上。又是这样的场景，他极力地屏住呼吸，闭上眼。闭上眼，就看不见她了。但这就能结束这一切了吗？

"啊！"林岚仓促的尖叫声刺破暗夜的苍穹，似一把尖刀割开了漆黑的夜空，缭绕回荡。声音是从木屋外面传来的。王皓顾不得多想，睁开眼，铜镜里唯有自己安然无恙的躯体僵硬地矗立在那儿，犹如一尊尘封千年的古老雕塑，沧桑的脸上写着几分惊恐。

他冲出破旧的木屋，一个庞大的躯体静静躺在蔷薇花瓣铺就的泥土里。她戴着一张昳丽的泛着幽隐的光晕的人皮面具！

木屋里透出的一丝昏暗光亮直射在地上横躺着的女人身上。她的长发遮盖了整张脸，又有面具挡着，实难认出她的容貌。随风迎来的蔷薇花的芬芳渐次覆盖煤油以及蜡油的刺鼻气味。空气中漫起暖煦的温度。

王皓蹲在她的身侧，伸手解开系着的绳索，脱下她遮罩着的面具。

他是第一次触碰这张玲珑剔透的人皮面具，细腻的触感仿佛是轻触着一个妙龄少女的如水肌肤，光滑而富有弹性。他的手竟不忍不愿亦不舍放下这媚惑的人皮面具。他享受了片刻，抚摸，着了魔似的。天生尤物，当是形容它才不为过。

摘了面具，他看清了她苍白的脸。林岚昏倒在地，绵软的身体一动不动，一如死尸。

她死了吗？王皓心里忐忑不安，颤抖着探出一根手指，尚有气流从她的鼻孔出入，是均匀的呼吸。谢天谢地，她没死！她没死！王皓悬着的心算是落了地，人也踏实了许多。

他一把扶起林岚，将她的头小心翼翼地安放于自己的怀中，轻轻地晃了晃，试图晃醒她。这方法并未奏效，她仍是昏迷不醒。王皓仔仔细细地对她全身检查了一遍，没有受伤的迹象，应该只是纯粹的昏迷。

她明明在木屋，怎么就昏倒在屋外了呢？难道是那多出的一个人影将她带到了外面？鬼?！等她醒了或许一切疑问就能得到解答了。

他双手抱起林岚，朝着宅子的后门走去，这个地方他一刻也待不下去了。才走出五步之遥，背后骤然响起"噼里啪啦"的声音，是什么东西烧着了。他下意识地转过身，一片火红照亮了暗夜的天际，吞噬了那间破旧简陋的木屋，燃烧，火势凶猛，铺天盖地的烈焰将整间木屋以及木屋里的一切吞得尸骨无存。

为什么会这样？一定是煤油灯倒了，刚才忘了熄灭屋子里的烛火和煤油灯。

林岚的手动了，人也开始苏醒，倒像是这场突如其来的大火唤醒了沉睡的她。看着熊熊烈火，她惊得张大嘴巴却吐不出一个字。

"发生了什么事？"她不禁想问。王皓的注意力都集中在燃烧的木屋，根本没有听到林岚咽在嘴里的话，事实上连她自己都听不清楚。"把我放下吧，"她拍了拍王皓的手臂，又唤了一声"王皓"，他才惊觉。

"大半夜的你怎么会在这儿？你不是已经睡了吗？"林岚疑惑地盯着王皓，带着责难的语气。

"这句话应该是我问你才对，三更半夜的你不睡觉，跑到这后院来做什么？"王皓迎着她的目光，尖锐而犀利，林岚躲开了那种充满杀气的冰冷眼神。

“我……找东西！找东西。”林岚闪烁的眼神，吞吞吐吐的回答，白痴都看得出来她在撒谎，何况王皓还一步不离地跟踪她，看到了她所做的一切。

“你觉得我会相信吗？你是来找什么？铜镜？蜡烛？还是那个化妆化的跟陈洁似的假头颅？”王皓举着人皮面具，停在她面前质问道：“或者是这个人皮面具?!”

“你都看到了?”林岚有气无力地低喃道，双手揉着太阳穴，头微微地感到有些生疼。“这里风这么大，我们回房间再说吧。回房间，我再慢慢告诉你。”她像是在渴求王皓，可怜兮兮的，任是谁都会产生怜香惜玉之心。

木屋已经烧成灰烬，仿若从来都没有存在过。黑色的焦炭冒着呛鼻的浓烟，残余的点点火星已不足以构成任何威胁、存在任何隐患。

卧室的灯光通明，亮如白昼。林岚和王皓面对面而坐，异常的沉默。

“现在可以告诉我了吧?”王皓按捺不住，首先打破了尴尬局促的局面。

林岚倚靠着床头，眼神迷离，不紧不慢地开了口：“那是一个古老的咒术，在西南的某些偏远的部落里仍然存留着，但已经不是用来诅咒别人，而是变成了传统的祭祀仪式，在一本古籍中有相关的记载，书名我已经记不清了，而且我也看不懂上面的奇怪文字。”

“那你是通过什么方式解读的？猜的吗?”王皓肚子里的疑惑等待着林岚解答。

“是一个巫师，一个神出鬼没的巫师，她告诉我书里的内容。你知道的，为了写之前那本小说，我拜访了许多怪人，就是为了搜集一些怪异的资料写入书中。而这种咒术就是其中之一，他们称之为‘水咒’，铜镜、清水、面具、头颅都是为了咒术而准备的。”林岚顿了顿，咳了两声，“下咒的人必须要带上人皮面具，绕着祭台，也就是桌子，走三圈。第三圈……”她的神色立刻变得慌张，面部的肌肉在一下下地抽动。

"第三圈怎么了?"王皓追问道:"我看到你戴着面具走到第三圈的时候，屋子里的灯火一瞬之间全部熄灭了，而你也莫名其妙地从我的视线消失，究竟发生了什么事?"

"屋子里一片漆黑，我根本看不到任何东西，有一双手从墙壁里伸出来，示意我过去，我应该看不见任何东西才对，可那双手白得剔透白得真实，看得很清楚，就像是镁光灯照着，我想大概是这水咒会让人看见原本看不见的东西吧，就没多想，朝着那双手走去。走着走着，我到了木屋外面，接着眼前就出现一个黑色的人影，是你，你惊慌失措地走进木屋，木讷地盯着铜镜，右手拾起地上摔碎了的瓷碗就要向自己的脸上划去，于是我尖叫了起来。谁料脚下一滑，就什么也不知道了。"

"你是说，你在屋外看到我站在镜子前面，右手拿着破裂的瓷碗要划自己的脸?"王皓难以置信地看着林岚，她在点头，她的样子一点也不像在说谎。在木屋里，自己看到的是一个穿着红色旗袍的女人拿着瓷碗在割她自己的脸，怎么变成自己了呢？到底谁看到的才是真实的？或者两个人看到的都不是真实的！

"那你为什么把那个假头颅化妆得跟陈洁似的?"王皓不解地问道。水咒，从来就没有听过这种咒术，它到底是什么样的咒？王皓心里的疙瘩不止一个，通常的咒术都是用于诅咒别人的，林岚不可能大费周折地搞一个只有她自己参与的祭祀仪式，她想要对谁下咒？陈洁吗？她已经死了，林岚为何还要这么做？难道她也见到了穿着红色旗袍的陈洁，才想要以此来摆脱陈洁的鬼魂的纠缠?!

林岚迟疑了一会儿，视线绕过王皓，她在犹豫着要不要说，不过王皓还是替她把话说了出来:"水咒是针对陈洁的吧?"

她艰难地点点头，内心的焦急和忐忑只有她自己明白，她是怕王皓会因此蔑视她吧。"最近发生的这一连串事情，我总觉得是陈洁冤魂不散，你也知道，我爸的病，离奇到查不出病因，我想一定是有什么不干净的东西缠上了他，停尸房老陈的死更是让我担心……你，我不知道该怎么办，虽然平常也会嘲笑别人怪力乱神，但发生在自己身上的时候还是会抱着‘宁可信其有不可信其无’的态度。”

王皓一把搂过林岚，抚着她的秀发，他的体温让她感到了片刻的安心。“受到水咒的人会怎么样？”王皓仍是将心中的好奇问出了口。

“被诅咒的人会被水溺死，倘若是鬼，受到诅咒，会魂飞魄散。”话音刚落，楼下的大厅传来“砰”的一声，会是谁呢？王皓和林岚一同起身下了楼，是一只玻璃杯落在地上摔碎了。但他们看到地面上的泥印还是倒抽了一口气，不觉全身战栗，如同被人用冰水泼了一般。刺骨的冷。地面上怎么会有三个人的脚印？

第十章 猫 血

从脚印的大小分析,应该是一个女人,他们翻遍了房子的每一个角落都没有找到这神秘的第三个人,也许她早已经离开了宅子。如果一直都在,会是陈洁吗?王皓极力说服自己,陈洁已死,灵魂脱离肉体便不复存在,世上没有鬼。

“都找过了,没有。”没有人还是没有鬼?!王皓的眼皮一直打转,折腾了一晚上,两个人终于还是累到疲倦,扑通倒在床上就昏昏沉沉地睡了,而且一觉到天亮。

林岚的小说如期出版发行,出版社特地为她举办了首发签售活动。地点原本是定在市中心的一家大书店,但是林岚执意要在王皓的影楼,他们拗不过只好按着她的意思去办。

时隔一年,一直销声匿迹的畅销书作家林岚再次出书,自然引起各界关注,到场的除了她的忠实读者,更是吸引了当下知名媒体的记者。王皓是第一次见到如此疯狂的场面,他那小小的影楼都快被挤爆掉了。

签售结束,林岚接受了一些记者的采访,她将他们请进了王皓的影楼,在采访中她毫不避讳地说要跟王皓结婚的事，而且婚期就定在明天。媒体们最关心的也就是这些八卦新闻，至于林岚的新书，他们几乎没有提及。

一个记者突然发问道："林岚小姐，您的上一本小说曾连续六个月拿下月销售榜冠军，按照常理你应该借着优势继续写书才对，但在那之后为什么一直没有创作？时隔一年，如今又写了这本《阁楼里的女尸》，能透露一下原因吗？"

林岚淡淡地笑了笑，她早就预料到有人会提这事儿，所以她也想好了怎么回答："在大家眼中，似乎把作家看得太过神圣。其实无论是畅销书作家，还是一般的写手，他们都是人，需要吃饭，需要喝水，同样也要睡觉。作家的创作最重要的因素便是灵感，没有灵感即便她是畅销书作家也不可能进行创作，不是吗?!"

显然那个记者对林岚的回答很满意，脸上浮起一丝赞同的笑。"您是第一次尝试写推理悬疑的小说，请问您的灵感源自于哪里？有报道说您小说中的女主角的原型是您未婚夫王皓的前女友陈洁，是真的吗？"

"没错。"出乎所有人的意料，林岚没有一丝犹豫，斩钉截铁地回道。

"那么书中的故事情节也是源自真实的案件吗？"

"既然是小说，自然会有虚构的成分。并不是所有的情节都是真实事件的翻版。"在一些七七八八无关紧要的问题之后，林岚结束了所谓的采访。她也不是第一次面对这些人了，应对也比以前从容老练多了。访问大概持续了一个小时，因为之后的很多问题都牵涉到陈洁的案子，主办方为林岚解了围，才结束了所有媒体的采访。

出版社统计了一下，当天现场签售了约五千本小说，以这样的成绩推算，林岚无疑又可以登上今年的销售榜冠军了。这是林岚和主办方都没有想到的，隔了一年，林岚小说的热潮依然没有减退，反而呈上升趋势。比起出书只重数量不在乎质量的作家，林岚要精明得多。因而才有那么多人始终如一地默默支持着她。

她的书既然已经出版了，剩下的便是她要兑现她的承诺。他们的婚礼在紧锣密鼓地张罗着,第一次面对如此庄严隆重的事,双方长辈偏又都不在,他们仅能依靠自己的力量筹备一切。

结婚是人生中最重要的事,也是一个女人一生中最幸福的时刻。王皓认定了林岚,而林岚同样把他看作是自己生命中不可分割的一部分。王皓曾打趣,问林岚写作重要还是他重要?林岚则机警地反问回去,那么你觉得摄影重要还是我重要呢?

他们都相视而笑,答案只有他们自己清楚明白。

王皓和林岚的婚礼省去了繁杂的仪式,他们都追求简单,不想搞那么多奢侈的门面。即便如此,也已经是非常隆重的一场婚宴。

他们没有订婚,直接就结婚,这让很多人困惑,但只有他们自己了解最重要的不是那些形式,而是真正地拥有彼此,能够与对方共同享受喜悦,为对方分担忧愁。一起承担生活的酸甜苦辣。

林峰自从那次将阁楼的钥匙交给林岚之后就一直处于昏迷状态,虽然还有一息尚存,但和死人无异。他根本没有知觉,医生也认定他没有再醒来的可能。他就那么安静地躺在病床上。对于林岚的婚礼,他的祝福也许早在清醒的时候就已经送上了。他从来都没有因为王皓的出身而反对林岚跟他在一起,他是个开明的人,因而林岚也才会那么尊重和崇敬自己的父亲。

林峰从第一次见到王皓开始,就在王皓身上看到了自己的年少时光,他也曾执迷于自己喜欢的事情,然而他没有王皓那么幸运,可以拿起相机到处走,到处拍自己喜欢的东西。

林峰很早便进入了父亲的公司,学习着如何管理公司,接着做那满身铜臭的商人。他甚至羡慕王皓。当他知道林岚和王皓开始交往,心底里不但没有担忧焦虑,反而是欣喜安慰。他也不过问他们的事情,因为他想要给他们自由的空间,他们年轻人应该有自己的私密空间,大人们不该过多干涉。况且他们也懂得分寸和责任,毕竟都不是十几岁的孩子了。只是如今,他因为公司的业务繁忙,整日操劳,积劳成疾,昏睡在医院的病房。

至于林岚的母亲,林岚从未见过,听父亲说很早以前母亲就已经过世。王皓是个孤儿,因此他们的婚礼上没有一个家长参与。若说有的话,那么张警官倒算是唯一一个长辈。本就视林岚为亲生女儿的张警官,怎么也会在百忙中抽出空来参加她的婚礼。他还是一副笑脸挂着,看上去不像其他警察那么严肃。给人一种温暖的亲切感。

婚宴从晚上的七点一直持续到十点,席间最惹人注目的当是林岚身上的那件轻薄的白色旗袍,对,旗袍,那么多靓丽的婚纱她不要,独独挑了这件白色的旗袍,上面绣着的花纹极其精细,每一针每一线都格外隽巧。王皓起先一直反对她穿旗袍,但婚礼就这么一次,她喜欢,那就尊重她。

"这旗袍……"一个人皱着眉头,想要说什么却又被旁边的人给捂住了嘴。

旗袍怎么了?王皓自己也有种不祥的预感,他想起了穿着红色旗袍的女人,想起了长青路上那个老人说过的话,想起了老陈的死,还有老宅子里古怪的幻象。今天是大喜的日子,怎么竟想些不吉利的事情!

新郎和新娘敬过酒之后,宴席也接近了尾声,宾客们尽皆散去。王皓和张警官倒是坐着又聊了一会儿,他们是第一次没有聊到案子,没有聊到陈洁,话题的重点都围绕在林岚身上。

"林岚这丫头长得跟她母亲一样水灵!"

"林岚的母亲?"王皓想从张警官口中得到更多关于林岚母亲的信息,他却故意地转移了话题:"啊?什么?我刚刚说到林岚的母亲了?你听错了,看来你也喝多了。王皓啊,现在林岚的父亲在医院也不知道能不能醒来。他一直想着要参加你们的婚礼,有时候天意就是如此。往后,你可得好好照顾林岚。她从小到大什么事儿都喜欢往心里放,不像林珂那么直来直去的,所以你要细心些,男人什么都可以不在乎,但对妻子对家庭一定要在意。"

他说完,又喝了一杯,拍了拍王皓的肩膀,继续说道:"晚上一高兴多喝了几杯，回去又要被家里那位唠叨个没完没了了……女人啊，烦！”他的话语里倒是藏着几分埋怨的味道。

王皓看着他步子有些晃，有几分可爱。“张警官，要不要我和林岚送你回去？”

“不必了，我又没喝醉。对了，以后别再叫我张警官，你和林岚一样，叫我张叔叔。记住，别再叫错了。”他向着王皓摆了摆手，拦了一辆计程车朝着一个王皓所不知道的方向驶去，慢慢消失在夜色里。

林岚和林珂仍在餐桌那儿说着话，王皓折回的时候原是想再跟他们喝几杯的，不过刘涛急着催促林珂离开，好像出了什么事一样。王皓自然也不勉强。

忙了一晚上，王皓和林岚都还没有好好地吃上点儿东西，酒倒是喝了不少。王皓以前觉得结婚不过就是到酒店摆上宴席，请宾客们吃饭，然后就洞房花烛，没有想过结婚居然是一件这么累人的事。值得庆幸的是，晚上到场的都是林岚那边的亲戚朋友，没有酒量特别好的，他才没有被人灌醉。

他看了一眼林岚，左眼皮又开始猛烈地跳动。“林岚，待会儿赶紧把白旗袍脱了吧。”

“你喝多了吧，这是酒店，脱了白旗袍你让我光着身子回去啊！”林岚用手指了一下王皓的头，那一指竟像是打通了他头部的某些记忆经脉。一个女人割下自己脸上的肉，一遍遍涂搽着身上所穿的白色旗袍，嘴里还念念有词。剧烈的疼痛。

“你怎么了？”林岚扶着王皓，轻轻揉捏着他的太阳穴，“好点了吗？”

“大概是酒喝多了，我们回去吧。”两个人的身影逐渐消失在苍茫的夜色里。

罗兰公寓。9幢。

“我还是第一次到你的房子里来。我们在一起那么长时间，你怎么一次都没有邀请我来过?”林岚跟着王皓回了他的房子,他们结婚,新房自然要在男方家里,林岚看着房间里整齐的摆设,心里顿时生起一股温馨之感。老宅子里漫溢的是诡异阴森的气息,而这里却到处都是暖意。

“你也知道,我一个人住着,家里肯定乱糟糟的,所以不好意思叫你过来。而且你也忙于写书,哪有时间到我这儿来走动。”王皓笑了笑,“不过,我觉得你还是搬过来住吧,老宅子那儿……”他咽下了后半句话,从抽屉里拿出一串钥匙递给林岚,“这是家里的钥匙。”

林岚将钥匙收好,又到处转了转,她推开了暗房的门,停了下来,“你这儿怎么也那么多房间?这是你工作的地方吧?感觉和电影里那些摄影师冲洗照片的地方很像,有种神秘感。”

林岚对王皓的房子有了大致的了解,所谓的了解就是马马虎虎知道哪里是卧房,哪里是洗手间,哪里是厨房,大体上能够迅速找到自己想去的地方。她对那张棕黄色的沙发很感兴趣,尤其是上面那些毛绒绒的抱枕。“男人家里也要抱枕的吗?”

“是和沙发配套的……”王皓没有告诉她那是陈洁在的时候买的,而且是陈洁亲自挑选的。他是怕她多想吧。

“你的眼光还不错吗,这款式我蛮喜欢的。”

“是吗,喜欢就好。”王皓淡淡地一笑。

他们缠绵的身体就像两条缠绕在一起的蛇,不停地扭动着。他的手在她柔滑白皙的肌肤上游走,那种亲昵的触感让她更加兴奋,连呼吸都充满着强烈的欲望。那是一朵含苞待放的花,在午夜里悄然开放,散发着浓郁的芳香。

“白旗袍,红旗袍,滴血割肉染旗袍。”王皓蓦地睁开眼睛,这歌谣刺得他的听觉神经生疼。床底下?这尖细的颤音是从床板下面传来的,还是自己发出来的?!左边的床位,空的!林岚呢?她应该睡在自己边上的。她又去哪儿了?

背靠背,一起睡!他的脑子里突然冒出这么一句。地板上有东西在爬动，不，是蠕动！到底是爬动还是蠕动？他不是猫头鹰，没有夜视能力，仅能凭着灵敏的听觉做出判断，这种不假于肉眼的判断往往是带着主观色彩的。是一个狭长的躯体在贴着地面移动，摩擦声细微得足以让人忽略。

“林岚？”他用低沉的语气试探性地发出声音，期望得到回应。戛然而止。空气。回音。戛然而止。房间里出奇的静，此刻若有一根针掉落，一定听得到它及地时的清脆声。“林岚，是你吗？”

“喵！”歇斯底里、撕心裂肺的尖锐叫声刺破夜的寂静，一只猫痛不欲生的惨叫，犀利的胜似锋刃的刀，划破王皓的耳膜，拉长的尾音在耳窝内震荡环绕，许久之后依然鸣响。他不得不紧紧捂着耳廓。屋子里怎么会有猫叫声？猫，哪里来的猫？难道……长青路15号宅子里那只神出鬼没的野猫跟到了这里？那只凶神恶煞的野猫？！

“刺啦”，灯亮了。他的手按在了电灯开关上。愣住，浓重的血腥味侵占着他的嗅觉。斑斑血污！红色的血迹！地板上一行延伸向大厅的血红印迹，是有人淌着血被人拖出去残留下来的痕迹吗？

全身酥软的他发疯了似的掀开了床单，一鼓作气、势如破竹，唯有这样他才能抵制内心的恐惧。床底，空空荡荡。他的双脚不敢踩到地板上，他努力地绕开红色的尚未凝固的黏稠血液。

洗手间里有一个晃动的人影，披着长发，她婀娜的身段透过磨砂的玻璃门映射出来。他一寸寸推开玻璃门，她背对着自己，首先映入眼帘的便是她的乌黑亮泽的柔顺发丝。穿过她的肩，借着墙面上的梳妆镜看到了她的正面。她的手正在机械地涂搽着唇膏，一层一层，左右左右，像个织布机上的梭子，涂完一层又覆盖一层，嘴唇红得娇艳瑰丽。涂抹。涂抹。唇上的皮都被擦出了血丝，她感觉不到疼痛，反而更加兴奋地加快了涂搽的速度。

她诡谲而凄厉的笑着，哼起了那支让王皓心惊肉跳的恐怖歌谣：“白旗袍，红旗袍，滴血割肉染旗袍，扯下长发穿针线，一针一线绣锦袍。白牡丹，红牡丹，血溅白绫绽牡丹，紧裹尸身缝皮肉，夜夜听得哭声寒……”

她唇上嫣红的血滴在了身上的白旗袍上。她又穿上了婚宴上那件白色的旗袍！王皓现在才反应过来。凶兆！不祥之兆！早说过不能穿旗袍，她还是她吗？他意欲跨上前的脚步，始终没能离开地面，仿佛有千万根铁钉将它们生生钉在了地板上，只要一抬腿便会扯起整个地板，或者整条腿被扯断。

"林岚？能听到我说话吗？"王皓定立在她身后，脚底像粘了万能胶，抬不起半分。飘渺如烟的声音被沉闷的空间吸纳吞没。她陶醉在自己的世界，与外界断然隔绝。

她扭转脖颈，伴着干涩的门枢转动的"咯吱"声。"你来啦？怎么站在那儿？来！到我身边来！"她向他招手，像一个母亲对自己的孩子般热情地招手，那种表情里是痴痴的等待过后展露的欣悦和激动。微漾的笑容里多了丝丝恬淡和温柔，不会让人感到害怕。

"林岚？你还好吧？"

她捂着嘴"咯咯"地窃笑："你是在叫我吗？"她笑得疯狂笑得慑人心魄，静寂中唯余苍凉笑音，连绵冗长，凄楚断肠。"你叫我什么？林岚?!"她自言自语，翩跹地走至浴缸，水"哗哗"地灌入池中。

她的神情呆滞，木然地望着水中倒影，纤指滑过脸颊的柔嫩肌肤，水一般剔透、雪一般白皙。长发浸入澄澈的升腾着雾气的温热清水，向下，向下，随后整个头也没入水里，足有半分钟，她持续了半分钟，不曾换气，亦丝毫没有动静。

王皓刚要冲过去拉她，她却猛地直直站起来，头发上的水"滴滴答答""滴滴答答"地敲击着地面，奏出一支离乱的曲调。调子的旋律时急时缓，忽高忽低，跌宕起伏。这是一场夜阑人静时的音乐盛会，舞台是仅有几平米的狭小浴室，演奏者是一个穿着白旗袍的长发女人，而王皓是唯一的听众！

"刷"的一下，她解开了旗袍，薄薄的纱衣露了出来，而旗袍则轻盈落地，柔得仿若一片悠然的云。她俯身将它拾起，端视片刻，便伏在浴缸边缘搅动温热的水。顺时针一圈，逆时针一圈，交替轮换，浴缸俨然成了染缸，她要把颜料搅得均匀，她是要染旗袍吗？

浴缸里旋转的水飞溅到她的头上、衣服上，还有一部分溅落在地上。她的手倏然停止一切动作，僵直地捞起水里的什么东西，珍宝似的捧在胸前，贴着自己的心室，哭泣。她哭出了声音，婴儿般的抽泣。

"林……岚！"王皓已经无法确定浴室里蹲着的究竟是不是他的妻子，他无法想象她这接二连三的怪异举动，接下去还会怎么样？拿着刀划开自己脸上的皮肉吗？像那个穿红旗袍的女人一样用血肉来染旗袍吗？他必须阻止，必须阻止！

王皓脑子里下达的指令使得他有了勇气迈进浴室的门，但他看到之后的情景禁不住呕吐了出来，胃里的尚未消化的食物、酒水淋漓尽致地倾泻而出，浑浊的呕吐物在地上翻滚、奔涌。

"咯吱""咯吱"，骨节被咬断的声音，林岚有节奏地咀嚼，咀嚼，嘴角残留着一丝丝鲜红的肉末儿，她吃得如此尽兴。

她的手里抓着一只瘦小的死相狰狞的黑猫，头顶上有一个巨大的窟窿，淌出的血已经凝结，双目充满仇恨地瞪着林岚，张开大嘴露着尖锐的獠牙，它带着深重的怨气，死不瞑目，它的眼睛瞪得更大，血丝在它白色瞳仁里膨胀，似乎就要连着脑浆迸裂出来。

林岚仍不住地撕扯下黑猫腹部的脏器，动作优雅地放进嘴里，一口一口咀嚼，咀嚼。她在"品尝"猫肉，滴着血的生猫肉，"咯吱"，"咯吱"。王皓止不住胸中汹涌的潮流，又吐了一阵。

"你看着我干嘛？叫你看，叫你看！"林岚对着血肉模糊的猫说话，右手的手指戳进了黑猫的眼窝，紧紧抓住了圆形的眼珠用力一拉，生生将它拽了下来。"现在看不到我了。"她"咯咯"地笑着张开嘴，她还要吃?!

第十一章 应验的诅咒

她右手食指和拇指捏着的血淋淋的眼球，小巧玲珑，就像是玛瑙和水晶工艺的弹珠。她仰起头，咧开嘴，伸出舌头舔净粘附在眼珠上的血液，抿了抿嘴，多么鲜美的味道啊！王皓再也受不住了，抚着光滑的瓷砖墙壁，狠狠拍掉了她手中的"美食"，"林岚，你醒醒！"

她怒视着王皓，那种眼神积聚着某种深不可测的能量，是杀气，她想要生吞了他，喝他的血，咬碎他的皮肉和骨骼，她的牙齿紧紧咬住了王皓的手臂。他忍着剧烈的疼痛，加大力度摇晃林岚的肩膀、身体，一边喊着她的名字："林岚！"

她松开了口，整个人像个泄了气的皮球软了下去，"扑通"倒在积着水的地砖上。王皓将她抱回房间，替她擦干身上的水以及血渍，换掉濡湿的内衣。他又将屋子清理打扫了一遍，彼时林岚睁开了惺忪的睡眼，看到王皓拿着拖把在拖地，疑惑地起身问道："你怎么大半夜起来拖地？你没事吧？"

王皓见此时的林岚已安然无恙，心里踏实了许多，但回想起刚才的事仍有想吐的欲望。他走到林岚面前,仔仔细细地对她上下打量了一番,"没事,没事。"

"干嘛用这种怪异的眼神看着我?"她也看了看自己,接着不解地嘟囔道:"我什么时候起来换过衣服吗?怎么没有一点印象。你——是你搞的鬼,对不对?竟然趁我睡着的时候替我换了衣服!"

王皓蹙着眉,试探性地问道:"你记不记得刚才……你是不是做了噩梦?"

"噩梦?"林岚挠着头试图回忆起一些什么,"好像是有个奇怪的梦。我听见一只猫不停地叫,声音就像婴儿的哭声,吵得我睡不着觉。它的眼睛是绿色的,对,漆黑一片的屋子里有一对绿色的眼睛冷冷地看着我,我感到浑身不舒服。于是向它走过去,不,不,是爬过去,我怕它发现我,所以动作很小心,爬过去。它想跑,我一把抓住了它……"

"后来呢?不记得了吗?"王皓的好奇心被点燃。

"后来……后来……不知怎么的有一只高跟鞋踩在了猫的头上,顿时出现了一个大窟窿,血不停地溢出,我用手挡着那个孔洞,可是血还是向外喷涌。再后来……我不知道,我记不起来了!"

"你再想想,有没有到过哪里?比如浴室。或者吃过什么东西?"王皓提示着,却又不敢讲得太过直白,若她真的得知自己撕扯着猫肉放入嘴里咀嚼,吞到肚子里,肯定会抓狂、崩溃。

"我应该到过哪里,吃过什么东西吗?"林岚反问道。

"哦,没有,没有。"

林岚的舌头舔了舔嘴唇,一丝血腥味,嘴唇上怎么破皮了?嘴里好像还有些碎末儿,舌尖涩涩的味道:"我真的没吃过什么东西吗?奇怪,我的嘴里有肉末儿……难道是晚上酒席上吃的肉?可我记得明明刷过牙了呀!"说着又啧啧嚼了几口。

王皓一股胃酸上涌,冲到洗手间又是一阵狂吐。林岚跟在他身后,轻抚着他宽厚的脊背:"不能喝酒就别喝那么多,你看你都吐成什么样了!"

她不知道王皓呕吐的真正原因不是酒喝多了,而是因为她生吃了猫肉。也许她永远不会知道今晚发生的事情,她仅仅知道自己做了个噩梦,而且是个有头无尾的噩梦,对于王皓而言,它却是一个真真实实的阴霾,烙在他的记忆里。梦靥。一个充满着血腥的梦靥。

清晨的曦光斜射进窗子,王皓是被一阵粗野的敲门声惊醒的。林岚开了门,进来几个陌生人。王皓匆匆忙忙穿好衣服,到了大厅:"你们是?"

"警察!陈洁的案子现在由我接手了。"领头的警察出示了自己的证件。

王皓瞥了一眼,刚看到"王勇"二字他就收起了证件。案子一直是由张警官负责的,怎么突然转交到其他人手中了,难道是出什么事了吗?"张警官他怎么了……"

王皓的话还没说完,他就回道:"因为这案子,他被停职了。这是搜查令,据附近的住户提供的线索,案发当晚有人出入过这房子,所以我们要对房子例行搜查,希望你们配合。那晚你们在哪?"王勇摆了摆手示意其他的人去搜查房间。

"在长青路15号的老宅子里。"王皓直截了当地回答道。对于这个问题,他不知道已经回答过多少次了,都有些厌倦了。录口供,一个警察录过了,你直接去调取不就完了,又要在这摆臭架子耍威风,真搞不懂你们办案的程序。王皓心里忿忿道。况且,这案子扑朔迷离,未必是人为,警察素来不信鬼神,他也没敢说出自己的想法。

"你们一直都在一起,没有分开过?"

"是。"王皓利落地答道,没有一丝犹豫。

"你撒谎!"他的眼睛犀利的就像一把尖锐的刀,像是要扎在王皓身上,穿透皮肉,入骨三分。"我调取了楼下值班室的监控录像。当晚你离开过老宅子,回到这里。"

王皓的脸色立刻变得苍白,神色也开始有些慌张。

“为什么要说谎?”王勇继续说道:“陈洁的手机已经修好,我们在里面找到了当晚的通话记录,她最后一次是在9点半打给你的。你在案发时间到过案发现场,是不是你杀了陈洁?”

林岚也有些惊讶地看着王皓,蹙着眉头,一副焦虑不安的样子。她的心里波涛汹涌,看上去比王皓还要紧张。话说回来,两个人才刚刚踏入婚姻的殿堂,现在就发生这样不愉快的事情,换了是谁都会担心害怕。

王皓长长地吸了一口气,思虑再三,缓缓地开口说道:“那天晚上陈洁确实打过电话给我,林岚有服安眠药入睡的习惯,所以她很早就睡下了,不知道这事儿。”

“她打给你做什么?”王勇追问道。当然这也是林岚此刻想要知道的。他们都已经分手了,陈洁深夜打电话给王皓究竟所为何事?难道他们之间还有牵扯不断的感情吗?不可能,王皓绝对不会做出这样的事情。绝对不会。

“她让我回罗兰公寓一趟,如果我不回去她就自杀。我犹豫了很久,不知道该不该回去,因为我不知道她是开玩笑的还是认真的……况且我和她早就井水不犯河水,但是心里一直忐忑不安,怕她真的做出傻事来,于是,为了保险起见,我还是赶了回去,那时候大概已经10点多了,我进了公寓从楼梯一直跑回家里,并没有碰到陈洁,我想她大概是说着玩的,于是又折回长青路。整个过程就是这样,没有再隐瞒什么了。”

王皓的话音刚落,一名警察从卧房里拿着一个盒子出来,“队长,这和陈洁右耳上那只耳钉一模一样,应该就是尸体上遗失的那只左耳钉。”

王勇站了起来,接过那个盒子,细细看了一眼,又将视线转移到王皓身上,咧着嘴笑道:“我想你得跟我们回局里一趟,你最好能对这耳钉做一个合理的解释,否则监狱的大门可要为你敞开了。”说着他从腰间取下手铐套在了王皓的手上。“还有没有其他发现?”

“还有一件沾着血渍的旗袍。”另外一个警员拎着婚礼上陈洁所穿的那件白旗袍,如今它已经不再是纯洁的白色,上面成块晕开的血迹刺眼灼目。

“一块儿带回去化验！这里可能是凶案第一现场，立刻封锁。你们再仔细找找，看还有没有什么罪证。”

显然王皓已经被认定是杀人凶手，即便他有十张口也难再说清楚。这一切都来得太突然，王皓和林岚都有些措手不及，毕竟他们是第一次经历这样的事情，偏偏又是在新婚的第二天。所以说“人生无常，世事难料”。他仿佛又听到了那个穿着红色旗袍的女人躲在暗处偷偷地笑。这就是她的目的吗？比起老陈，他倒还算幸运的，至少没有离奇暴毙。

林岚除了眼睁睁地看着王皓被带上警车，再无其他办法，无助的她不知道该找谁和能找谁去帮忙。林珂得知消息赶到的时候，警车已经消失在街道的尽头。

“姐，放心吧，姐夫不会有事的。”林珂抚着林岚的后背，动作柔缓，林岚坚强的外表一瞬间崩溃，她将头靠在了林珂肩上。林珂却突然迸出一句：“其实这是必然要发生的，只是时间早晚的问题罢了，还好不是发生在昨天的婚礼上。”

林岚蓦地退了一步，“你说什么？！”

“之前张叔叔对案子做了分析，得出的结论是有人要将杀人的罪名嫁祸给姐夫。而姐夫自己也觉得是有……什么东西想要陷害他。”她说到“什么东西”的时候，脸上的表情有些不自然，眼睛也在咕噜噜地探视着四周，仿佛周边有什么人正在窥探她的一言一行。

什么东西？一定是陈洁的怨魂。一定是她！只有她才会如此恶毒！水咒！明明已经按照巫师所说的步骤一步步完成了，怎么对她没有效果？王皓怎么还会深受其害呢？！不，王皓不能出事，不能。林岚心如乱麻。

她嫉妒地看着林珂，大概是因为王皓从来都没有对自己谈起过这些事，却告诉了林珂。不过现在也不是吃醋嫉妒的时候，最重要的是要救出王皓。耳钉、监控录像、陈洁手机的通话记录足以让他万劫不复。她一个女人怎么斗得过无形无影的“鬼魂”呢？！

林岚异常沉默，像是有一些奇奇怪怪的片段在脑海里闪过，随即又消失了。她努力地揉着自己的太阳穴，试图重新回忆起那些支离破碎的片段。

“姐，是不是我的话又太多了？好了，我不说了，我先陪你回去，然后再想办法救姐夫吧。”林珂上前扶着林岚的手臂，这让林岚多多少少感觉到了一丝亲情的温暖。

审讯室。王勇正对着王皓坐着，紧张的气氛让王皓浑身不适，尤其是他们的眼神，写着“你就是凶手，还不乖乖供认犯罪事实”。

王勇首先开口说道：“我知道你和张警官关系不浅，他包庇你，我可不会。是你自己如实交代呢，还是要我帮你说？”

“交代什么？如果我说我不是凶手，你一定不会相信，对吗？那我还有什么可说的?!”王皓冷冷地笑了一声，无奈地看着审讯室里的墙壁。墙壁上有一块黑色的暗记，是灰尘吗？它仿佛在一点点扩散，类似墨汁滴在宣纸上晕开一般，呈现环状。在哪里见过吗？为何如此熟悉？对了，老陈猝死的那间病房的天花板，当时也有这么一堆黑色的印迹。死亡的气息在一步步逼近，压得他喘不过气。难道我会死在这里？

王皓的额头冷汗溢出，身体瑟缩了一下。王勇顺着他的方向看过去，“喂，你有没有听到我说话?”怒由心生，他用力地拍着桌子说道。“你和陈洁本来是男女朋友，虽然平常没什么时间在一起，但也马马虎虎地过了两年。你无意中认识了林岚，所以和陈洁分了手，之后跟林岚交往。可偏偏陈洁还是会常常联系你，你对此非常反感。案发当天，陈洁跟踪你去长青路，她动手打了林岚一巴掌，而你又为了林岚打了陈洁一巴掌，陈洁扬言说不会让你们那么轻易在一起，也许正是这句话让你产生了一丝不安与焦虑。”

他停顿了片刻，歇了口气，继续说道。“当晚陈洁打电话给你，以自杀为要挟让你去见她，你们见面之后她将自己怀孕的事告诉了你，甚至用肚子里的孩子威胁你，你怕此事会被林岚知道，所以狠下心杀了她，然后又将她的尸体抛到长青路的人工湖里，这样就神不知鬼不觉了，因为那地方很少有人出没，可是不巧的是她的尸体还是被路人发现了，当警方介入调查时你就一直关注着案子的进展，而凭着林岚跟张警官的关系，你很轻易地就知道案情的第一手消息。”

王勇露出满意的笑容，大概是连他自己都佩服自己的推断分析能力，洋洋自得。他注意着王皓脸上的表情，是不屑。他又继续说道：“警方本来要以自杀结案，可是你并不十分确定虚实，为了摆脱自己的嫌疑便再三要求张警官继续调查此案，谁知弄巧成拙，于是你铤而走险盗走了尸体，我说的没错吧？”

王皓细细地听着，就像在听一个生动的故事，然后鼓起了掌。“王警官想象力很丰富，不写小说真有点儿可惜。不过你所说的很多都不是事实。首先，我跟陈洁分手在先，认识林岚在后；其次，发现女尸并且报警的不是路人，是我；第三，我根本就没有碰过陈洁，她又怎么会怀上我的孩子？最后，既然我能从张警官那里得到第一手资料，必定知道以自杀定案是真的，又何必多此一举地要求他再去调查此案？我若是凶手，应该比谁都希望此案快点了结，不是吗？”

王勇尴尬地愣在原地，对于王皓所说的他竟没有丝毫言语进行反驳。他恨不得直接拿出腰间的枪顶在王皓的头上。

“他说得没错！”一个人猛地推开审讯室的门，大步走了进来，缓解了紧张的气氛。众人将视线都聚焦在他身上。

“老张，这案子已经由我负责，你不应该再介入。况且调取的监控录像以及从王皓家里搜出的陈洁的左耳钉也足以证明……”

“根本证明不了什么。不是我想让你为难，也不是想包庇他，这案子确实没有表面看上去那么简单。往往表面的都是假象。你们带回来的监控录像我看过了，还有些疑点。”说着他将一个硬盘连接到电脑。“这是我从值班室拷回来的监控录像，王皓住的那幢楼只有大门和电梯内装有摄像头，所以录像也是分段的，现在看到的是10点10分王皓从大门进来，10点20分离开。而后面一段是电梯里的情景，首先电梯里的这个人并不能确定就是王皓本人，虽然和王皓的衣着一模一样，最无法让人理解的是当时的时间9点45分，那个时候王皓应该还在路上，不可能出现在电梯里。更奇怪的是，一般的录像一定是按照时间顺序记录影像的，可为什么9点45分的那一段穿插在王皓进大门和出大门之间呢？原因只有一个，那就是有人对它动过手脚。为的就是给人一种错觉：那段时间王皓在案发现场出现过。但百密终有一疏，他没有注意到时间顺序的错乱。”

王勇不得不佩服张警官的洞察和分析能力，果然“姜还是老的辣”。“我记起来他在口供中说自己是从楼梯上去的。”

“是。我到的时候电梯已经坏了，所以只能走楼梯。”王皓回应道。

“我去查证过，那天的值班人员说当晚10点多电梯确实因为故障没有办法正常使用。显然凶手是撒好了网等着王皓踩进去，只是没有预料到电梯会出故障，才有了这段时间排序错误的录像。”张警官的冷静沉着异于周围的任何人。

“可是凶手又是怎么把视频进行改动的呢？”王勇追问道，在场的人也都想要知道。

“因为电梯出了故障，值班人员当时去检查了，所以那段时间值班室里是没有人的，而凶手正是趁着那空当拷贝了一份监控录像，然后重新编辑再回到值班室将原来的给替换掉。”张警官接着说道：“还记得猝死在医院的老陈说过的话吗？他看到的穿着红旗袍的无头女鬼盗走了陈洁的尸体。”

“老张，你该不是想说真的有无头女鬼吧？凶手是女鬼？这报告要是写上去，估计我们都不用当警察了！”王勇嗤笑道。

“或许真的是女鬼呢……宁可信其有不可信其无……”旁边的一个警员怯生生地插了一句。

“我带你们去见见无头女鬼。”张警官神秘兮兮地领着众人去了停尸间，大家都不知道他葫芦里卖的什么药，但心里免不了有些惧怕。

真的有女鬼吗？王皓的耳边似乎又响起了那恐怖的歌谣，还有短促的脚步声以及诡谲的笑声。身后跟着什么人吗？冷冷的阴风穿过回廊，每个人的脸都凝重得似是涂了一层厚厚的严霜。

第十二章 恐怖死相

长廊的灯光昏暗，即便外面阳光明媚，这儿却阴潮暗淡得如同夜晚。停尸间的冷气仄仄逼人，白色的雾气从他们口中飘袅而出，缭绕在鸦雀无声的沉睡着死人的房间。盖着白布的死尸脚趾上挂着标签，安静地享受着冷气。

张警官异常镇定地拉开脚底边的一格藏放尸体的银白色抽屉，“哗”，轻盈滑出，里面空空的。他指着它，转身对众人说：“本来陈洁的尸体应该在这儿，但‘无头女鬼’盗走了她的尸体，所以空着。老陈当时就是在这个位置被吓得全身抽搐，他看到了一个穿着旗袍提着人头的无头女鬼，你们谁想看看这‘无头女鬼’？”

众人面面相觑，默而不言，王勇撇了一下嘴，嗤笑道：“我来，我就不信这世界上真有鬼！”

张警官将王勇引导至当晚老陈瘫软在地见到女鬼的位置，让他依着老陈当时的姿势躺在地上，冰凉刺骨的寒冷瞬间袭击他的身体，耳朵贴着地面聆听着细碎的声音，视线紧紧地聚焦在门口。其他人则自动站到了门的两侧，怕挡住了他的视线，正对着王勇。他们凝神屏气，观察着王勇的动静。

一分钟悄然而逝，什么也没有，张警官不是耍我们吧？众人揣测着。

“咯噔”，“咯噔”，“咯噔”，高跟鞋鞋跟叩响，脚步不紧不慢，饶有节奏，响声来自门外的走廊深处，由远及近，越来越近。只闻其声不见其人，所有人心里都在构想着一个女人的形象，他们主观臆想的女人也许穿着不同的衣服、戴着不同的首饰，但有一样是完完全全相同的：她没有头！

王勇此刻心里泛起了嘀咕，鞋跟着地的声音没有人比他听得更清楚，他的耳膜就像一个战鼓，不断地擂响。难道真的有无头女鬼?！不可能，绝不可能！他瞪着双眼，不敢眨动一下，生怕错过看见女鬼的机会。他脸上的肌肉不自觉地抽动，时缓时急，眼皮跳得厉害。

“他怎么了？是不是已经看到了?”一个人有气无力、战战兢兢地问道。“她会不会就站在我们身后?”不说还好，这样一问大家的心都跳到了嗓子眼儿，几乎就要从喉咙里蹦着跳着出来，跳到地面上，像皮球一样上下弹跳，起落，起落，没有人敢回头看个究竟，但他们分明感觉到有人静立在门外——他们的身后。

王勇的手突然抬起来指着门口，他在指谁？惊恐的双眼睁得大大的，夸张得连眼珠都要臌胀出来，嘴唇耷拉着贴合几下，惊愕地爆出四个字：无头女鬼！

无头女鬼……无头女鬼！声音在凝固的空气里传播回荡，余音徘徊缭绕，形成三百六十度立体声肆无忌惮地灌入众人的耳中。王皓鼓足勇气扭过头，“啪”，他的脑子像被电触到一般，红色的旗袍……但这不是自己曾经见到过的那件红旗袍，她恬淡地冲着他嫣然一笑，就似外面的明媚阳光，让人暖彻心扉。

“你看到了什么?”旁边的人推了推王皓，他脸上展现出来的不是惊恐，不是害怕，而是喜悦和陶醉，见到“无头女鬼”会这么开心吗?！可王勇却是截然相反的表情，脸色苍白，嘴唇泛紫，中风了似的轻微颤抖。难道他们俩看到的是不同的景象？他终究无法回头去看，而是将目光转向张警官，他若无其事、悠然自得地站在对面抽着烟，似乎什么也没有看到。这到底是怎么回事儿？“王皓，你看到了什么？”他继续问道。

话音才落，“啪”，身后的一只手拍在了自己的肩膀上，他双腿一软竟然坐在了地上，要多狼狈有多狼狈，要是此刻他说他是个警察，连鬼都不信！

“你没事吧？不用那么夸张吧。亏你还是个警察！”她开口说话了。

他看清了她的脸，秀气的阳光的脸，和善而温润。“怎么是你？刘娜?!没事你穿旗袍做什么？还……以为……”

“你以为我喜欢这样穿啊，是张警官让我穿成这样的。”她一脸的无辜，看到一个大男人被吓得跌坐在地上，而且不可一世的王勇还心有余悸地发抖，忍不住捂着嘴笑了起来：“你是不是把我当成无头女鬼啦？看把你吓得……真没出息。”说着她朝着张警官瞥了一眼，他熄掉手里的烟，吐出一圈烟，向着她走去：“好了，赶紧去把警服换上吧。”

原来是张警官的事先安排。地上躺着的王勇显然真的受了惊吓，他蹒跚着站起来：“老张，你这是什么意思？故意耍我吗?!”他掸掉衣服上沾着的灰尘，揉了揉布满怒火的眼睛，换了是别人，以他那种火爆脾气估计早就上去二话不说先给他两拳了。

“年轻人嘛，别那么大火气，刚才你可看见‘无头女鬼’了？”他拍着王勇的肩，从容不迫地继续说：“陈洁尸体被盗那晚，老陈就是倒在你刚才那个位置，因而和你先前看到的是相同的景象——无头女鬼。事实上并非真正的女鬼，只是因为你们所躺的地方的视线受到停尸床位的阻挡，门口站着的人的头很自然地就被遮住，所以仅能看到她的身体，脖子以上便看不到，也就有了‘无头女鬼’。”

“老陈看到的不仅仅是‘无头女鬼’，还有一个人头，即便‘无头女鬼’不存在，可她手里提着的头颅应该是真实的，躺在那儿脖子以下是完全可以看清楚的。”王勇质疑道。

张警官发问道："'无头女鬼'深夜来停尸间的目的是什么?"

一个人白痴地回答道："趁着没人，盗取陈洁的尸体。"

"老陈只看到'无头女鬼'，那么陈洁的尸体呢？她可是来盗尸体的。"张警官长长地舒了一口气，踱着步，绕到门后，细细探查了一番，又走到空空的藏尸抽屉旁。严肃认真地分析还原当晚的情况："老陈听到有人进入停尸房，踮着脚跟随其后。停尸间的门虚掩着，他站在门外向内窥视，却没有看到一个人。本就有些迷信的他自然以为是见了鬼，但他还是鼓起勇气推开了门。他的第一视线应该落在了打开的藏尸抽屉，正常人都会先往正前方看，有东西引起他的注意就更会集中精神聚焦。他提心吊胆地走到抽屉前，抽屉里空空如也，必定会恐惧害怕。在他的意识里想到的不是尸体被盗，而是尸体自己从抽屉里爬出来。无疑以为自己真的见鬼了。"

"那么那个'无头女鬼'和陈洁的尸体在哪儿？凭空消失了，然后再现身?!"王勇提的问题也是其他人想知道的，王皓环视四周，接上了话："门后，他们当时藏身门后。老陈推门而入的第一反应便是朝前走，走向藏尸抽屉，所以他根本没有注意到有人藏在门后，一方面是受到门板的遮挡，另外他过分将注意力集中在空空的抽屉。"

"你分析的没错，门后的人想要带着陈洁的尸体离开，可能弄出了动静，而本就受到惊吓的老陈便回头去看，正是这一看，就看到了'无头女鬼'提着头颅站在门口，她应该不是提着头颅，而是拖着尸体，恰好手上环住了陈洁尸体的头部，加之夜里光线昏暗，老陈没有看清斜在门外的陈洁尸体的下半身，仅仅看到了她环住的头，以为是提着头颅的'无头女鬼'。"'无头女鬼'是人，那么这个装神弄鬼的人究竟是谁呢？一切仿佛又回到了原点。老陈在医院里猝死仅仅是自然死亡吗？而自己好几次看到的，陈洁模样的穿着红色旗袍的女人也只是幻觉吗？难道这一系列的事情根本与旗袍无关，而只是巧合?！是自己主观地把它们联系在了一起?!

王勇打开王皓的手铐，"算你小子走运。"

"要是真有鬼还省事了，至少她还能告诉你谁是凶手……"旁边的一个人牢骚了一句。这句不经意的话倒是引起了张警官的注意,他想到了什么似的,脱口而出:“或许从一开始我们就进入了一个误区。所有的线索都是凶手故意留给我们的,我们是在凶手的引导下一步步去走去查的,这样就把我们死死地导向了她想要的结果。”

张警官的话音刚落,从门外又进来一个人,“队长,化验报告已经出来了,在王皓家里找到的耳钉和陈洁尸体上的并非一对,两只耳钉的材质和生产时间都不相同,还有那件旗袍上面的血渍鉴定出来是猫血。停尸间的档案翻查过了,在陈洁的尸体被盗走之前还有一具无人认领的女尸也失踪了,至今还未找到。”

“果然。”张警官笃定的语气像是早就猜到尸体被盗了,众人茫然地互相看着,最后又把视线聚集在他身上。

王皓脸上的肌肉不自然地抽动,始终不敢相信那是真的,他还是脱口而出:“是不是陈洁根本就没死!那具腐尸根本就不是陈洁?!”

张警官抿嘴一笑,是赞同他的观点了吧,但周围的人却仍旧一头雾水。他缓缓说道:“只要将陈洁和另外一具丢失的女尸的验尸报告对比一下,所有的答案就出来了。”王勇此时才算明白过来,“你们怀疑陈洁的尸体和那具被盗的女尸是同一个人?!”

“没错。王皓和林岚在一起,最不甘心的便是陈洁,最想要报复他的自然也是陈洁。王皓发现女尸的那天,他说他看到一个穿着林岚衣服的疑似陈洁的女人将他引向了人工湖,当时林岚在影楼,世界上没有鬼,那么王皓所见到的应该是陈洁本人。罗兰公寓的值班人员在前几天也见到过已死的陈洁,以为是见了鬼,并没声张,我是在调取监控录像时和他交谈得到的这信息。而医院里老陈的死……说到底他是见到陈洁的照片才会有异样的反应,我不相信是陈洁的鬼魂所为,唯一可能的便是她没死,还活着,而且一直以‘鬼’的身份活着。”张警官从档案库里调取了那具女尸的资料,与王勇手头上陈洁的验尸报告进行比对,正如他所料,“果然是同一具尸体。”

“也就是说陈洁真的还没死?!”王勇继续说道,“她利用一具死尸制造了一场诡异的自杀案嫁祸给王皓……”

“她很聪明,谁都不会去怀疑一个死人,于是警方把注意力都集中在了王皓身上,并沿着这个方向寻找线索和证据。”张警官食指抚摸着自己下巴的胡茬子,“根据那段监控录像被替换的时间分析,她应该藏身于罗兰公寓9幢,否则她不可能对王皓的行踪了如指掌,也不可能在那么短的时间内篡改录像。”

“我立刻带人去抓她。”王勇带着自己手下的几个人快步出了警局上了警车,消失在王皓和张警官的视线之外。

王皓抵达长青路15号的时候,林岚和林珂两姐妹正在为王皓的事情发愁,见到王皓安然无恙地回来,着实有些讶异。不过他们悬着的心倒是放松了。

“姐夫,你该不是逃回来的吧?!”林珂开起了玩笑,拿着王皓开涮。

“你当警察都是吃素的啊?”王皓无奈地冲着他们笑了笑,坐到沙发上搂着林岚的肩,林岚将自己的头轻轻地移到王皓的肩膀上。

“他们怎么肯放你回来了?”林岚关切地问道,当然这也是林珂想要知道的,不过被林岚抢先问了。

“多亏了张警官的信任和帮忙。”王皓的脸上带着几分疲倦。“要不这会儿我还在审讯室里被当成犯人审问呢。”

“也对,除了他没人能把你从警局里救出来。”林珂侧着脸,一副痴痴的表情。

王皓嘴角微微一扬,说道:“他的沉着冷静确实与常人不同。”

“那是当然,他从警30年,经他之手的案子似乎还真没有破不了的。”

“若是前几天,你说这话我可能会心存怀疑,但是现在却深信不疑。”

“凶手到底是谁?”

王皓忽然感觉口干舌燥,端过茶几上的白开水倒了满满一杯,“咕隆”

一声,一口气灌了下去。顿时清凉滋爽的舒适感袭遍全身,人也振奋了。“你们可能不会相信,连我自己现在都还很难相信那是真的。”

“快说,别卖关子!”林珂满心急切地想知道凶手是谁。

“别急,等我缓口气。”王皓压低声音,带着几分感伤。“是陈洁。”

“陈洁?!”林珂不解地看着王皓,“她不是自杀了吗?”

“不是自杀,而是被她自己谋杀。”

林珂更加糊涂了,林岚也是一头雾水:“王皓你没事吧?你到底在讲什么?我怎么一点也听不明白。”

林珂也跟着喃喃道:“陈洁自己谋杀自己,什么意思?!就算她是自己谋杀自己,可她都已经死了,又怎么会偷走自己的尸体?难道是……她真的死后阴魂不散,变成了怨魂纠缠你们,接着去停尸间盗走了自己的尸体……”

王皓一本正经道:“从一开始我们就错了,人工湖发现的那具尸体根本就不是陈洁,只是因为她身上穿着陈洁的衣物,戴着陈洁的耳钉才被误认为是陈洁,这一切都是陈洁布好的局。她根本没死。”

“原来如此。好了,既然现在事情都解决了,那么我也该回去了,不打扰你们的二人世界了。不过说真的,在新婚的第二天就遇上这种事,你们还真够‘幸运’的。我走了。”说着林珂起身走出了客厅的门,绕过院子,径直朝大门走去。

夜色逐渐浓厚,清冷的月光透过玻璃斜射进来。

林岚看到王皓一副疲惫不堪的模样,给他倒了一杯水。王皓服下一粒安眠药,便躺在床上昏昏睡去。他习惯了用安眠药来辅助自己顺利进入睡眠,这种方式可以让他暂时地忘掉生活的琐碎,可以让他的神经暂时地松弛下来。没有车水马龙的喧嚣,没有怪异声响的惊扰。

第二天清早,外面突然淅淅沥沥地下起雨来。飘零的雨就如珍珠穿成的帘幕一般垂下,晶莹透亮。看来今天是不能出去了,王皓重重地叹了口气。

“怎么,今天还要去影楼吗?外面下着大雨呢。”林岚睁开惺忪的睡眼,等待着王皓的回答。

“得去一趟杂志社,那边催着要照片,之前拍的都还没送过去呢。你再睡会儿吧,这两天都没安宁过,难得事情告一段落了。”

简单地梳洗过后,王皓一个人出了门。去往杂志社的路已经不知道走过多少遍了,一直都不太喜欢搭车的他,因着这雨天而不得不叫了一辆计程车。回来的途中,他的视线里钻进一个人,其实街上那么多人也没什么可稀奇的,唯独那个人让他产生了兴趣。

他匆忙上前打了声招呼:“张警官……张叔叔。”

“你怎么一个人在这儿?”他好奇地看了一眼王皓,“不过还真是够巧的,我正要去找你呢。”

王皓挠着头,耳边“嗡”地一响,痴笑道:“找我?该不会又是有什么麻烦事了吧?”

张警官脸色阴沉,阴霾得犹如当下乌云密布的天空。他拍了拍王皓的左肩,缓缓说道:“陈洁自杀了。不过……”他皱着眉头,欲言又止。

“自杀?”王皓的身体不由得瑟缩了一下,低低地嘟囔道,“难道我又成了嫌疑犯?这可真的是阴魂不散了。”他像是在自嘲,双眼无奈地看着地上溅起的水花,仿佛又看到了人工湖那具腐烂的女尸,爬满了蠕虫,向着他蠕动,钻进袖口、衣领,冰冷地贴着肌肤,渗入皮肉、骨髓,它们兴奋地啃噬,那个空洞的血肉模糊的头颅正对着自己诡秘地笑,嘴里的黏液飞溅到他的头顶、面颊,随着蠕虫进入喉咙、食道,在腹中安家。

“这回陈洁是真的自杀了!”张警官叼着烟,语气沉重:“王勇带着一队人赶到罗兰公寓9幢,封锁了所有的入口和出口,挨家挨户地排查,终于在五楼拐角的502房内找到了陈洁……”他为何一而再再而三地中断,究竟在502房里发生了什么事?如果仅仅是自杀,他何必吞吞吐吐?他的异常言行说明了一件事,陈洁的死不同寻常!

张警官又点燃一根烟，狠狠地连着抽了几口，心情仍旧难以平复。到底是什么可怕的事情，令镇定、沉稳、从容的他都如此躁乱不安?！他抬起头，平视着王皓，嘴唇动了："你要有心理准备。"

张警官原原本本地叙述着王勇等人在罗兰公寓 9 幢 502 室抓捕陈洁所看到的恐怖景象。王皓的眼前似乎有一扇大屏幕，闪现了当时的情景，每一个细节每一个镜头都被放大。

王勇带着手下的人撬开了 502 室的防盗门，冲进了屋子。刺眼的阳光透过巨大的落地玻璃窗射进来，映在红棕色的木质地板上，大厅明亮宽敞，屋内陈设井然有序。"哗哗"的水声从浴室里流淌出来，磨砂的玻璃门隐隐现着一个朦胧而袅娜的女人身形，她在洗澡?!

王勇对着浴室里的人吼了一句："喂，陈洁！赶快出来！"他的话就像无形无影的空气，对她毫无作用，她完全不搭理。王勇气急败坏地敲着玻璃门，"你到底出不出来？再不出来……我就踢进去了！"

他不像开玩笑，发了飙似的爆了粗口："他奶奶的！"只听"砰"一声，他握紧的拳头迅如闪电，玻璃碎片"乒乒乓乓"零落一地，还有些尖利的碎渣残留在不锈钢门框上。

通过砸开的巨大窟窿他们清清楚楚地看到了浴室里的一切：她穿着一身大红旗袍，色泽纯正艳丽，格外刺目。旗袍上绣着的绽放的牡丹娇艳欲滴、栩栩如生。她的乌黑的头发自然下垂，遮住了半张似有似无的脸，垂落在肩上，顺势向下贴着突起的前胸，似乎她的头发在一点点生长、生长，如同春天的草木抽出的嫩芽。

她神情呆滞地坐在蓄满水的浴缸里，拿着桃木梳子，自上而下缓缓地梳理着自己的长发，一堆发丝缠在木梳的齿间，越聚越多，缠成了一个绒球。她蓦地停下，一点点将头抬高，一双诡谲的眼睛直直地冷冷地定定地盯住了门外愕然的王勇等人，失禁地咧开了嘴，骇人的尖细笑音穿透气流直抵他们的耳窝，疯狂地撞击着耳膜，意欲将其刺破。凄厉、凌烈得胜过梨花暴雨、冷箭寒针。

她手上的铿光瓦亮的是……刀，细长的锋利的闪着耀眼光泽的水果刀，刃口对着她的脸，慢慢划开，一丝血线沿着刀刃向下滴落，“滴答”，“滴答”，已分不清是水龙头没有关紧的滴水声，还是血液溢出滴落的声响，清晰的“滴答”“滴答”，他们的心跳也跟随着这急促的节奏，紊乱，胸口顿时有一股气憋闷着，耳朵骤然鸣响。

“滴答”，“滴答”。她的手紧紧握着刀柄，刀锋继续深入，“咯吱”，碰触到了骨骼，柔滑地摩擦。她在一片片地割下自己脸上的皮肉，一片，两片，三片……他们失了心似的在替她默默地数着。翻卷绽出的皮肉被她一块块取下，舌尖轻轻舔着红色的液体，她是要吃自己的肉吗?!

已经有人受不了捂着肚子呕吐了出来。其他人则呆若木鸡地定在原地，被冰封了一般，大脑一片空白，只有不断塞给他们的不得不接受的血腥影像，逃脱不得。

她捏着带血的肉块，揉搽着身上的红色旗袍。上下左右，一遍遍涂搽，涂搽。还不够明艳。她又在脸的另一侧划出一道口子，横切一块血肉，继续涂染。

她的脸，不，她已经没有了脸面，那是光秃秃的朱红色的脉络膨胀的肉球！渗出的嫣红血液，一滴滴落在旗袍上、浴缸里。旗袍上的牡丹更加的鲜妍娇艳，花瓣是血盆大口，花蕊是腻滑的长舌，它们恣肆地吮吸着这新鲜的温热的浓郁的液体！

“啪”，她手中的刀倏然坠地，清脆而响亮。她的阴郁笑声转变成了一首歌谣，令人毛骨悚然的歌谣：“白旗袍，红旗袍，滴血割肉染旗袍，扯下长发穿针线，一针一线绣锦袍……白牡丹，红牡丹，血溅白绫绽牡丹，紧裹尸身缝皮肉，夜夜听得哭声寒。”

她突然触电般地抽搐，整个人“嗖”的一下滑入浴缸，像是被一双突如其来的手生生拽入水底。冒了几口气泡，便失去了所有的挣扎，波澜起伏的水面又恢复了平静，浴缸里的水融合着血液，被浸染得通红，俨然是一个血池。

待王勇等人反应过来踹门进去将她捞起时，陈洁已经溺水而死！溺水而死！按照常理，她应该死于失血过多，可她却是让人捉摸不透的溺水而死，沉入水底前后不过一分钟时间。怎么可能会被溺死?！对于在场的亲眼目睹陈洁之死的每个人而言，就像是做了一个离奇而诡异的噩梦，而且是一个永远都无法醒来和摆脱的惊悚梦魇。

诅咒！溺水而死！王皓想起了那个古怪的祭祀仪式，那个被称为“水咒”的巫术。林岚说过，受到诅咒的人会溺水而死。这简直太不可思议了！王皓又联想到自己曾经做过的噩梦，是的，他曾梦到自己的头被一双冰冷的手死死地按在水里，几乎让他窒息而死。他拼命地挣扎，挣扎……红旗袍、割肉染旗袍、怪异的歌谣，她究竟是被鬼上身，还是受到诅咒?！

“好了，王皓。我主要就是告诉你一声陈洁的死讯。”张警官拍了拍王皓的肩膀，他才从自己的世界中抽离出来。

“谢谢你，张叔叔。谢谢你一直信任我。之前连累你被撤职真的很抱歉。”王皓仍感到浑身不适，仿佛四周都是阴冷的风侵袭着自己，许是还没缓过神来。

“小事情，现在不是官复原职了吗，别在意。我先回局里了，待会儿还要带陈洁的父母去认领尸体。”说着转身离开，渐渐消失在朦胧的雨幕中。

事情就这样结束了吗？还是噩梦才刚刚开始?！她死前的情景为何与自己曾经看到的某些场景如此相似？难道是巧合吗？这巧合未免也太过牵强了吧！

渺茫的雨帘中，似乎站着一个穿着红色旗袍的女人，影影绰绰的，看不分明。她的眼窝是空洞的，淌着血，她的嘴唇在上下贴合，一首古老而悚然的歌谣穿透“淅淅沥沥”的烟雨。“白旗袍，红旗袍，滴血割肉染旗袍，扯下长发穿针线，一针一线绣锦袍……白牡丹，红牡丹，血溅白绫绽牡丹，紧裹尸身缝皮肉，夜夜听得哭声寒……我的旗袍漂亮吗?”

第十三章 红棺水葬

陈洁的遗体先被送去了殡仪馆，应她父母要求，入殓师对其肉泥似的面部进行复原，切割下来的一片片皮肉被一针针缝了回去。虽然大致上看上去和生前没有什么出入，但走近了仔细看仍能清楚地看到细细密密的针脚，缝合的痕迹是掩盖不去的。

她身上的红色旗袍难以分辨原本就是红色，还是她的血将它渲染而成。红得浓艳，红得灼眼。

陈洁的葬礼是在第二天下午举行的，她安静祥和地平躺在红木棺材里。面色红润，丝毫不像已死之人，倒像是安然睡着的正常人。

作为一个朋友，王皓出现在她的丧礼上似乎并不让人感到意外。他是背着林岚偷偷来的，他不知道该怎么跟林岚开口说，甚至连陈洁已死的事情也没有向她提及。他是怕林岚多想吧，即便他了解林岚不是个那么小心眼的女人，但只要是个女人在这种事情上都会心生芥蒂，最好的办法便是守口如瓶、只字不提。

王皓原以为在这样的场合上不会有熟人才对，却忘了刘涛也曾是陈洁的同学,也许是时间过去太久,大家都忘了他们三个本是同班同学。刘涛出了国之后与大家隔断了联系,因而被人忽略,在所难免。王皓看到他,还是感到有些意外。

“林岚没跟你一起来?”刘涛走上前,从口袋里掏出一包烟,抽出一根递给王皓,王皓摆摆手。刘涛笑道,“差点忘了,你是不抽烟的……”

王皓侧脸看了一眼刘涛,他旋转摆弄着手中的打火机,在阳光的照耀下打火机身上散发的金属光泽极其耀眼,王皓是第一次被那种光吸引,他甚至在想:如果用仰角去拍那一瞬间一定很美。可能是出于职业习惯,他当时就是那么想的。如果他的手里有一台相机,他一定会那么去做。

“你没告诉林岚?”刘涛继续问道。

王皓此时才缓过神来,点点头:“不知道怎么跟她讲。”

“不过话说回来,一个人敢用死来让你永远记住她,一定是对你爱得太深。”

“就别再拿我开涮了,也许她的死根本不是为了我……你知不知道……”王皓并不为此感到荣幸,而是深深地自责,他原是想向他陈述陈洁自杀的情形,却最终还是吞回了即将说出的话。王皓想过很多种结局,最坏的也不过就是陈洁被抓入狱,从没想过她会以自杀的方式来结束此事,而且是一种不可思议地中了邪似的自杀,或许正是应了那个水咒。

死再容易不过,而活着才是最艰难的事。王皓此刻才真正明白这句话的深刻含义。很多时候,以前不懂的话,在亲身体验后自然而然就会明了。陈洁的死无疑留下一堆阴影在王皓的心底,旗袍、恐怖的歌谣仍旧潜伏在某个角落,随时会再次一股脑儿袭来。

棺盖渐渐阖上,她就闭着眼悠然地躺在棺中沉睡,这一睡便是千年万年,不会再醒来。王皓蓦地感到四周一片漆黑,仿佛是自己被困在沉闷狭小的木棺之中,他努力地敲打着四壁,“砰”,“砰”,没有人听到他的求救他的呼喊,声嘶力竭、歇斯底里,换来的只是“砰”,“砰”的短促回响,密闭的空间里他难再呼吸,空气越来越少,二氧化碳越聚越多,侵占了除他身体之外的所有空隙。有人钉上了棺材钉，铁锤猛烈地向下敲打，钉子严严实实地咬住了棺木，他无力地等待着死亡，等待着身体一点点腐烂，然后被不知名的虫子渐渐吞噬。它们啃食他的血肉、骨骼，让他尸骨无存。

他的脑子一阵晕眩，双眼泛起了星光。"你没事吧？"一只手搭在他的肩上，将他带回了现实的世界。

"没事，没事。"王皓摆摆手，刚才木棺里的陈洁……好像哪里不太对劲儿，是哪里？他挠着后脑，仔细回想，对了，旗袍！她身上的旗袍呢?!"她的旗袍去哪儿了？"他的突然发问犹如一场惊雷，惊醒了在场的所有人。是啊，她的旗袍呢？从殡仪馆带回来入殓的时候还是穿着那身红色旗袍的……可现在……旗袍却不见了！

大家将目光投向陈洁的父母，他们无辜地摇着头："我们没有给她换过衣服！"

一个人惊惧地瞪大了双眼，瑟瑟地爆出一句话，使得众人都倒抽了一口气，毛骨悚然。"你们还记得二十二年前那件红旗袍吗？"

二十二年前的红旗袍？难道就是自己不止一次看到的那个女人身上所穿的那件绣着牡丹的大红旗袍？王皓的眉心紧锁，心里一堆的疑问。他期盼着有人能将事情的始末说个一清二楚。静寂无声。每个人顿时噤若寒蝉，心有灵犀般地互相觑着他人。

"别说了，别说了！"另一个人站了出来，双鬓斑白，脸上的皱纹似波动的水纹密密排布，恐惧爬过眉梢。"为了保险起见，我看……还是实行水葬吧。"

正准备抬棺的四个人愣了愣，"可遗体已经入棺了，要……重新开棺吗？"

"不不不，就将棺木一起沉入水底吧。"

水葬。为什么原本要入土为安的却突然变成了水葬？他们在害怕什么？仅仅是一件莫名其妙消失的红色旗袍吗？红旗袍背后一定藏着骇人听闻的故事。陈洁父母所在的这个城镇因着这一场葬礼蓦地蒙上了一层厚厚的灰色阴霾。每个人的身上都像背负着几百斤几千斤重的沙袋,脚上拖着沉重粗大的链条,面色覆着寒霜似的惨白。

暴雨骤起,豆大的雨滴"噼里啪啦"垂直落地,没有人料到会有这么一场倾盆而下的骤雨,但棺材已经被抬出四五里路,折返显然是不太可能了,送葬的队伍只能顶着大雨继续前进。虽然大家都闷不吭声,但心里都明白这不是什么好兆头。

抬棺的四个人吃力地踩着泥泞的山路,肩上的重量似乎在一点点增加,记得听人说过背着死人是会越背越沉的,那么他们抬着死人岂不也会……越抬越沉。"哧溜",四人中的一个突然脚底一滑,整个人面朝下背朝上扑到在地,而巨大的木棺顺势滑下,不偏不倚压在他的脊背上,只听有女人禁不住吼了一声:"鬼啊!"旁边的人迅速捂住了她的嘴。

木棺的一个尖角直顶着他的脊椎骨,电钻一般刺入他的皮肉,血液很快溢出,雨水以迅雷不及掩耳之势冲刷着,将其抹净。在木棺滑落之前,王皓本可以伸手帮忙扶住,但他犹豫了片刻,再要伸手时已经赶不上,他的手背也被木棺的棺盖擦破了皮,还好没有大碍。

被木棺死死压着的抬棺人痛苦地呻吟了两声,动弹不得:"哎哟!哎哟!"

"现在怎么办?他受伤了。三个人没法抬啊!"其他三个异口同声道。"抬了十几年的棺材,发生这样的事情还是头一遭,真是邪了门了!"

白头发的老人上前瞧了瞧木棺底下的人,捂着胸口拍了拍,舒了口气缓缓说道:"无论如何,棺材不能落地,不能落地……来个人帮忙,先把他身上的木棺抬起来。再找人送他去临近的医院。"许是"噼噼啪啪"的雨声盖过了老人的声音,周围的人除了你瞧我我瞧你之外再无其他动作,更无人上前帮忙。

王皓呆呆地站在木棺旁,想退后却迈不开腿,粘了万能胶似的。该不会要我抬吧?天哪,怎么竟会碰上这些倒霉事!我上辈子到底造了什么孽啊?！他已进退维谷、举步维艰，大家齐刷刷地将企盼的目光落在他身上，他的耳朵怎么听到一种谴责的声音：说到底陈洁的死罪魁祸首就是你，身为她的前男友，你不抬谁抬?！他多么希望此刻能有一个人站出来，为他说一句话，哪怕是一个词。他在心里默默地祈祷、祈祷。

“好了，别为难他了，这种事情怎么能让他做呢？况且他的手也受伤了。陈刚，你去吧。”救命的声音，一个女人慈蔼的声音穿透雨幕，是陈洁的母亲，她的话就像一根救命稻草，让他有了生的希望。他的眼前不再是狂风骤雨，而是一道明亮的曙光，温暖着他的每一寸肌肤。

“哎呀——轻点。疼。”地上的抬棺人又微微地呻吟，木棺斜下的一角缓缓离开他的脊背，搭在了另外一个年轻人的肩上，周围的人在窃窃私语，王皓隐隐听得现在抬棺的叫陈刚的年轻人是陈洁的哥哥，他闻所未闻，陈洁怎么从来没有提过她有个哥哥？或者真的是自己不够了解她，对她的事一无所知，除了知道她的名字再无其他。

他依旧滞在原地，尴尬地抿着嘴冲着大家挤出一个微笑，队伍继续缓慢前行。前面是一段崎岖的山路，王皓生平第一次参加葬礼，也是第一次爬这种逶迤盘旋的山路，偏又遇上滂沱大雨，着实受了不少罪。

刘涛呢？怎么一直没见到他？他的双眼对准人群进行一百八十度扫描，没有他！难道他先走了？既然是来参加葬礼的，怎么可以中途撤走呢?！王皓愤愤地瘪着嘴，脚步格外小心。

“你有没有觉得木棺越来越沉了？”左后方的抬棺人左手擦拭着额头的不知是雨水还是汗水。他右边的那人蹙起眉点了点头，压低嗓门轻轻说道：“今天真的很邪门，要早知道这样就不接这活儿了。只希望能顺利把棺材抬到灵池。”

灵池？是灵性的池，还是……灵异的池?！雨水的冰凉渗透衣物贴着表皮刺入肌肤直抵各路经脉骨骼。王皓心头一凉，身体抖了一下。看他们各个面带寒霜，灵池应是——灵异之池！

山路难行,加之雨急风骤,视线所及仅仅是几米内的距离。众人的目光都集中在脚下的泥泞小路,狼狈地垂着头喘着粗气,暗暗咒骂糟糕的天气。

抬棺的四个人比任何人都吃力,每落一步都格外谨慎,如履薄冰。左后方的又开口说话:"不行了,不行了,重得不行了,休息一下。休息……一下。"

于是整个队伍停在了半山腰,歇了下来。雨水击打木棺"噼噼啪啪"的声响逐渐增强,音质也由低沉急转直上,尖锐刺耳。大概五分钟后,送葬的队伍再次开始向山上缓缓挪动,犹如一条长蛇蜿蜒爬行。一块立着的青石断碑上明晃晃地刻着两个朱红大字:灵池。

到了,终于到了。所有人心里悬着的石头终于落了地,眉目舒展,笑容微漾。可除了乱石林立,就没有看到什么水池,哪来的灵池?王皓不解地巡视四处,企图找到他们口中以及这断裂的石碑上刻着的"灵池"。"请问——灵池在哪儿?"他拉了旁边的一个人问道,语气诚恳谦卑。

"看到那堆乱石没有?绕过那儿,有个山洞,灵池就在洞内!"

竟然还有这样的地方?!王皓难以置信地掐了自己的脸,以证明自己不是在做梦。从来都只有在武侠剧里才会有什么神秘洞穴,然后洞穴里有千奇百怪的绝世武功秘笈,再不就有仙风道骨的奇人……

他的脑子里首先想到了一个女人的名字:灵儿!难道这洞里会有个守护人,叫灵儿什么的,所以里面的池才叫灵池?!他此刻倒是有点佩服自己天马行空的想象力。后背突然一阵疼痛,"啪",有人用力地拍了他一下:"走了,发什么呆呢?!"

王皓这才从自己荒诞的臆想中抽离出来。他已经落在了队伍的最后,送葬的人们巴不得早点进洞躲雨,都加快了脚步。他紧随其后,拖着被雨水浸透得冰冷而绵软的疲惫身体机械地挪移,脚下绑了沙袋似的沉重。山洞。他看到了山洞。

"石壁上有火把,身上带打火机的人麻烦到前面来先把它点燃。"是白发老人的洪亮声音，经过洞壁的不断反射重叠传来，这句话显然是冲着会抽烟的男人们说的。

放眼望去前面一片漆黑，山洞深不可测。一种莫名的压抑感袭上心头，四周是无穷无尽的黑暗，好像自己真的置身在木棺之中，不，是石棺，棺体是冰冷潮湿的石壁，将他紧紧封闭在狭小沉闷的空间里，无法脱逃。许是因为人类经历过出生前穿越子宫那一瞬的黑暗，脑海中烙印下来的潜伏于记忆深处的恐惧感被当下的场景唤醒，所以才会如此的惊惧。对黑暗的与生俱来的惧怕。

隐隐的火光点亮，暗淡、微茫，一部分人在揉搓着手臂，还有的在哈着热气暖手，唏嘘声，摩擦声，跺脚声，杂乱无章的声响都变得异常清晰。王皓借着洞外的光亮看到头顶上垂挂着的利剑似的钟乳石，丝丝寒意油然而生，倘若它们坠落下来……岂不是垂直插入人脑，穿过头颅，滑入咽喉，直抵心脏，就像一枚铁钉钉入一根柱子，更像肉串——串着人肉的肉串！

“咣”，“梆”，“砰”急遽的噪响在洞内久久缭绕回荡，振聋发聩！

“啊！”一个女人惊恐的尖叫，尾音拖得长长的，余音不绝。队伍的前方一阵骚动，喧杂的议论翻天覆地，而后面的人却一无所知，一脸茫然，心里荡起了波澜，恐慌！空气瞬间凝固，气氛瞬间紧张！发生了什么事？为何她尖叫得如此凄厉?!

“死人了！死人了！”慌乱中那个女人的声音犹似闪电，击中所有人的全身经络，瑟瑟发抖，身体在颤抖，脸上的肌肉在抽搐，唇齿在磕磕碰碰地磨合。死亡的气息迎面扑来，如狼似虎尽情享受着这一顿丰盛的人肉大宴。

难道真的是洞顶的钟乳石砸中了谁？王皓穿过熙熙攘攘的人群，挤到了队伍前面，一堆火把围照着一个男人。一根细长的钟乳石生生扎在他的右肩上，红色的血液奔涌而出，他躺在血泊里，还有呼吸，他没死！王皓向旁边挪了几步，看清了他的脸，他是那个在山腰建议停下来休息的抬棺人。

"这一场葬礼,已经有两个抬棺人受伤了,难道真的是诅咒?她……又回来了?!"这话为何如此熟悉?!王皓仔细搜索记忆,一遍遍回想,最终定格在发现人工湖女尸的那天,长青路上的那个老人所说的话,和这几乎一模一样。

"你们说的诅咒到底是什么?"王皓的问题脱口而出,洞内顿时鸦雀无声。焦乱不安的呼吸。没有人回应。

一个女人扯着他的袖子,贴着他的耳朵轻声细语道:"等回去再说吧,这里……不合适。"她是怕被别人听到才把音调压得那么低吗?是怕陈洁的父母,还是白发老人?或者都不是,而是一个毫无影迹的空气般存在的"人"?

白发老人咳嗽着吐出一句话:"留下两个人照顾他,待会儿抬他下山。"

"他还在流血……会不会……"老人怒视着王皓,眼神中充满着杀气,冷若寒冰利如宝剑,他吞回了尚未说出的话。为什么此刻这些人都这么怪异?完全像着了魔似的,没有一丝正常人的迹象。王皓不敢再吱声。屏住呼吸,紧紧跟随着队伍向下走去。向下,是个斜斜的坡度,会通向哪里?地狱吗?黑暗潮冷、阴森恐怖的地狱?一直延伸向未知的地底。

眼前豁然开朗,进入了一个巨大的石室。火光的照耀下,不远处微漾着迷离斑驳的光点,似是天上闪烁的星光。脚步越来越近,他看到了那一潭幽绿的池水,水面波光粼粼,可这里密闭的洞里并没有风啊!

"停下吧,把木棺放在祭台前。"王皓被眼前的景象镇住,那是青石垒成的一米多高的祭台,残留的香烛、冥纸应该有些年月了,祭台边缘雕刻着奇怪的符文,遒劲有力,这符文如此熟悉——人皮面具!对,安放人皮面具的那个檀木锦盒上也有同样的符文,他不会记错。

人皮面具。水咒。莫非陈洁真的死于水咒,因而他们要选择水葬!白发老人穿上了一件奇怪的红色袍子,袍上同样绣着扭曲苍劲的符文。祭台正中摆上了铜镜,两侧点燃两根蜡烛,镜子正前方放着盛满水的瓷碗。她要做什么？这场景为何和当日林岚下水咒的仪式如出一辙？这是进行水葬前的传统仪式，还是再一次对人下咒？！

王皓瞪大眼睛凝视着她的一举一动，他明白了一件事，为何之前大家都在听从她的指挥，而且对她心生畏惧，因为她是一个巫师！久居城市的人不可能像边远地区的人一样信奉鬼神，他们坚信肉体死亡之后灵魂依然存在，所以他们对待巫师也带着崇敬之情。

一切准备就绪，她取出一个精致的檀木锦盒。这盒子跟林岚手里的那个毫无差异。人皮面具。他知道盒子里会有一张绝美的人皮面具。“砰”，锦盒应声而开，果然是一张剔透的人皮面具。她从容不迫地戴上面具，口中念念有词，接着咬破自己的食指将浓稠的血滴滴入瓷碗中，端了起来，绕着木棺转圈。一圈，两圈，三圈。王皓不自觉地替她数着。第三圈，停了下来，均匀地将碗中的血水倒在红棺上。

围观的人都屏气凝神，像木棺里的陈洁会突然踢开棺盖爬起来吃了他们似的。“把木棺沉入池中。”她冲着方才抬棺的人招了招手，示意他们将木棺抬起放入水中。“扑通”，木棺自水面缓慢下沉，一个巨大的气泡涌了上来，仿佛有人在水底深深地吐了一口气。灵池深不见底，眨眼之间，已没有了木棺的踪迹。

大家都松了一口气。而王皓的心中却盘结着一大堆的疑问，困扰着他。二十二年前的旗袍是怎么回事？还有所谓的诅咒究竟是什么？她又回来了当中的“她”是谁？陈洁的葬礼本是土葬，为何毫无征兆地改为水葬？

第十四章　向前走，绕坟头

王皓鼻子一酸，打了个喷嚏，“哈欠”。之前那个贴着他耳朵说话的女人恭恭敬敬地递给他一张面巾纸，纸巾上绿茶的香味弥散开来，顿觉清爽。“谢谢。”他从她手里接过纸巾，冲着她善意地笑笑，带着几分感激之情。

等所有人都动身准备离开灵池，王皓一把拉住了刚才那个女人，示意她跟他一起走在队伍后面，女人看懂了他眼睛里透露着的信息，她知道王皓一定是想问二十二年前那件旗袍的事情。他们远远地被前面的人甩开，拉开了一段距离。

“你是想问旗袍的事吧？”女人笃定地侧着头看了一眼王皓，他的脸色铁青，看上去弱不禁风的样子，目光深邃，鼻子坚挺，嘴唇在瑟瑟抖动，在城里生活惯了的人，养尊处优，自然受不了这样的倾盆大雨。“你还好吧？”

“我没事，现在你能说二十二年前发生的事了吗？关于旗袍，诅咒。”

她沉默了片刻，大概是在整理思绪、组织语言，考虑该如何讲述那件匪夷所思的诡异事件吧。她哈着气，不停地揉搓着纤细的冻得通红的双手，说道：“二十二年前，这里还只是个小山村，可以用穷乡僻壤来形容当时的破落。村里有个姓冯的大户，谈不上名门望族但也是家底殷实，冯家有个女儿叫冯瑶，二十岁那年嫁给了城里一个姓林的有钱人，也是那一年冯瑶的父母相继去世。冯瑶为林家生了两个孩子，一开始说是一男一女，后来村里有人去城里看了才知道是两个女孩儿。有一天，冯瑶跟着丈夫回婆家，那是地处城市郊区的一座老宅，诡异的事就是从她进了老宅开始的。”

冯瑶，冯瑶。王皓默默地念叨着这个名字，脑海里有一些灵动的片段在闪，像是在哪里听过。冯瑶。他努力地仔细地搜索记忆，可头昏昏沉沉的怎么也想不起来。他身旁的女人注意到他异样的表情，关切地问道：“你真的没事吗？怎么一脸的痛苦？”

王皓咧着嘴，“呵呵”地憨笑道：“没事，没事，你继续讲。”

“哦。冯瑶进了老宅，就一直感觉到有什么东西盯着她似的，而且那天夜里还听到了奇奇怪怪的脚步声，是高跟鞋的声音，‘咯噔’，‘咯噔’，可她开了房门却发现什么也没有，还因此惊动了婆婆。第二天晚上，她同样地听到了脚步声，而且……还看到了一个模糊的人影。”她揉搓双臂的力度增加了些许，企图获得更多的温度。

“后来呢？”王皓禁不住问道，他急切想知道后面的事，迫不及待。

“嗯。她昏过去了！不知道为什么，好像是被她看到的那个女人弄昏的，再醒来时她已经躺在了床上，更离奇的是她竟然穿着林家封存在阁楼里的那件传说被下了诅咒的红色旗袍。她被婆婆狠狠地打了一巴掌，一肚子委屈无人哭诉。所有穿过那件旗袍的女人都没有好下场，她们无一例外地不是疯了就是死了，而所有见过那件旗袍的人也会遭受噩运。”她感慨着，她的眉头紧锁，犹豫了半晌，缓缓开口，继续说道：“那天晚上的事更是骇人听闻，冯瑶居然又鬼使神差地穿上了那件大红旗袍，她呆呆地站在婆婆的门口，手里提着一颗血淋淋的人头，是她丈夫的生身母亲的头颅！她失了心似的狂笑，嘴里还哼着一首歌谣……”

王皓颤巍巍地插了一句：“是不是‘白旗袍，红旗袍，滴血割肉染旗袍，扯下长发穿针线，一针一线绣锦袍。白牡丹，红牡丹，血溅白绫绽牡丹，紧裹尸身缝皮肉，夜夜听得哭声寒'？"

"你……你怎么会知道？"她惊愕地凝视着王皓，他的额角似是有一块暗黑的印记，颜色逐渐加深。像乌云密布的天空，遮罩着整张脸，整个身体。

他怎么会不知道？！一而再再而三地有一个穿着红色旗袍的女人在他的生活里哼唱，猝死在医院里的老陈以及陈洁诡异自杀前都曾哼着这首歌谣。他比谁都熟悉，这歌谣仿佛已经嵌进了他的心坎，遍布全身，随着血液循环，经过大脑不断反复加深加强。"那么进灵池的时候有人说'诅咒啊，她又回来了'当中的'她'就是指冯瑶吗？"

洞口的光刺得双眼生疼，许是在黑暗的洞内待久了的缘故，蓦地接触强光不太适应，两个人都停下了脚步，眯着眼等待调节过来再迈开步子。她呼出一口气，说道："不是冯瑶。是二太太！"

雨说停就停，天空变得湛蓝空明，泥土的芬芳沁人心脾，自然的蓬勃的生气在山间弥漫。他们站在断裂的青石碑旁，舒畅地吸了一口气接着缓缓吐出，悠然得像是某个老人在抽着旱烟，烟圈袅袅升起，散入空气。

"你刚才说二太太……"王皓压抑着的问题终究还是问出了口。

"她是冯瑶丈夫的祖母，也是第一个死于那件旗袍的女人。据说那件红色的旗袍是冯瑶丈夫的曾祖母生前的最爱，临死时嘱咐后代不得将旗袍随她而葬，要好生保管。自此旗袍便被锁在阁楼里。一次，二太太趁着林老爷不在，竟私自闯入阁楼，她素来专横跋扈，即便有人看见了，也没人敢管，没人敢拦。那件旗袍有着一种魔力，让你看上一眼便深深地痴迷，就像罂粟花，虽然带着毒，却没有人能抗拒它的美。她穿上了红色的旗袍。婀娜的身段立刻凸显出来，本就带着几分妖媚的她在旗袍的映衬下更加妖艳妩媚。"

"穿上旗袍就死了？"王皓打断道。

她自顾自说着，像时钟的发条，"嗒"，"嗒"流畅地运转着："怪事发生在那天晚上12点，二太太穿着红色的高跟鞋和旗袍在走廊里来回地走，就像中了邪一般，嘴里还嘀咕着什么，然后放声大笑，笑声凄厉。接着，她缓慢地下了楼，进了厨房，所有的人都以为她只是饿了进厨房找吃的，可谁都没有料到，她竟然拿着刀在割自己的脸，然后将割下的肉不停地搽身上的旗袍。嘴里念着那首恐怖的歌谣。”

她缓了口气，稍微歇了歇，身上濡湿的衣物紧紧贴着皮肤，说不出的难受，她拧着袖口，挤出足有一杯水，接着漫不经心地说道：“在那之后林家就没人敢再穿高跟鞋和旗袍了，大家都觉得是她穿了死人的遗物，受鬼魂所害，而她自己的鬼魂将继续附着在那件红色的旗袍上。等于那件旗袍被下了诅咒一般，只要有人穿上它都不会有好下场。冯瑶杀了丈夫的母亲，疯了，没人知道她被林家的人送去了哪家精神病院。”

王皓心中尚有疑惑，他却害怕问出这个问题，然而大脑不受控制般地发出了指令：“你说的林家……是不是长青路15号那座宅子？”不要点头，不要点头，他在暗暗祈祷。

她点头了！“嗯。”这一声“嗯”犹如五雷轰顶，王皓只觉得天旋地转，天昏地暗。天哪，怎么会这样？他想起来了，是在医院，林峰口中念着的两个模糊的词，一个是“旗袍”，另一个不是什么“风谣”，而是“冯瑶”！算算时间，冯瑶应该就是林峰的妻子，林岚的——母亲！她疯了，在精神病院，连林岚自己都不知道她的母亲还活着。回去要告诉她吗？该怎么告诉她？说她的母亲因为穿了那件红色的受了诅咒的旗袍而精神失常杀了林峰的母亲?！她都已经习惯了二十多年没有母亲的生活了，如果她知道自己还有一个这样的母亲，她能接受得了吗？不行，不行，不能说，就当什么也不知道，什么也没发生。王皓平复着自己的心情。

“你没事吧?”这是她第三次关切地问王皓了。“你在想什么?”

“没……没什么。”王皓勉强地抽动嘴角的肌肉，生生地拉扯出一个笑容。“陈洁的遗体本来都入棺准备土葬了，为何突然换成了水葬?”

“你不觉得她的死离奇而诡异吗？哪有人会割自己的肉……那场景就

像当年二太太的死法。穿着大红旗袍……旗袍，说不准她身上穿着的旗袍就是林家的那件。本来随她一起葬了也便了事了，再不会牵涉他人，如今旗袍却……失踪了，莫名其妙地失踪了。唯有水葬才能让死者的灵魂得以安息，不会再附着在旗袍上害人。”她说得头头是道，倒像是世界上真的有鬼魂存在。“其实二十二年前，也曾有过一次水葬，葬的是被割下头颅的冯瑶丈夫的母亲！”

水葬也好，土葬也罢，仅仅是一种安葬死人的方法。王皓不想去探究，但对于林家旗袍的诡异传说他不得不去深究和关注，因为他也见过那件红色的绣着牡丹的精美旗袍，所有见过旗袍的人都会遭受噩运，先是老陈莫名其妙地死在医院，如今是陈洁应验自杀。难道旗袍上真的附着怨魂吗？

不知不觉间两人已经到了山脚，王皓如梦初醒似的回头看着方才的那座山，灰蒙蒙的山岚缭绕缥缈，顶峰若隐若现地矗立云雾之中，有如仙境。

葬礼结束时，天已经漆黑，就像罩着一块极大的幕布。夜空里的几点星光闪烁不定，似有似无，而月光暗淡得就如微弱的残烛，奄奄一息，只需轻轻一吹就会熄灭。

从镇子回城的道路本就崎岖不平，被雨淋过之后更是泥泞不堪，坑坑洼洼的，稍有不慎，车轮便会陷进去。陈洁的父母原是想让王皓留宿一宿的，但他执意不肯，也就不再勉强。王皓急切地想要离开这里，原因有三：一方面是自己内心对陈洁的死感到愧疚，无颜面对她的父母和亲人；二来，自他进入这镇子就有一种说不出的压抑感，像被一个千斤鼎死死压着，透不过气；再者，他答应林岚晚上要回去吃饭，若是彻夜不归，林岚必定会穷追猛打地追问事情缘由，他不知道该编造什么借口来敷衍她。

车子渐渐离开灯火通明的镇子，喧闹聒噪都被远远抛在身后，仅有车内的发动机殷勤运作的声响。车轮碾压过一个个水坑，溅起的水花朝着两侧飞洒。在这样颠簸的小路上行驶，他不敢开得太快，生怕出什么事故。

车灯是一把光影之剑，凌厉地直直刺向前方，暗黑的夜的胸膛。

被雨浸湿的衣物涂上了黏液一般，粘着他的皮肤。头发上的水一滴滴地落在他的睫毛上，鼻尖上，手臂上。他开了暖风，身体却感觉不到气孔吹出的温暖气流，是冷风？他伸出手试探了一下，暖的。他的后脑隐隐地疼，昏昏沉沉的像是里面装了一块铅，重得只想将头靠在座椅上休息。

他的鼻子又开始泛酸，“哈欠”，许是打得太用力，眼眶里的眼泪都挤了出来。他抽出一张纸巾，擦着清涕，打开车窗扔了出去，又揉了揉眼睛，擦拭着溢出的泪液。等等。窗外……刚才……有个人影！路边根本没有人家，而且这荒山野岭的，漆黑的夜……怎么可能会有人呢？看错了，一定是看错了！

他放慢了车速，双手紧紧搭在方向盘上，抓着救命稻草一般。冷汗像一只只蚂蚁从他的表皮倾巢而出，爬过他的面颊，脖颈，前胸后背。滑过的树影不再是斑驳的树影，而是无数颗鲜血淋漓的头颅，争先恐后地撞击着车窗，擦过，“砰”，“砰”，狰狞的面孔上犀利狡黠的目光注视着他。他们在诡谲地邪笑，舌头舔着即将被击碎的车窗，留下斑斑的红色血迹。

“吱”，一声剧烈的急刹车，他用尽全身气力猛踩刹车，车子因着惯性加上湿滑的泥路，又驶出好几米，“砰”地撞在路边的一颗弯曲伛偻的老树上。脑子一片凌乱，视线不断模糊，耳边一阵乍响。红色的人影！车子的正前方。他迎着车子强烈的聚光灯，看清了她，秀长的发，红色的旗袍，粉红的高跟鞋。直观的印象便是如此，他仔细去分辨她的脸，多么灵动柔美的脸啊！剔透润泽得如蓝田暖玉，白皙水嫩得似出水豆腐。

时间仿佛静止了。他的视线久久地落在她的身上。奇怪的是她让他感觉不到一丝害怕。许是因为她美丽的容貌，美的东西总是会让人忘记恐惧。她在向他走来，踏着翩跹轻盈的步子。她的脸越来越清晰，每一个细节都被放大，原来那是一张精致绝艳的人皮面具。一双温热的手握住了他冰冷颤抖的手。他蓦地反应过来，我不是在车上的吗？什么时候开了车门下了车?！未及思虑，他已被那双手牵着向前走去。

“你是谁？要带我去哪儿？”王皓疑惑地看着她清瘦的脊背。她沉默着不说话，只是拉着他的手朝着不远处的一道绿光缓缓地走着。他已经没有了时间概念，也不知道他们这样走了多久，双腿酸软得几近麻木，头疼得厉害。他要歇下来喘口气，再这么走下去一定会衰竭而死。他累了，渴了，饿了。他上气不接下气地问道：“能休息会儿再走吗？你到底要带我去哪儿？”

“到了。”婉转悦耳的女性音质，干净得似是一尘不染的清水，毫无杂质。

他灌了铅似的头低垂了半晌，听到她说“到了”，兴奋地仰了起来。一幢破落简陋的房子，门虚掩着，透出一丝昏暗的灯光，不，是摇曳的烛光，还有一股慑人的焚香袭来。他被牵引着进了屋子，暖意油然而生。

桌上摆着丰盛的食物，醇美的酒水，他早已饿得“咕噜噜”乱叫的肚子哪还经得住这美食的诱惑，垂涎欲滴的他两眼放光，恨不得马上冲上去连盘带碗统统塞进嘴里，填满空腹。

“饿了吧？别客气，吃吧！”她的话音刚落，王皓一个箭步上去坐了下来，直接伸手就去抓盘子里的青菜、肉丝。大口大口地喝着甘洌的酒水。已然忘却了那个穿着红色旗袍的女人的存在。

他裤袋里的手机骤然响起，铃音刺破宁静的夜。他放下手中的食物，掏出手机，原来是之前设置的闹铃。八点。他答应林岚要回去吃饭的，这会儿自己都吃上了……“啪”，手机从他的手里自由落体，荧屏的光虽然微弱，但足以照亮眼前的景象。他猛地呕吐出来！还不够，他用手指抠着自己的咽喉，将刚才吃下的东西全部吐出来。

哪有什么简陋的屋子？哪有什么丰盛的食物?！他正坐在死人的荒凉坟头！盘子里的青菜是腐烂的不知什么植物的墨绿色残渣。肉丝是鲜活的蠕动的从泥土中爬进碗里的蚯蚓，它们相互地缠绕着，还有一些半截的弹跳着的躯体。酒是积聚的雨水，碗底沉淀着一层黄色的泥沙。呕吐。他的腹中似有千万条蚯蚓在蠕动，翻滚的胃液从他的嘴里喷涌而出，如果可以，他想把胃、肠，甚至五脏六腑都吐得干干净净。他所谓的向前走，不过是在绕着坟头转圈圈。五点多离开镇子，意味着他在这坟地里足足绕了两个小时。而他的车就停靠在一米开外的虬枝盘结的枯树旁。

第十五章 粉红色高跟鞋

他是一边吐着一边撑着腰蹒跚着回到车内的,浑身乏力。他只有一个念头:赶快离开这里! 迅速驱动车子,逃离这杳无人迹虫吟四起的坟地。后视镜里似乎现着一个红色的人影,不能看,他的脖子僵直地挺着,双眼直勾勾地盯着前方的路面,不敢扭转头去看。

五彩斑斓的霓虹,将夜色装扮得华彩迷离,那是城市的弥久而新的灯火,透着浓浓的暖意和安全感。进城了! 进城了! 他的车子飞驰而过,蹿上了宽敞的柏油公路。熟悉的法国梧桐一列列地排布着,像是在恭候他的归来。

街道上熙熙攘攘的人群让他感到无比欣悦,是活人的气息。他的车缓缓停在了罗兰公寓9幢楼下。怎么先回了公寓? 对,身上淋湿的衣物必须得换掉,否则林岚问起来又不知该怎么作答了。

走进电梯。依次按下3和5两个数字键。电梯开始启动,上升。机械的转动声,让他产生一种不安的情绪,加上电梯里沉闷的氛围,仿佛有一个女人瞪大血淋淋的双眼盯着他,在身后? 还是头顶? 他闭上眼睛等待着电梯“叮”的声响,他不敢睁开眼睛去看银白色的不锈钢四壁,它们是一面面镜子,说不准什么时候就会映着一个穿着红色旗袍的女人。

怎么还不到?他在心里数着58,59……一分钟过去了,爬楼梯都爬到三楼了,电梯怎么还在徐徐上升,没有停下的意思。他握紧双拳,猛地睁开双眼,“叮”,电梯的门自动打开,映入眼帘的是“5楼”的牌子,仿佛电梯是从一楼直接抵达五楼,中间没有二层、三层和四层。我怎么来了5楼?他拍了拍自己的脑袋。他的视线向左转移,拐角处502房外有个人正在鬼鬼祟祟地透过猫眼向屋里看。502房不就是陈洁自杀的地方吗?

“你在干什么?”王皓蹑手蹑脚地走到那人身后。

那人“啊”了一声拍拍胸口,长长地叹了口气,埋怨道:“你走路怎么不出声,差点被你吓死。”那人对王皓上下打量了一番,“你刚从水里面爬出来吗?怎么全身上下都湿淋淋的?你是这里的住户?”

他的问题太多,王皓迟疑了一下,并没有直接回答,而是转口问道:“你找陈洁?她已经……”

没等王皓把话说完,他急着打断道:“就是她!我都来了好几趟了,敲了半天门也没人应,既然你认识她,这里有一份她的快件,你帮忙签收一下吧。省得我来回跑。”说着他从挎包里取出一份快件递给王皓,又让王皓在签收单上签名,之后嘟囔了几句就进了电梯离开了。怎么会有她的快件?里面会是什么呢?!王皓反复地看了看快件的封面,又举到灯下试图看清里面东西的一丝轮廓,然而外面的包装太厚,难以看透。从外观以及手感上判定应该是纸一类的物品,只有纸张才会那么轻薄。

他没有停留太久,而是拿着快件从楼梯下到3楼,他没有坐电梯,他怕那种让人焦躁不安并且产生联想的狭小空间,坟墓、棺材,是的,他想到的两样与此相似的东西。

回到自己的房子,他坐在沙发上对着那份快件持续发呆,他在考虑一件事情,到底要不要拆开来看。如果拆了,肯定是有违道德而且私拆信件也是违法的,可是他总不能跑到陈洁的坟墓里,诚诚恳恳地问人家,“我可以拆开来看吗?”就算真的跑去问了,人家也不会开口回答。不拆开来看,心里总有一块疙瘩,他有预感,这份快件一定能告诉他一些他所不知道的事情。

难道是遗书?自己写遗书寄给自己也不太可能。而且这上面的寄件地址是外地,那么到底是什么呢?为了解开谜团,他做了一个伟大的决定,他从口袋里掏出一枚硬币,抛向空中,心里念着:“国徽那面朝上就拆开。”

一连投了三次,其中两次都是数字朝上,最后一次不负所望的投出了“国徽”。虽然家里再没有别人,但他还是小心翼翼地环顾了四周,足够确定就他一个人之后才鼓起勇气一点点撕开外包装。没有遗书,有的只是一张今天晚上 8 点出发到上海的火车票。

火车票……她应该是知道警方查出她是真凶,于是买好火车票打算逃走,因而她的死是突如其来的,真的是诅咒吗?除了诅咒还会有什么能让她走火入魔似的穿着大红旗袍,割着脸上的肉?陈洁溺死在水里的恐怖景象一幕幕在他眼前闪现。

红色旗袍消失了,自己在回来的路上见到的那个女人以及发生的仍令他心有余悸的怪异事件,诅咒并未消除,水葬根本不能消除附着在旗袍上的怨灵,王皓愈发笃信,还有人会死!林峰?还是自己?这个曾经问了自己不止一次的问题又一次冒出来,如雨后春笋破土而出。

他又一次感到恐惧和茫然。空寂的房间里,突然响起的手机铃声冲击着他的每一根神经,让他的心跳猛烈地加速。他抚着自己的胸口,长舒一口气,拿过手机,显示的是林岚来电。

“怎么这么晚了还没回来?一整天没见到你,去哪儿了?影楼也是关着的,你不是说回来吃饭的吗,怎么到现在还没看到你的人影!”林岚是一口气说完的,中间没有丝毫停顿。

王皓看了看手表,已经是晚上 9 点 15 分了,“嗯,我在公寓,马上就回去。你先吃吧。”

他进了浴室简单地冲洗了身子，换上干净的衣服，便出了门。王皓回到老宅子的时候，林岚仍在厨房里“叮咣”地翻炒着什么，他慢慢靠近她，此刻他只想搂住她的腰，在她身上寻找一点儿哪怕一丝温暖，他从来没有像现在这般需要安全感。

“怎么了？舍得回来啦？到底去哪儿了？打你电话都是不在服务区。”

“都说了就在公寓，什么时候骗过你……可能那会儿刚好在电梯里，所以没有信号。”

厨房明显没那么大，两个人在里面算不上拥挤，却也不宽敞。说实话，在厨房里的林岚，一点儿也看不出来是个写作的人，娴熟的翻炒、颠锅，俨然就是个女大厨。王皓退到一定的距离，远远看着，就像在观摩一座神圣的雕塑。当然，眼前这座雕塑是有生命的。王皓遇到的女人当中，林岚还是第一个下得了厨房的。陈洁向来只会拉着他进餐馆，若是不出去吃，便就烧了开水泡方便面吃。因而公寓里的冰箱堆满了桶面和碳酸饮料。

王皓还是第一次看到林岚这个样子。虽然结婚也有些日子了。他对她的印象也不再单纯地停留在照片里那白色T恤黑色牛仔裤的娴静模样。当然两个人生活在一起，总会见到她卸了妆的样子，没有那么光鲜，然而他却依然爱着。无论是怎样的她，只要她是林岚。

她是他冥冥中要找的女人，符合一般男人所要求的“上得了厅堂，下得了厨房”的传统标准，而且最重要的是她身上散发着诗一样的迷人气质，有着和他极其相似的生活习惯和兴趣爱好。即便一个是钟情于文字，一个是痴迷于摄影艺术，但本质上都属于文艺。他们就像是磁极的两端，相互吸引着。而奇迹往往简单到让人无法想象，茫茫人海偏就认定了某一个人，然后有了生命的交集。

“好了好了，你先出去吧，你在这儿碍手碍脚的。”林岚挪动了自己的身子，他这才慢慢松开环抱着的双手。他看到林岚脸上漾着的微笑，就像一朵绽开的水仙花。可他不知道，林岚这是晚上第三次进厨房热菜了。

他依旧决定对她只字不提，陈洁的离奇自杀，古怪的水葬，林家二十二年前骇人的血案，她的仍旧活着的被送进精神病院的母亲，还有那件受到诅咒的失踪了的旗袍……他绝口不提。他不希望一个已死之人一段毫无根据的传言来扰乱他们正常的生活，也不希望林岚担惊受怕地过日子，所有的一切就让他一个人来承担吧。

那顿饭，吃得特别艰难。他强忍着咽下每一道菜，痛苦地咀嚼，肚子里翻江倒海，终于，他还是当着林岚的面吐了出来。

"不好吃就不用勉强了！"说着她端起盘子直接将菜倒入垃圾桶，径自朝着二楼的卧房而去。王皓还未来得及解释，却已听到"砰"的摔门声。并非林岚的菜烧得难吃，而是只要看到青菜和肉，他就会想起回来之前在坟地的悚然经历。哪里还有吃的欲望。

他扶着墙壁，头低到洗脸池汹涌不止地呕吐，酸液将咽喉刺激得涩涩发疼。拧转水龙头，倾泻下来的清水冲走了混浊的呕吐秽物。

他抬头凝视着镜子里憔悴的自己，褶皱的皮肤，惨白的面色，游离的双眸。哪里像个二十出头的年轻人，简直像是风烛残年饱受风霜的颓废老人。他捧起一抔水扑洒在脸上，随后干脆直接贴着水龙头猛冲凉水。

该怎么向她解释？要把自己绕着坟头转圈的事告诉她吗？如果说了，岂不是连参加陈洁葬礼的事也要坦白？不能说，不能！该用什么理由才能使她信服？他的脑细胞为着这个揪心的难题死伤无数。要不什么都不说，什么也不解释，免得越说越糟，越解释越复杂！

他取下柔软的毛巾蘸上水浸湿，拧干，囫囵地抹了一把脸。待会儿回房直接钻进被窝，什么也不说，就这么决定了！头痛不止，他从茶几的抽屉里拿了一盒感冒药，服了两粒。

房间里的灯已经熄了，窗帘被冷瑟的风牵动，裙裾似的。薄透的轻纱后面像是站着一个人，影影绰绰。他摸索着走到床沿，掀起被褥的一角，动作轻巧，一屁股坐在柔软的床上，双脚伸进温暖的被窝，背对着林岚掖好被子，将自己紧裹得像个蚕蛹。心力交瘁的他才刚躺下便昏昏欲睡，也顾不得更多,只管闭了眼。

“咯噔”,“咯噔”,有人在敲击地板?不,是高跟鞋踩在地板上!他猛地坐了起来,惊出一身冷汗。林岚从不穿高跟鞋,这房子里不可能会有高跟鞋!那么是谁在楼道里走动?二太太!

他想起葬礼上那个女人所说的事,林家的禁忌,不得穿高跟鞋和旗袍,因为二太太死的时候就是穿着那件受到诅咒的红色旗袍,还有粉红色的高跟鞋,她临死前来回地在楼道里走……

鞋跟一声声叩击着木质地板,“咯噔”,“咯噔”,这心惊肉跳的声音牵制着他的心脏跳动,一双无形的从背后墙体里生长出来的冰冷的手抓住了它,收缩、挤压,血管就快爆裂,“砰”,气球被挤爆了似的,一声脆响。他捂着胸口,里面剧烈地疼痛,应和着他的头痛。“砰”,“砰”,“砰”,连着三声敲门,间隙短暂,又响起“砰”,“砰”。

敲门,敲门。林岚安然睡在边上,均匀地呼气吸气,熟睡得听不到任何异响。难道是鬼敲门?除了林岚,便是自己,这宅子里不可能有第三个人。第三个人,那次后院破旧的木屋失火,房子里地面上有三个人的脚印,会是她吗?二太太的怨魂?!

“砰”,“砰”的拍打变成了手指的骨节叩门,“咚”,“咚”,她在不懈地敲着门板,她是要敲碎木门才甘心吗?声音戛然而止。王皓猜测她是停在了门外,抑制不住的恐惧灌遍全身,他失了魂似的赤着脚朝门的方向走去,“咯吱”,“咯吱”,地板咬牙切齿般地压挤摩擦,身子匍匐下去,耳朵紧贴着没有温度的地板。

门缝底下透进一丝光,让他足以看清外面的走廊。一双粉红色的崭新的高跟鞋占据了他的整个视野,粉得剔透且富有光泽。“咯噔”,鞋子动了一下。他极力向上看,眼珠都快瞪到地面上了。不看还好,这一看让他的三魂六魄都飞离了身体,呆滞得如同一具死尸躺在地上。

他额角的冷汗如断了线的珍珠,“噼里啪啦”地坠落。高跟鞋往上……没有脚!只有一块拂动的红色绸布垂挂着,虽然看不完整,但王皓的脑子里已经勾勒全了门外的景象:一个女人,穿着红色的旗袍、粉红色的高跟鞋,站在楼道,她没有脚!可她的高跟鞋却依然能够走动。“咯噔”,“咯噔”。

“王皓……”是陈洁!死人的声音,不,这不可能!一分钟,两分钟……大脑空白的他倏然直起身子,雷厉风行地猛拉开房门。没有人!只有一阵奇怪的冷风穿堂而过,还有那双赫然留在门口的粉红色高跟鞋!

第十六章 深巷古怪老人

“你没事吧？晚上回到家就不太对劲儿。”林岚何时立在他身后，他全然不知。“你手里的……高跟鞋，我找了它好久，你在哪儿找到的？”

林岚兴奋地就差要雀跃起来了，“你怎么愣着不说话？”

王皓定了定神。高跟鞋在自己手里！他从未俯身去捡……怎么……高跟鞋，他的脑子间歇性地短路，缺失了一段记忆，高跟鞋是如何跑到自己手中的？他不停地想，不停地想，只是记忆像被擦除了，毫无存在过的影迹。

“我一直这样站着吗？”他目不转睛地看着林岚点头。

“嗯，你拎着高跟鞋在门口发呆了好久，魂不附体地瞅着走廊的尽头。任凭我怎么叫你你都不应！到底发生了什么事？高跟鞋你是从哪儿找出来的？上次我记得把它放在房间的衣柜里，第二天我拼了命地找，就是找不到，翻箱倒柜，都没有寻着，本来还想问你有没有看到，繁琐的事那么多渐渐地也就忘了问了。”

这怎么可能呢？“啪啦”，他甩掉莫名其妙在手里的高跟鞋。“这鞋……是你的？你不是从来不穿高跟鞋的吗？”一个不穿高跟鞋的人买高跟鞋做什么?！收藏？她不像是会做那么无聊的事情的人啊。送人？更不可能，逢年过节送礼还说得过去，现下哪有什么节日？王皓暗自忖度，一无所获，倒不如直接问她来得简单干脆。

“这……不是你……送给我的吗？”惊诧、惊异、惊恐，林岚麻木铁青的脸上浮起一丝恐惧，她张大的嘴巴过了半晌才合上，双目圆睁，自言自语地小声嘀咕道：“我以为是你买给我的，那天我们吵架——奇怪的脚步声！对，是奇怪的高跟鞋叩响的声音，然后我开门看到门口多出了一双粉红色的高跟鞋，我以为是你为了道歉才买给我的，心里说不出的喜悦，我在镜子前试穿……不是你，还会有谁？”那日的场景如电影般在她眼前一幕幕回放，清晰如昨，历历在目。她不安地巡视四周，房间各处，幽长的楼道，天花板，视线所及之处她都审视了一番。

王皓内心的挣扎要比林岚剧烈得多，这老宅的陈年旧事压得他喘不过气。二太太、冯瑶以及陈洁，三个女人模糊又清晰的形象轮番侵扰着他的大脑。消失又重现，循环往复，无始无终，血腥的悚人的割肉染旗袍的场面强制性地灌入他的记忆，通过反复重放而一步步加深印象，对红色的印象！

如果可以，他只想将它们通通清除，就像拿着橡皮擦，擦掉白纸上铅笔留下的脏乱痕迹；就像删掉电脑里的垃圾，鼠标右键点击文件，选择删除，确定。然而人脑始终不是电脑，要忘却某些事某些人并非一朝一夕就能轻易办到，惊悚骇人的死亡气息仍在肆意滋长蔓延。

“高跟鞋真的不是你送的吗？”她哆嗦着想再确认一次。

王皓犹豫着不肯立刻回答，倘若说“不是”，那么林岚必定也会陷入无助的恐慌，会相信这宅子里确确实实有不干净的东西，免不了要担惊受怕地过日子，长此以往，敏感的她不疯才怪！王皓想定，挠着后脑勺，咧开嘴笑笑：“故意吓唬你的，除了我还能有谁给你买东西？难不成是……”他止住即将欲出的“鬼”字，原以为陈洁一死，案子了结，一切都结束了，没想到真正让人坐立不安的事才刚刚拉开序幕。

“这么说高跟鞋是你买的？就知道你在开玩笑！差点被你吓死！”她恬淡的笑容里闪烁着一缕幸福的光彩。嫣然如春日绽放的水仙花，清丽淡雅。她捧着那双粉红色的高跟鞋，如获珍宝，此时此刻，全世界的财富也不及她手里的高跟鞋。

王皓僵直地杵在原地，却怎么也笑不起来。他的眼前是一片稠黑的阴霾，内嵌着无数的滴血的头颅，一个女人拨开云雾，扭动着躯体轻盈地走来。她的舌尖舔舐着唇角的一抹艳红。恣肆地阴笑。

踏入婚姻的殿堂，有喜有悲，这是王皓和林岚都事先想到过的。常言都说“婚姻是爱情的坟墓”，但是有些人就是愿意守着这座冰冷却偶尔又有些微热的坟墓，他们比谁都懂：没有婚姻，爱情将死无葬身之地。

林岚能够嫁给自己爱着的王皓，无疑是令她感到最幸福的事。王皓能娶到林岚那样才华横溢的女人也已经很满足。两人婚后的生活倒也没有什么摩擦，一方面是因为林岚忙于自己的创作，几乎每天关在房间里。王皓则奔走于家和影楼之间，两点一线。

林岚父亲林峰的病似乎没有回转的余地，只能是维持着气息。林岚每个周末都会让王皓陪着去医院看望父亲。他们会带上新鲜的水果，一束花，虽然林峰无法看到这些，但他们仍会这么做，不知道是出于习惯还是心存幻想，他们希望某一天进入病房的时候，能够看到他笑盈盈地坐在床上啃苹果，然而那却变得如此艰难。

王皓和林岚心里明白，林峰只是在病房里等着断掉最后一口气。其实每来一次，林岚的心里就纠结一次，看着沉睡的父亲，自己却无能为力，对她而言就像是一种赤裸裸的讽刺。

那天，外面下着雨。王皓和林岚赶到医院，林珂也在。三个人坐在林峰的病房里简单地寒暄了几句，不过王皓一个大男人也插不上什么话，默默地坐在一旁听着林岚和林珂闲侃。

“刘涛怎么没跟你一起来？”林岚随口问了一句。

林珂不屑地回道:“别提他,一提他我就来气。”

“又吵架了?”

“什么叫‘又’? 根本就没有和好过。”林珂喃喃念道,“反正我跟他没法过日子。不说这个了。你们俩看起来婚后生活不错嘛,姐,你可比我强多了,找了个好男人。”

林珂说这话的时候小心翼翼地瞥了一眼王皓,又迅速收回来,是怕被林岚看到吧。林岚抿嘴笑了笑,和王皓对视了一眼。她看了看手表,时间已经过了九点,冲着王皓说道:“你开车先送林珂回去吧,待会儿再到这儿来接我,我再陪会儿爸爸。”

王皓“嗯”了一声,从座位上站起来和林珂一同走出病房。房间里又一次恢复了宁静。

“姐夫,你刚才怎么都不说话?”林珂走在王皓的身边,由于身高差异,林珂不得不侧仰着头和他讲话。

“你们两个一直在说,我都没有插话的余地。再说我也不知该说什么。”王皓微笑着简单答道。

一路上,两个人也没有别的话题,林珂坐在副驾驶座上看着窗外,应该是有心事吧,王皓则专心开着他的车,并没有发觉她的愁容。不知不觉已经到了林珂的住所,就是林峰的别墅。

巧的是刘涛的车也刚好开到门口,他怒视着王皓,显然是有些误会,林珂径自下了车,“谢谢你送我回来。”说完给了王皓一个甜甜的笑。王皓也回应一个礼貌的笑。

林珂看都没看正在注视着他们的刘涛,她似乎一点也不在意刘涛会误会,若无其事地进了屋。“那天陈洁的葬礼……你怎么一声不吭地就走了?”王皓上前简单地打了声招呼。

“哦,公司里发生了点儿事,一个秘书出了交通事故,在医院躺了几天,偏巧那会儿醒了,我就赶回去了!”

他是在编造借口吗? 目光闪烁,而且什么秘书这么重要,非要他亲自去医院照看？算了，别人的事还是不管了，自己的就已经够头疼的了。王皓也没有做太多停留，毕竟林岚还在医院里等着他。

半年的时间说快不快，却也已经使得很多东西发生了微妙的变化。比如陈洁的死已经不会再有人提起，似乎从来都没有过这个人一般。王皓和林岚的感情也明显减淡，爱情已经转变成了亲情，没有了当初的激情。更多的则是生活中的摩擦。

林岚将自己的大部分时间都给了她所挚爱的文字，关在房间里不停地写，就像一台码字的机器。王皓的影楼也发展成了摄影公司，他没有管理公司的经验，林岚也不懂怎么经营，一切都只能靠他自己，幸好有林珂帮忙，他的公司才顺利稳妥地扎下了根。

林珂以前学的是金融管理，而且又在父亲林峰的公司里上着班，如今林峰昏睡在医院，公司里的大小事务便都落在了她的肩上。按理说林岚为长女，更有权力接管公司，但是她素来对金融方面的事务一无所知，除了写书，她还真不能再做什么。

刘涛经营的公司，因为账务上出了问题，不久前就宣布破产了。他凭着林珂的关系进入了林峰的公司。林珂忙于帮助王皓，将手头的工作转移给了刘涛。刘涛可谓是独揽大权，不过他倒也有他自己的经营之道，将公司打理得有条不紊。

林珂常出没于王皓的十爱摄影公司，这让很多人误以为他们才是夫妻，主要是因为他们时常一起办公，同进同出的。他们也没有去在意众人的风言风语，毕竟王皓是林珂的姐夫。

王皓那个小小的影楼能够发展成为一个偌大的摄影公司，林珂是最大的功臣。要不是她在一旁出谋划策，又亲自指导，凭着只爱摄影不问世事的王皓根本不可能有今天的成就。

都说一个成功男人的背后必定有一个默默支持他的女人，但王皓却不知道那个女人究竟应该算林岚还是林珂。林珂很少再去父亲林峰的公司，那儿已经慢慢变成了刘涛的天下。

王皓离开十爱摄影公司的时候，天色已经暗淡无光，街灯迷炫，夜色撩人，红男绿女穿行其间。林珂坐在王皓的车子里，呆呆地望着车窗外疾闪而过的夜景，两个人沉闷着都不说话，气氛不觉间有几分尴尬和紧张。她是在想心事吧？愁眉深锁，右手的手腕托着下巴，胳膊肘顶着玻璃窗。

面前是一条幽深狭窄的长巷，两侧垒着一米来高的墙。“王皓！”林珂向左扭转头，他没有丝毫反应，她伸手推了推他的肩，又加大力度和分贝叫了他：“王皓！那儿有人！”

王皓“啊”了一声，从恍惚中清醒，蓦地一脚踩住刹车。“呲”，轮胎和地面摩擦产生的长长尾音如此刺耳，在空巷里流转。一个伛偻的老人，佝偻着背，悠然自得、若无其事地朝他们走来，仿佛刚才差点儿冲上去撞飞她的车子是杳无形迹的空气。她难道就不怕死吗?!

王皓和林珂屏住呼吸，多么惊险的一刻，只差那么一点点。若再迟疑一秒钟，车子剧烈的冲力无疑会把那个老人撞出十几米，以抛物线型起落，也许她会像皮球一样继续在地上滚出一些距离，然后因着地面的摩擦而渐渐停止滚动。他们的心悬在了嗓子眼儿，太阳穴跳动得厉害。

林珂的唇齿在打寒颤，哆哆嗦嗦地靠在王皓的耳边，压低嗓音说道：“她……她没有……头！”她全身的肌肉痉挛似的抽动，额头上豆大的汗液顺溜滑下。她的手指不敢指着窗外，食指耷拉着指向了座椅的位置，而整个人偏离了自己的座位，几乎靠在了王皓身上。

外面的老人呢?！她不见了！在哪儿？刚刚还在的。他的瞳孔不断放大，扫视着漆黑的巷子，就连车内都视察了一遍，没有。凭空消失了！林珂闭着眼睛抓着王皓的衣襟，见他也半天没有反应，一定是看到了无头老人！

王皓正准备打开车窗探出头去，突然一张脸贴着车窗，蹭了上来。王皓倒抽一口寒气，吓得后仰，紧紧将后背挨着靠垫。逆着光线，他无法看清老人的具体样貌，但并非林珂所说的没有头。黑色的椭圆形轮廓正是她的头。她在盯视着车内的王皓和林珂，那双眼睛亮得就像两个灯泡，发着绿光的小灯泡。骨碌碌地转动。

王皓感觉到她身上散发着一股冷冷的阴气，让人不安。弱光里，她低矮的身躯蹒跚着移动，垂着头，在找什么东西，周身笼罩着一层薄薄的光晕，看上去就像一个无头女尸在夜色里行走。她离车不过半米，怎么走了这么久还没离开车窗？她到底在找什么？

王皓惊心未定，但已确定车外面是个人，也就宽心了许多。他抚了抚靠在自己肩上的林珂："她有头。是个老人，好像在找什么丢了的东西。不信，你自己看看。"

林珂将信将疑地微微睁开眼睛，看到外面的老人脖子上确实有头，才捂着胸口舒畅地喘了口气。"差点被吓死。连气都不敢喘。憋死我了！大半夜的，她一个老人家跑出来找什么东西?!"王皓对此也感到好奇，他霍地打开了车门，老人呆滞地蹲在地上，驼起的背正对着王皓，手里有节奏地抚动着，像是在给人梳理头发。

王皓趋步上前，轻声地开口问道："婆婆，你在找什么？"

她"呵呵"地笑了两声，寒意冷冽得让人不禁全身的骨肉都感到酥麻："我在找我的头！"

"我在找我的头"，她说她在找她的头！没错，他没有听错。她在找她的头……那她脖子上的是什么?！她蹲在那儿梳理的是……她自己的发丝？林珂先前尖叫着的"她没有头"如钟磬回响，音调曲折跌宕，不绝于耳。

"姐夫，你没事吧？"林珂在车内，看着呆若木鸡的王皓失了神，便叫唤道，见他仍旧愣着没有回应，改叫他的名字："王皓！"她在干嘛？她顺着王皓的视线，老人的后背像驼峰似的凸起，又像一座高弧度的拱桥。

老人捧着什么东西缓缓起身，王皓无法确定那到底是什么，因为她一直背对着他，而奇怪的是她的头好端端地在脖子上挂着，难道是别人的头颅?！她徐徐地回过身，"咔"，头蓦地扭转，炯炯有神的双眸潜藏着一丝诡谲的光，离弦之箭般射向王皓，穿透他的头颅，箭羽上沾着鲜红的液滴和白浊的浆汁。

“血！”林珂在发颤。血，老人手里捧着的是一颗滴着血的头颅，但不是人的头颅，而是猫！一只黑色的似曾相识的猫！它的眼窝是空洞的，眼珠被人挖去，林岚，林岚，他首先想到的便是林岚生吃猫肉的景象。那晚，她坐在浴缸旁，撕扯着黑猫腹部的皮肉，掏空五脏六腑，塞进嘴里，津津有味地咀嚼，咀嚼，伴随着“咯吱”，“咯吱”咬碎骨节的声音，“咕”咽了下去。她又将手指戳进黑猫的眼眶，硬生生拽出圆形的眼球，连带着丝丝血线经脉。她舔着球状体上沾染的血液……

是下雨了吗？他的衣服已经一片濡湿，夜风穿过幽冷的长巷，他顿觉刺骨的冰冷。是有人拿着冰块搽着他的后背吗?！他的视线里只有暗淡灯光下一个黑色的剪影，老人抱着黑猫的头颅在哭，凄厉哀婉，一点儿也不像一个上了年纪的人，却像是个十来岁的小姑娘，他看到了她眼里的泪液，还有燃起的仇恨之火。

两人僵持着站了将近五分钟，老人突然挪动了碎步，跨出的步子小得就跟没有迈出一样，嘴里喃喃地嘟囔着：“叫你不要跑出来，就是不听，下次再不听话就把你的头拧下来！”

这黑猫的头颅是她拧下来的？还有那眼珠……也是她抠出来的？空寂的长巷仅剩隐隐颤音以及她婆娑的鬼魅的背影。

“她是不是脑子有问题？阴阳怪气的……该不是精神病院跑出来的吧?”林珂此刻才敢顺畅地呼吸，并且正常地说话。心底里却仍有畏惧，尤其是看到那个挂着血丝的黑猫头颅。

王皓正准备上车，目光却聚焦在了车底，轮胎下——黑猫血肉模糊的半截身体，被压得扁扁的，就像一张晒干了的猫皮。它躺在嫣红的血泊里，肠子被压挤得流出了腹腔，铺在外面。其他的脏器已经被车轮碾压得分不出什么是什么，聚成了一堆肉泥。

王皓捂住了嘴，立刻钻进车内，“砰”地关上车门。“你的脸色怎么这么难看？没事吧？”

王皓淡淡地抿嘴，启动车子：“没事。”他听到了“噗”的一声，应该是车轮再次压过黑猫残缺的躯体的声音。林珂瘪着嘴，愤愤地咒骂道：“那个老太婆有病吧，乌漆抹黑的出来吓人！还……抱着个猫头，真变态！”

“她可能是出来找猫的，她的猫……被我的车压死了！”愧疚油然而生，老人离去的单薄背影竟让他产生了一丝怜悯。

“不过就是一只猫，下次再碰到她，买一只还她就是了！”

王皓保持着缄默，过了半晌才义正辞严地说道：“听过有关猫的传说吗？据说猫的记忆力很好，但不是用来记住你对它的好，而是记仇。它会报复每一个伤害过它的人。有人说猫是怨灵存活在人间的载体，它们附着在猫的身上，只为复仇。你有没有发现猫的眼睛很特别，犀利、冰冷，让你不敢去直视它。它不断放缩的瞳孔会分毫不差地烙印你的模样，找到你，直到有一天，它尖利的牙撕裂你的皮肉，仇恨才会终止。”

“我怎么从来没有听过这种传说？你这么一说，猫岂不是一种凶邪的动物?!”

王皓颔首。林珂不安地动了动身子，腿上的包滑了下去，她低头俯身去捡，皮包底下是一颗圆乎乎的球体，她满不在意地用手指轻触了一下，有弹性，好像表面沾着黏稠的胶体。是什么东西？她一把将它抓起，举过头顶，才刚举起她就“啊”地尖叫着扔了回去。一颗眼珠，弹珠大小，直直地瞪着她！

“怎么了？”

“眼珠……眼珠！”她战战兢兢地抖出几个字。

王皓斜觑着因惊恐而蜷缩成一团的林珂，若非有车门挡着，估计她早已蹦出车外，逃入人群。他将车停靠在路边，低下头仔细地探寻：“你把它扔哪儿了？怎么不见了？”

“就在座椅下面，它一直瞪着我……”

王皓几乎找遍了整个车厢,就没有林珂所说的眼珠。难道是她扔得太用力,所以……这不太可能,车门一直紧闭,总不至于穿透出去吧!“你确定没看错吗?车里面我都翻遍了,什么也没有。”

“那么大一颗,怎么会看错?你看,我的手指上还沾着……血迹呢!”她摊开右手,分开五指,展现给他,确实有风干了的血斑。“我没有骗你,真的有。”

会是那只猫的眼珠吗?王皓宽解道:“或许……是刚才被压死的那只猫的……”

“它怎么会在车上呢?”林珂蹙起眉,眼睛巴拉巴拉地眨着。这也是王皓纳闷的,古怪老人的猫眼怎么会在自己的车上呢?当时下了车,老人一直背对着自己蹲在正前方,抚着黑猫头颅上的毛发,她起身之后便双手紧抱着它,那会儿黑猫的眼珠已经被人抠出,只有两个乌黑的孔。那么,应该是在这之前。对了,她曾消失过一瞬间,接着才突然贴着车窗蹭上来的,眼珠大概是在那时候直至车门打开这段时间被扔进车里的,而且是神不知鬼不觉地被扔了进来。她为什么要这么做?莫非是要让猫看清他们的样子,以后找他们复仇吗?

“怎么就不见了呢?”林珂也俯着身子在找她清清楚楚看到,而且是摸到的眼珠。“它该不会……”

“好了,好了,不会有什么事的。猫的传说只是个传说。”他阻断了林珂想要说出的后半句话,是怕自己会跟着她的话继续胡思乱想吧。林珂一边抽着纸巾擦拭着手指上的血迹,一边埋怨道:“都怪你,非要讲那个传说,我现在总觉得有双眼睛在身后盯着我,一直飘荡着跟着我。”

“放心吧,压死它的是我,如果它要复仇的话,要找也是找我,不会找上你的。何况,传说未必都是真的。”言语间,车子已经到了林珂所住的别墅。林珂下了车,先是掸了掸衣袖,又跺着脚,生怕那只眼珠粘在她身上的某个位置。王皓看着她消失的绰约背影,调转车头往回走。

再次经过那条深巷,他的心里一阵忐忑。路灯下一摊脸盆大小的深褐色印迹，这不是轧死那只黑猫的地点吗，猫的半截身体呢？难道老人什么时候又回来把那一堆肉泥也捡了回去？他放慢了速度，仔仔细细地盯着血痕，没有任何的凸起，平整地和四周的地面齐平。车子的后视镜里，幽隐的有个佝偻的影像，恍恍惚惚，隔世一般。

他不敢再做停留，加速，冲出了巷子。他在中心街道的十字路口，转向了罗兰公寓。是的，他已经从老宅搬出来住近一个星期了。

长青路 15 号的老宅，沉寂得犹如死墓，不知道从什么时候开始，王皓宁愿在公司里待着也不愿早一点回去，他和林岚的婚姻因为要不要孩子的问题而出现了裂隙。

林岚一直想要个孩子，大部分女人都会有这种想法吧，期望自己能成为一个慈爱的母亲。在家里好好培育自己的孩子，也许是因为一个人守着偌大的宅子太寂寞了吧，总想有个人来陪，而孩子无疑是最好的选择。

王皓却始终没有打算要孩子，他怕自己的生活会因为孩子而被彻底打乱。他极力劝说林岚打消生孩子的念头，如果有了孩子她将没有更多的时间去创作，只能待在家里当一个全职太太照顾孩子。林岚对孩子这事儿很坚持，她说宁可不写书也要要孩子。

显然，他们的争吵主要围绕着要不要孩子这个问题。王皓为此还收拾好自己的行李，一个人搬回了公寓。林岚也没打算劝留他，两个人都在气头上，说什么也是多余的。也许他们是该好好地让彼此冷静一下了。

王皓走楼梯上了三楼，伸进裤袋掏钥匙，摸到一个圆形的玲珑球体，吸收了他的体温触上去暖暖的——眼珠！蓦地迸出这两个字。在车上一直没能找到的那颗林珂所说的眼珠竟然揣在自己的裤兜。他猛地将它摔在地上，它像乒乓球一样上下弹跳着向楼梯口咕噜噜地滚去。

第十七章 502房的鬼影

楼道的白炽灯闪烁晃动，嗞嗞作响，眼前一黑，灯尽数熄灭。

电梯的门却"叮"的一声打开了。从里面走出来一个人，脚步轻盈，如风拂柳。王皓迅速拿出手机，借着荧屏上的光照亮前方。

电梯的门处于敞开状态，不曾合上，人呢？他下意识地将手机发出的微光对准楼梯口，什么也没有。是听错了吗？他回过神，将钥匙插入锁孔，扭转，卡住没动。

"你东西掉了。"身后一个女人清晰的声音传来，她在王皓还未及反应就已经将东西硬塞到他手里。王皓条件反射地说了声："谢谢！"这一声"谢谢"久久地回荡在楼层间。

待细细去想才觉后怕，楼道里除了自己哪里还有人？不是人，那么是什么？她递给他的……他手里攥着的圆圆的东西不正是自己方才扔掉的猫眼吗！王皓惊出一身冷汗，四肢麻木得僵在那里，如同脱线的木偶，垂挂着，耷拉着，无法回应大脑给予的任何指令。一分钟，两分钟……

一束刺眼的强光扫射过来，伴随着男人洪亮粗犷的询问："喂！你没事吧?”他瞅着失魂落魄的王皓,一步步向他逼近,“你怎么一动不动站在那儿?”

王皓受到如此强烈的光亮刺激,本能地眯起了眼,他听出是楼下值班室的人。“公寓怎么突然停电了?”

“你婚后就没怎么来这儿住了,是有所不知,公寓五楼的电表老出问题,自从……”他四下里看了一眼,确认没有人或者是其他什么东西,才凑到王皓耳边轻声说出后半句话:“自从五楼502室死过人之后,公寓的灯时常就莫名其妙地熄灭,电工每次来检修,都说是五楼的电表有问题……你说怪不怪?”

他仔仔细细地对王皓上下打量了一番,看得王皓都有些不好意思了,接着才缓缓开口说:“我记得……哦,对了,想起来了,我说你怎么这么面熟,502房里死的那个女人是你的什么人吧? 以前看你们一起出入公寓的。她死得可真够恐怖的,那会儿她的尸体被抬出去的时候,恰好该我值班,她的那张脸都被手里的刀割烂了,哪里还是脸的模样,简直就是一个圆圆滴着血的肉球。连皮层里面的经脉都清晰可见。在那之后,五楼的住户都说502房里面经常传出‘乒乒乓乓’的动静,而且是深夜。空屋子里怎么会有声音呢? 除非是……鬼!”

他把“鬼”字的发音压得极低极低,卡在嗓子眼儿里。生怕被什么人听了去。“如今五楼已经没有住户了,整个一层都被空置出来,所有人都搬走了,都不敢再住。不过我们夜里巡视也省了心,那一层就可以不必上去了。”

王皓绝对是个很好的倾听者,他一言不发,仔细认真地听着每一个字。“你现在是要去五楼吗?”王皓趁着他歇下喘息的间隙问道。

他摇摇头,“这黑灯瞎火的我哪里敢单独上去……不瞒你说,前段时间,我在四楼也听到了五楼的奇怪声响,像是一个女人穿着高跟鞋在踱步。来来回回响了好久,于是我找了其他几个人一块儿上去看个究竟,结果五楼空荡荡的什么人也没有,而502房的门就豁然开着,房子里竟然躺着一只猫的尸体,最恐怖的是……猫的腹部都被掏空了,猫的头颅也被人割了去。”他不由地抬头朝上看,像是头顶上有人正在盯着他,又把视线收了回来。“好了,不说了,越说越邪门,巡视只到四楼,五楼我就不上去了。你不是住三楼吗?在四楼做什么?”

值班员转身欲走,却被王皓一把拉住,哆嗦着说:“等等,你说这……是几楼?”

“四楼啊!”他的语气肯定,不解地盯着王皓。“赶紧下楼吧,说不准待会儿就又听到五楼的怪声了。”说着他瑟缩了一下身子。

“这儿……不是三楼?!”明明在三楼,自己家门口,怎么灯一黑就到四楼了呢?!难怪刚才扭转钥匙会卡住,因为那根本不是自己的家!是停电之前就一直在四楼了吧,许是想事情太投入数错了楼层,连自己都未察觉,一定是这样,一定是!他努力说服自己。

“你手里拿着的是什么?”值班员好奇地将电筒的光聚焦在王皓手里的球状体上。

王皓此刻才惊觉猫眼仍握手中,触了电似的将它抛远,抛掉恐惧和不安,比上一次更用力,他可不希望再次见到它!那么,那个把猫眼拾起来塞给他的女人是谁?“你刚才上来有没有碰到什么女人从楼梯下去吗?”王皓禁不住问道。

“别说女人了,就是只耗子都没有。你该不会……见到什么东西了吧?”他的目光里闪过一丝恐惧。“还是不跟你多说了,我得赶紧下去。”

王皓知道他想说“见鬼”,真的是鬼吗?她是不是已经下了楼,只是值班员看不到,或者她根本没有下楼,而是上了楼。五楼!

“等一下,我跟你一起下楼!”王皓加紧几步跟上他,楼道里只有两个人沉重的喘息以及脚步声传响。“电什么时候能来?”

“起码要明天早上,这乌漆抹黑的电工也不敢去五楼检修。虽然大家伙儿都说世界上没鬼,但真要让你站在漆黑的地方一刻半刻的,心底里指定会犯嘀咕，忐忑不安。你刚才扔掉的是什么东西?”他对王皓之前手里拿着的小巧玲珑的东西饶有兴趣，此刻仍不忘要问个明白，以解心中好奇。

“猫眼！一颗猫眼!”王皓郑重其事地告诉他，“晚上经过一条巷子的时候撞了一只猫，遇到一个古怪的老人，她在找被我撞死的那只猫，我原是想上前向她道歉的，她却带着猫的头颅消失在了深巷，她手里那颗猫的头颅上的眼睛不知道什么时候被抠掉，还出现在我车里。更奇怪的是……不知怎么的又跑到我口袋……起先我已经把它扔到楼梯口了，停电之后有个女人从电梯里出来又把它还到我手中……”

“女人？真的是个女人？不是，不是，不是人！停电了电梯怎么会开门？走出来的一定不是人！你……该不是遇见五楼的……”他屏住呼吸，胆怯地向楼上看了一眼，又加快下楼梯的速度，两步并作一步。“刺溜”，值班员脚底踩到一颗圆滑的物体，人像踩着雪橇似的顺着阶梯磕磕碰碰地滚到楼层交接的平台上，手电筒也被甩出好远，在地上打转。

他“哎哟”了一声，抚摸着被摔疼的屁股和扭到的大腿，双手合十，嘴里叽里咕噜念着：“冤有头债有主，别缠着我，南无阿弥陀佛，救苦救难观世音菩萨，太上老君……”几乎中国所有能和神、道扯上关系的人物他都把名字念了一遍，又磕起了头。

电筒的光扫在粉白的楼梯墙壁上，使得光亮增强了许多，足以让王皓箭步跨到他面前，搀扶着他起身：“你没事吧?”

“我……我被‘人’绊了一下，好像是一只手抓着我的脚，我才摔下来的。这……太邪门了!”他跛着脚一瘸一拐地要去拣地上晃动的手电筒，王皓先俯下了身子。往刚才他摔跤的地方照了照，说道：“不是鬼，是我之前扔掉的那颗猫眼，你踩到了，才滑下楼梯的。”

他将信将疑地转移目光，果然如王皓所说。他捶着胸，继续抚着臀部，埋怨道：“你怎么把它往楼道里扔，这要是别人踩到了还得了，幸好我的身子骨还算硬朗，没什么大碍。你赶紧把它扔到窗外去，免得又有人遭殃。”

王皓只得再次拣起那颗像是无法摆脱的猫眼，打开楼梯口的通风窗，迎面而来的冷风刺刀般割着他脸上的皮肤。值班员看他站着半天没有动静，拍着他的后背催促道："你快扔啊，发什么楞?！这么大的风，赶紧扔了关上窗户。"

王皓似是用尽了全身的力气才将手里的猫眼像抛铅球一样抛出去，它应该会以一个优美的弧度落在那片绿化带的某个角落，一个王皓再也不会看见的地方。他松了一口气。眼看着到了三楼，王皓关切地问了一句："你扭伤了脚，要我送你回值班室吗?"

"不用了，扶着墙下去就可以了。你可别笑话我，有些事宁可信其有不可信其无，夜里……最好不要出来，即便出来了也别往五楼去，无论那儿有什么动静，都只当没听见。"

王皓点头应承。

他进了屋立刻将门反锁，试着扭动把手，确定锁好了门，又用手机液晶荧屏散发的羸弱光找到厨房的位置，"嗒"，开了煤气灶，淡蓝色的火焰瞬间燃起，照亮了漆黑的屋子。他记得橱柜里还有几根蜡烛，才打开橱柜的门，一股腥臭味扑鼻而来，映入眼帘的塑料袋紧紧包裹着的东西。是什么?软绵绵的。他一边捂着鼻子一边一层层揭开半透明的塑料袋。

这不是……那只被挖去双眼的黑猫头颅吗！"啪嗒"，它长了腿似的从他手里逃走，在地上滚动。它张开大嘴，尖利的獠牙露在外面，空洞的眼窝直直对准王皓，仿佛里面有一对隐形的瞳仁在转动，它是想要冲着王皓脖子上的动脉咬去吗？深巷老人带走的头颅，为何会在自己的家里？他瞬间脑子一片空白，就像被人拿着铁锤砸过一般，闪着金星。

"砰"，大厅传来重重关门的声响。他迟钝麻木地起身去看时，屋子的门豁然敞开，走廊的风肆无忌惮地吹进来，漆黑中他隐隐约约看到一个女人的鬼魅身影飘上楼，飘，她走路没有声音。

他记得清清楚楚，进了屋的第一件事就是将门反锁，如今却赫然洞开，不是见鬼了还能是什么?！王皓顿时蒙了。

他的眼前浮现的竟是深巷老人扭曲的影像：她伛偻的身躯从黑黢黢的

夜幕中挣脱出来，撕扯着露出头，伸出手和脚，怀抱着一颗鲜活的淌着温热血液的黑猫头颅，隐入幽幽深巷，穿云透雾地飘到罗兰公寓9幢。踏着矫健轻盈的步伐，一步一步上楼，停伫在三层311门口，久久站立，蓦地如空气般自门缝钻进屋子。她巡视一圈，选定位置，把黑猫的头颅包裹得像个神秘的礼物，她等待着给他一个惊喜，随后悄然离开，从未出现过一般，神不知鬼不觉地消失。

过道的阴风凉嗖嗖的，吹起他一层的鸡皮疙瘩。她究竟是谁？如何能够进到屋子？她是人还是鬼？倘若是人，会是谁要如此捉弄自己？若非人，出去又何必开门呢？大可以直接穿透防盗门，岂不是省事很多！理智重新占据了他的头脑。

会是林岚吗？这屋子除了自己便只有她有钥匙了……他又想到了什么似的，敲了敲脑袋，陈洁手头应该也有一把钥匙，可她都死了大半年了，难道真的……阴魂不散?！不会的，不会的！

上楼。上五楼。进502房一切就清楚了。他产生了这样奇怪的念头，指使他付诸行动。他需要一只手电筒。卧室里应该有的，他轻轻带上门，朝卧室摸索前进，在手机的辅助下终于从衣柜的抽屉里找到他想要的手电筒。试了试，还有电，可以正常使用。

他熄掉煤气灶上的淡蓝澄明的火焰，又将地上静躺着的黑猫的头颅"扑通"塞进了垃圾桶，他倒要看看究竟是谁搞的鬼！房子里各个能藏人的地方他都细细搜查了一遍，确信屋子里没有潜伏着其他人，接着便是要循着方才那个女人的影迹上五楼。她一定躲在502房里！

也不知是哪里来的勇气，他真的提着手电筒跨出房门，迈向未知的黑暗。每一步都落得格外小心、谨慎，进入楼梯口的通道，绿色的"安全出口"灯牌反射着手电射去的光亮。踩着台阶，他的心脏明显感到剧烈的跳动，紊乱。真要上去吗？现在后悔还来得及……去还是不去？他停滞了半刻，犹豫了。

他的大脑正在进行一场围绕着要不要上楼的无硝烟的思想战争。最后双方的鏖战以“去”占上风而宣告结束。

他小心翼翼地探照着前面的路，胆战心惊地看着“五楼”的标示牌，还有半层就能看到五楼的长廊，他在楼层交接的平台停了下来。踟蹰着还要不要继续走完那半层阶梯。它会通向哪里？天堂还是地狱？他害怕前面未知的恐惧，然而一种神秘的力量却牵引着他完完整整地走上五楼。

静寂无声，森冷的风穿堂而过，那里的玻璃被轻微震响，飘荡在过道里。它以一种异于平常的宁静来迎接这位不速之客。

他把电筒的光照直打在 502 的门牌上。金属的光泽熠熠耀眼。缓缓的步子，他的人已经定立在门外，凝神屏息，侧耳贴紧门板，倾听房内的动静。他的心怦怦直跳，提到了嗓子眼儿，只想往外蹿，最后落在他的脚跟处，“扑通”，“扑通”，收缩、膨胀。

房子里静极了，听不到任何异常的声响，根本不像有人的迹象。王皓呼了长长的一口气，轻松了许多。他不是期盼着里面应该有什么人的吗？这样便能找到那个进入他屋子并放黑猫头颅吓唬他的女人，此刻他却为着 502 房里没有动静而感到欣慰，他是怎么了？

他暗暗想道：算了，看来那个女人已经离开公寓了，并没有藏身在 502 房，明天找人把自己家的锁重新换掉就是了。他回转身刚要走，却听得背后 502 的房内传出“咯噔”“咯噔”的脚步声，是一个女人穿着高跟鞋在踱步，多么熟悉的声音！

门“咯吱”一下应声而开，他本能地将电筒的光束扫过去。一个背对着他的女人一动不动地站在门内，白光下是一身艳红的崭新旗袍，纤长的双手自然下垂，脚上的高跟鞋格外炫目，视线上移，她的脖子上……是空空的，与这暗夜融为一体！她的头呢?！她没有头！

惊出一身冷汗的王皓以迅雷不及掩耳之势拔腿冲下楼梯，连滚带爬地奔逃回三楼。进了屋迅速将门锁好。

不，她有钥匙，可以轻而易举地进来，怎么办？卧室，对，卧室，她进不来！王皓猛地蹿到卧室，反锁。接着“刺溜”钻入被窝，全身瑟瑟发抖，冰冷的汗液浸染着床单和被褥，他憋得几乎透不过气。他要将自己完全遮罩，无头女人，不，是无头女鬼，她就站在床沿诡谲地尖笑，她在冷冷地盯着他，用她游离于身体之外的某双眼睛盯着他，她要掀开他的被子……

大概持续到凌晨三点，极度的惊恐和疲惫让他闭上了眼，昏沉睡去。他是被一阵电钻的嘈杂声吵醒的。睁开蒙眬的睡眼，迷迷糊糊地走出去开门，对着门外的人嚷道："怎么一大早这么吵啊？"

一切的声音戛然而止，静默，楼道里的两个人骇然睁大双眼，张开大嘴，面色惨白如雕塑般僵硬在那儿，见了鬼似的盯着王皓。他没有怒骂他们，更没有拿刀恐吓他们，他们干嘛害怕得发抖？"你们干嘛这样看着我？"他挠着头，不好意思地咧开嘴。

他们又抬起头往上看，约好了似的，目光聚焦在门牌上。

"莫名其妙！"王皓一头雾水，暗暗咒骂道："两个神经病！"他刚回身要进屋，才发觉卧室里的家具、床单、被子、窗帘以及房间里的各种陈设一夜间都被替换了！这到底是怎么回事儿？这……不是我的房子！他的脑子轰然炸响，也终于明白他们见到自己为何脸上会写满恐惧，门牌上明晃晃的三个数字：502！

第十八章　与尸同眠

两个检修电路的工人目瞪口呆地愣住，因死过人而一直空着的无人敢住的502房里怎么出来一个男人？他竟然还在里面若无其事地睡了一夜！手拿电钻的站在高处查看电表的工人一不留神，连人带工具一块儿从梯子上滑下来，跌坐在冰凉的地面。另一个则缄默着颤抖，哆嗦着问道："你是人是鬼？"

我怎么会在502房里过夜？怎么会……无头女鬼！是她！一定是她把我带到这儿的！昨晚看到的无头女鬼。他下意识地环视室内的各个角落，除了白色的窗帘如裙裾般在微风下拂动，别无异样。王皓低垂着头，拖动倦怠的身体从他们边上擦过，他们的目光也随着他离去的背影游移。

"他是人！喏，他有影子。"站着的电工指着地上的长长黑影。

跌倒在地的那位这才拍拍屁股起身，嘴里嘟囔道："他怎么是从鬼屋里出来的？吓死我了。"

"你看他那样子，八成是中了邪，说不准是被502房里的女鬼缠上了！"

"别说了，别说了，赶紧把电路修好，离开这个鬼地方。还好是在白天，倘若在夜里，剩下的半条命都会被他吓掉！"

公寓的电恢复了正常，王皓却陷入了更深的恐惧和不安之中。

十爱摄影公司办公室。

"你怎么无精打采的？昨晚没睡好？还是跟我姐又吵架了？"林珂看着面容憔悴的王皓坐在办公室里发着呆，似乎是在为着什么事发愁，紧紧地皱着眉头。"还是因为孩子的问题？"

"也不全都是……"他极力压制着不提"见鬼"的事，许久才回应道："无论我怎么说，林岚就是听不进去。你也知道，我的事业才刚刚起步，如果有了孩子一切都会改变……"

林珂倒了一杯水递给王皓，王皓"咕咚咕咚"喝下肚子，踏实了些许。林珂慢慢说道："其实我姐也不是不明白，只是她一个人闲在家里，你又不能时常陪着她，肯定会孤独寂寞。但是有了孩子，她就可以跟孩子玩闹，就不会那么空虚寂寞了。你说呢？"

"你呢？你怎么从来没有打算要孩子?！是刘涛不肯，还是你自己不想要？"王皓将话题转向林珂身上。

"其实我跟他一直是分房睡的。虽然平常在人前装得很亲密，但是我跟他完全没有感情。若不是当初他回来求我爸，我才不会跟他复合。爸爸说过，嫁过人的女人离了婚想再嫁就很难了，我也懂。没有哪个男人喜欢穿别人穿过的破鞋。"林珂说这话的时候好像是在自嘲，语言里带着自我讽刺，又露出一个无奈的勉强的笑。"所以我就继续跟他过着挂名夫妻的生活。"

"倘若不是你亲口所说，我真的不敢相信。"王皓感慨地长叹了一口气，也算是体会了"家家有本难念的经"这句俗语。

"刚才不是谈你跟我姐的问题吗，怎么转移到我这儿来了？"林珂瞥了一眼王皓，他和自己第一次在老宅子门口见到时已经大不相同，脸上沉淀了岁月的沧桑，少了当初那纯真质朴的微笑。还有他那会儿一刻都不舍得放下的相机，如今却越来越见不着踪影了。是被这俗世慢慢地吞噬融化了吗？

王皓也凝视着林珂，她和林岚有着不同的风韵，鬈发依旧落在肩上，和第一次在长青路上看到的一模一样。是不是男人都喜新厌旧？王皓开始问起自己来。时间仿佛倒退回到了一年前，他们都停留在那不经意地回眸间，对着彼此微笑。那时的他痴迷于那幢充满着诡异气息的老洋房，追寻着照片里一个陌生的女子。

林珂和王皓在办公室整日相对，关系自然比常人要密切。就像所有男人都会经历的一样，王皓对除了自己老婆以外的女人动过一丝情，只是受到伦理道德的束缚一直压抑着。他怎么可以喜欢自己的小姨子呢？

可能结了婚的男人都会有同样的感觉吧，家花不如野花香。当然，林珂不同于一般的野花，身份上比较高贵，出身豪门。不过性格上却是实实在在的带着原始的野性，从她的性感装束上就能看得出来，她想要所有的男人都将目光聚焦在她身上，尤其是王皓。

虽然装扮上奢侈张扬，但她并非是个随随便便的女人。她对王皓的情愫逐渐萌芽，越来越明显，这让王皓无所适从。他尽量不去看林珂那充满诱惑的眼神以及身体。他是怕自己终有一刻会按捺不住而背叛林岚吧。他不想陷入一段不伦不类的纠结情感之中。他不能亲手毁掉如今安稳的生活。不能辜负林岚，即便他和林岚的婚姻已经有了裂隙。每天都在重复着谴责自己。办公室里的时钟“滴滴答答”地响着，空气突然凝结了似的，瞬间安静了下来。

“晚上一起出去吃饭吧，反正你一个人，我也一个人，恰好还能凑一桌。”林珂尽量使自己的语气平和自然。她是担心王皓会拒绝吧，自己的邀请要是被他婉拒了那得多尴尬呀。

“好啊。不过，刘涛怎么办？他不会介意吗？”王皓爽快地应道，他旋转着手里已经喝完了水的塑料空杯，将它捏成一团扔进了办公桌边的废纸篓里。

“他很少回家吃饭的，而且我也不会烧菜做饭。到餐馆吃习惯了，如今我和他也没什么真感情，挂名夫妻而已，也没必要为他去学习厨艺。什么要抓住男人的心就要先抓住男人的胃，都是屁话！会做菜的女人还不是可怜兮兮地在家里等自己的男人回来，有几个是等得回来的？即便真的等回来了人家也未必会动筷子尝一口，最后那些菜还不是慷慨地喂给了垃圾桶。我才没那么傻呢。”

“这可不可以算是一个女人不会厨艺然后给自己找的一个冠冕堂皇的借口?!”王皓依旧用他温柔的手拍了拍林珂的头，那种力度是林珂所熟悉的，“其实你和刘涛这样拖着也不是个办法，耽误了彼此……”王皓尚未说出口的半句话又吞了回去，自己不应该插手别人的家事，免得给自己惹上不必要的麻烦。

“离婚不是没有想过，也跟他提过，但是他不肯，而且我跟你说过的，嫁过人的女人想再找个好点儿的男人是很难的。最重要的是，我爸昏迷不醒，他的公司也需要人打理。”林珂不慌不忙地解释道。她说得也不无道理，刘涛将公司管理得井井有条，业绩卓然。

“听你这么说倒像是在利用刘涛的管理才能。”王皓没有什么恶意，只是轻松地开玩笑，更没有斥责的意思。

“什么利用不利用的，说白了只是互相利用罢了。”林珂似乎是话中有话。

王皓追问道：“互相利用?”

林珂看了看墙上精致的时钟，转开话题，说道：“时间也差不多了，该下班吃饭了。不过你现在正在跟我姐闹别扭，倘若她看见你和我有说有笑地出去吃饭，估计你们的情况会更糟糕。你就不怕她多想?”

林珂侧着脸，观察着王皓的表情，他倒是坦然，“如果只是跟你出去吃个饭她就要想东想西，我想往后的日子还真没法过了。她不是个蛮不讲理的人，这一点是肯定的，虽然在孩子这个问题上执拗了些。”

王皓欲言又止，林珂调侃道：“可是女人陷入情网的时候是很少会有理智的，即便是一点点风吹草动都会疑神疑鬼的。”

“你这话只说对了一半，其实男人在感情的世界里也是会失去理智的。”

“哟，该不是你的肺腑之言吧？难道你后悔跟我姐结婚了？”林珂继续说道，“某人可是当初信誓旦旦地说认定了她，即便等一辈子也无怨无悔的。如今得到她了，怎么就成了个怨男了呢？”

“什么怨男?! 我只听过怨妇。而且我也没说我后悔娶了她，一直都是你在说。”

“嘴上虽然这么说，不保证心里没有委屈吧。你们男人好像都一个样，追求女人的时候可以义无反顾，等到追到手了就一副无所谓的样子，对她不闻不问、漠不关心。都说婚姻是爱情的坟墓，我看何止是坟墓，那就是十八层地狱，受煎熬的就是女人。”林珂自顾自地说了一大堆，王皓都在认真地听着。

他有点不同意林珂的说法，于是打断道：“虽然婚姻是爱情的坟墓，没有婚姻爱情就死无葬身之地了。”王皓看着路边的形形色色的人们，还有迷炫的灯光。

他在想着一件事情，那就是应该用什么样的角度来留住这些美好的事物，然而他已经不是从前那个相机不离手的王皓了，以前可以拿起相机毫不犹豫地按下快门，如今却要先在脑子里构想，即便想好了也再找不出那部自己钟情的用惯了的相机。

林珂仍是侧着脸盯着王皓深邃的眼睛，她渴望从他的眼睛里找到一些隐秘的东西。显然她高估了自己的能力，虽说眼睛是心灵的窗口，但很多时候人们忽略了窗口上也会隔着一层细细的窗纱。

林珂引着王皓去了一间西餐厅，王皓素来没有吃西餐的习惯，更没有来过这么豪华的西餐厅。店门是透明玻璃的旋转门，暗黄的灯光饶有情调洒落下来，配上优雅舒缓的音乐，显得格外有韵致，更弥漫着浓浓浪漫的暧味味道。

林珂从容不迫地拉起他的袖子找了一个靠窗的位置。王皓突然感觉到气氛有点不太对劲儿,知道的人明白他是林珂的姐夫,不知道的人还以为他是林珂的男朋友呢。林珂还当着那么多人的面挽着自己的手,更容易让人误会了。

"我们要不换一家餐馆吧,我是第一次进西餐厅,这些刀刀叉叉的餐具也不知道怎么用。而且……这环境……"王皓吞吞吐吐地说了一堆话,可是林珂仍旧没有领会王皓的话外音。

"这儿挺好的啊。"林珂的眼睛眯成了一条线,王皓本来还想继续解释说这里比较适合情侣来,可是林珂一直抢着话语权,他根本没有办法正常开口说话。而且既然已经找了位置坐下,站起来走人也不太好意思。

半推半就的,王皓只能等着林珂替他点的牛排的到来。落地玻璃窗外的霓虹灯异常的辉煌绚丽。他很久都没有这么安静地坐在一个地方好好地看风景了。

"这一年多的时间你的变化确实很大,不再像以前那么憨憨傻傻的了。"林珂回忆着第一次见到时的王皓,微笑着说:"那会儿我跟我爸去看老宅子,你呆呆地站在路边拍照,我们的车从你身边经过,你像是被吓到了,神情慌张地倒退了几步,那样子还蛮可爱的。"

王皓只低着头,不经意间看到的是林珂短裙下白皙的长腿,但受到内心的谴责,就又收回了自己无端端撇过去的视线。林珂的腿比林岚的要细长柔美得多,从一个男人的角度说她的腿更具魅力。

有的男人看女人先看胸,也有的先看臀,而王皓则喜欢先看女人的大腿,每个人的性格不同,对事物的审美角度和标准也不同。他是不经意间看到,并没有刻意要去研究林珂的大腿,即便这样他的内心也已经在翻江倒海,美的事物总会让人想要再去看几眼。他克制着自己,将视线再次转向窗外。

等了许久的牛排终于端上了餐桌,王皓学着林珂的样子拿起刀叉,对着牛排切了几刀。林珂的刀法娴熟，这哪里是在切牛排，根本就是在切……他思虑了一会儿，脑海闪出“人肉”二字，切人肉，一刀刀，一片片切割。叉子一戳，塞进嘴里，津津有味地嚼着，“咕隆”一声沿着食道吞到肚子里。

王皓生硬地吞咽着口腔里的唾液，忽然感到异常干渴，他抓过桌上的一杯水猛地喝了几口。她沉醉地咀嚼着通红的半生不熟的牛肉。牙缝间粘连着某些汁液，混合着肉末儿在她的舌尖不停地翻转，来来回回，最后被牙齿磨得细细碎碎。

“味道不错吧?”林珂一边吃着一边不忘和他说着话:“我去过其他西餐厅，就是没有这家的好吃，所以才硬生生把你拽进来。”

王皓也不作声，腹腔内却早已翻江倒海，胃液滚滚欲出。总不能当着人家的面吐出来吧，他强忍着，终于山洪要爆发了，他立刻冲进了洗手间，伏在洗面池上痛痛快快地呕吐，顿时神清气爽，舒服多了。那一顿饭是他有史以来吃得最漫长的一顿，他盘子里的牛排几乎是完完整整地没有动过。

林珂带着王皓又在街上到处转了一圈，她就像个刚从笼子里放出来的小鸟，欢呼雀跃。她拉着王皓的手疯狂地穿街过巷。他也是第一次那么肆无忌惮地跟着一个除了林岚之外的女人放任自我。他已经忘记了自己的身份，忘记了他们之间是不是有一段不可逾越的距离。快速的奔跑让他没有时间去思考那么多繁琐的事情，他只想跟着林珂，一直奔跑，最好不要停下来。

她的脚步突然停了下来，他急促地喘着气，刚要问她怎么了，她却将他带进了一家酒吧。一阵刺耳的摇滚音乐让他们的血液立刻沸腾起来，中间的舞台上挤满了跳舞的红男绿女。他是第一次进这种喧嚣嘈杂的场所，从来没有看到过那么多衣着时尚的女人忘我地扭动着身体。

林珂点了一杯红绿相间的也不知什么名字的酒，王皓没有拒绝，潇洒地端起酒一口灌了进去，他的肚子如今还是空空的，只得先拿酒填饱。

“你这么喝很容易醉的，醉了我可背不动你。到时候别怪我把你一个人扔在这儿。”林珂笑着又递给他一杯酒。

“我的酒量没那么差。几杯酒不会把我怎么样。”说着又是一杯。酒入咽喉的瞬间有一股辣辣的刺激感涌遍他的全身，脸上顿时潮红。他身上的每一个细胞都在跟着动感的摇滚乐跳动着。

林珂将他硬拽到了舞台上，挤入熙攘的人群中。闷热的环境加上几杯烈酒的作用，他的身体前所未有的狂热，那种升腾而来的温度让他尽情地跟随着音乐释放自己。

他扭动的幅度越来越大，身体也不由自主地靠近林珂。她配合着他的身体，他们狂乱的舞步犹如暗夜的昙花肆意地绽放着。人一旦进入兴奋状态就难以自拔。他们互相搀扶着走出喧嚣的酒吧，蹒跚的步子左右摇摆，好像刚才那一场劲舞尚未结束。

两个人晃晃悠悠地走到马路中间，伸开双臂。一个计程车司机猛地踩住了刹车，探出头吼道：“你们找死啊！”显然他们已经不太正常，虽然还能认出彼此，还能知道回去的路，但行为已经超出了正常人的范围。若是刚才那个司机没有反应过来，估计这会儿他们已经横尸街头了。

他们朝着那车走去，开了车门自顾自地上去，王皓撇下一个地址就前言不搭后语地和林珂聊了起来。司机无奈地摇摇头，叹气道：“算我倒霉！”他只能把他们送到王皓给他的地址。摆脱了这两个瘟神，计程车司机才松了一口气。

王皓在身上摸了半天也没找到钥匙，林珂醉醺醺地笑着拍打他的头：“什么脑子啊，钥匙都不知道放哪儿……还说自己没醉。”她伸手翻了一遍王皓的口袋，总算在他的裤袋里找到了一串钥匙，“这不在这儿吗，真是猪脑子。”

不过林珂对着门铃插了半天钥匙也没见门打开，王皓失声地大笑起来：“那是门铃，你对着它开，能打开门才怪。”说着一把夺过钥匙自己开了门，他们俩就跟两个疯子无异。关了门，也没开灯，王皓朝着浴室摇晃着而去，林珂则拽着他的手跟了进去。

“你们家停电吗？乌漆抹黑的……”林珂嘟囔着埋怨道。

“大概吧。我睡沙发，你睡我的床吧。”王皓说完便倒头睡去，“今天的沙发怎么这么硬？还这么冷。醉了，一定醉了！”

“嗯。”林珂答应着也昏昏沉沉睡了。

王皓的手机铃声震响，回荡在空寂的房间，他迷蒙中按了接听键：“喂……”手机里传来的是“嗞嗞啦啦”的噪音，没有人回应。他狐疑地甩了甩手机，像是手机上沾了水似的要把它甩干。又“喂”了一声，仍旧没有响应。手机屏幕上显示的是林珂来电，而右上角的时间是深夜12点，分毫不差。

他捶着隐隐发痛的脑袋，重得仿佛灌了铅。她不是就睡在自己卧室的床上吗，估计是不小心压到手机才拨出来的电话。他刚要按掉，却听到了“嗞嗞”的背景里有一个清亮的声音凸显出来：“王皓，我冷……”他辨认得出，这绝非林珂的声音。他的全身就像泼了冷水，瑟瑟发抖，手机“哐”的一声坠落在地！

渺远、低沉、苍老的音质，怎么会是一个二十四五岁的女人发出来的呢？手机里说话的定然不是林珂！

王皓掉入了无底的深渊，四周环绕的涌动的水瞬间凝结成冰，活生生将他围裹成一座幡然不动矗立着的冰雕。木然地僵硬了半分钟，他拾起地上的手机，定了定神，回拨林珂的号码。“嘟……嘟……”为什么房间里没有手机铃声响起，难道林珂根本不在房里?!

王皓的双手在墙壁上寻找着电灯的开关，“嗒”，一下子灯火通明。这不是自己家的浴室吗？难怪一直觉得又冷又硬，原来自己并不是睡在沙发上，而是睡在了浴缸里。他又看了看镶嵌在石壁中的梳妆镜，不对，镜子的边框不应该有这种花卉雕纹。浴室的玻璃门是碎裂的，露着一个巨大的窟窿。

窟窿！玻璃门上的窟窿！他回忆起张警官描述陈洁自杀景象的话，这是王勇带人来抓陈洁时砸碎的，当时他们就是透过这个西瓜大小的窟窿看到浴室里的情况，那么，自己站着的岂不是……陈洁自杀的地方！这里是502房！

背后一阵阴凉，镜子里会悄悄地走出什么人吗？他竟不敢回头去看，他怕一回头会撞在一张向他凑近的狞笑的脸上，水声渐次响起，"滴滴答答"，越来越快，越来越紧，浴缸里清澈的水慢慢蓄积，漫过边缘，向着他的双脚流淌，蜿蜒扩散。冷，从脚底板沿着大腿的神经向上蔓延，刺骨的寒冷。

浴缸里影影绰绰的有彩色的东西在晃动，飘带般浮动柔展。他趋步上前，"噗"，一只手伸出水面，暗红色的指甲牢牢扣在浴缸的边沿。王皓脚底一滑，整个人失去重心"砰"地跌倒在地，后脑重重地磕在阴湿的白色瓷砖上，渗出一丝鲜红的血。剧烈的疼痛附和着耳内的"嗡嗡"鸣响，将他撕裂。

他顾不得去捂住流血的伤口，浴缸里的手正在支起一个庞大的扭曲的身体，她的各个关节因着躯体的扭动而发出"咯吱""咯吱"的声响，"哗"，浴缸里的水顿时溢出一片，鲸鱼浮出水面般，她蓦地坐了起来，将完整的形体展现。刺眼的红色旗袍上绣着的绚丽牡丹，恣肆地绽放，犹如一段生动的影像，捕捉了它的生长过程。

她……没有头！没有头！她的手却拿着梳子在"梳头"，由上至下地梳，动作娴熟流畅。"你说我的头发好看吗？"绵软的轻细的笑音，她是用什么说话的？"你看，头发都掉了……"一绺绺的乌黑长发自她指尖滑落，堆积在积聚的水面，向着他飘去。她没有头，怎么会有头发？

"王皓，这儿好黑，好冷，我好怕！"她要干嘛？她直起了身子，裙底白皙修长的双腿迈开了步子，她要走向他。王皓本能地支使着双臂向后挪移，"砰"，他的手碰到了一个坚硬的物体，身后传来一声冷冷的埋怨的话语："王皓，你撞疼我的头了！"

头！头！她的……头颅！她的披散着长发的头颅，“咕噜噜”地滚到了他的脚边，她停住脚步，蹲了下去，“你怎么在发抖啊？我很可怕吗？”她说着提起那颗鲜活的头颅送到王皓面前，塞到他手中，“你喜欢？那……送给你吧！”

王皓猛地甩开那颗头颅，“砰”的一声，厚实的手臂击中了什么地方，这种痛不欲生的感觉让他禁不住歇斯底里地放声吼了出来，“啊！”两腿一蹬，睁开双眼，周围黑压压一片，伸手不见五指。

他的头昏昏沉沉的，隐隐作痛。大腿外侧有个坚硬的物体硌得肌肉生疼，他摸到了手机，好好地放在口袋里。他迫不及待地掏出来翻开通话记录，没有林珂的来电，也没有回拨过林珂的电话。他抚着胸口，喘息，擦拭着额头的冷汗，“呼……原来是一场噩梦！”

手机屏幕上显示凌晨1点。他翻转身体，想换个姿势继续睡觉，却触到了一个柔软的东西。天哪！林珂该不会就睡在自己边上吧？他的手还不经意间搭在她的短裙上……真不该喝那么多的酒！我们没发生什么事吧？这是每个男人酒醒后都会问出的问题。

一阵凉意从他的指尖传递到大脑，她怎么没有一丝温度？王皓蓦地站起，慌慌张张地找到电灯开关，一切清清楚楚地映入眼帘。雕着纹饰的梳妆镜。遗留着窟窿的玻璃门。白瓷的浴缸以及……自己与她同眠的穿着大红旗袍的无头女尸！

第十九章　提着头颅来见你

夜幕披着黑色的点缀着星光的斗篷，席卷而来。林岚攥着一份验孕报告走出医院的大门，神情失落地拦下一辆红色的计程车。要告诉王皓怀孕的事吗？他不喜欢孩子，知道以后会有什么反应？他一定会劝服自己去打掉孩子。她的眉宇间爬满了焦虑。

为了孩子的事儿他们已经僵持冷战了近一个星期，看来他今晚还是不会回来。长青路15号的老宅没有一丝灯火，她多么希望房间里会有那么一盏灯亮着，至少证明他回来了，愿望往往是不现实的空想。

简简单单地煮了一碗面，囫囵地吃了几口，他不在的日子，林岚失去了心力进厨房烧菜做饭，她知道即便她做好了一整桌丰盛的饭菜，他也不会回来。痴痴的等待换来的是更深的寂寞和无助，她不想这样。

躺在偌大冰冷的双人床上，倚靠在床头，面无表情地凝视着那张验孕报告，泪倏然落下，痛苦咸涩的味道。疲乏的她不知什么时候闭上了眼，浅睡。

楼下的厨房传出“叮叮咣咣”的声响，锅碗瓢盆撞击产生的动静，一股幽幽的香味飘进她的房间，是炖肉的馥郁香气，枸杞、当归、香菇，还有……橘皮，嗯，没错，她分辨着气味里的各种食料配料。他一定回来了，还在厨房里做吃的，他是想以此来道歉吗？怀孕的事要告诉他吗？

空空的肚子竟"咕咕"地抗议，叫了起来，饥饿难耐的她哪里还经受得住这美味的诱惑？先不管那么多了，她起身下楼。餐桌上醒目地放着一个橙黄色的砂锅，热气升腾，浓香四溢。她环视一圈，却不见半个人影。他是炖完了肉就走了吗？才刚燃起的幸福感瞬间又消失。

她垂头丧气地走近餐桌，小心翼翼地掀开盖子，浓郁的肉香再次侵袭她的嗅觉，占领她的神经，指使着她拿起旁边的筷子夹了一块熟透的瘦肉放入嘴里，烫，她仰着头深吸了一口气，又用舌尖翻转着口中的肉块，吸入的冷空气以及滋生的唾液降低了它的温度。

她开始缓慢地咀嚼这鲜嫩的肉，嚼劲十足又不粘牙，滋味绝佳。汤汁里尽是补身的药材，泛着油光却不油腻。她竟将一锅肉吃得丝毫不剩，桌面上堆积着细碎的骨头，她打了个饱嗝儿，伸展双臂，抚着充实的腹部，嘴角扬起一丝清浅的笑："想不到他的厨艺那么好！"

她收拾好碗筷，进厨房准备洗碗，刚挤出几滴洗洁精，就听到身旁的垃圾桶里有什么东西挣扎，难道是老鼠钻进垃圾桶出不来了吗？活该！她心想着，又刷洗着手里的筷子、勺子和砂锅。垃圾桶里又响起"刺啦""刺啦"的声音，像是有一只爪子在刨塑料袋。

她凑上前蜻蜓点水般瞥了一眼，一堆黑色的绒毛，这是什么？她九十度躬下身子，脸几乎贴了上去，看清了，那是猫的皮毛，绒毛下还有七零八落的脏器垒叠着，肥大扭曲的肠仿佛还在轻微地蠕动，一伸一缩，一鼓一胀。它就像一根粗大的绳索死死缠绕着那颗被敲得血肉模糊的黑猫的头颅！

刚才吃的那一锅肉……她腹腔里有一股莫名强大的暗流正在翻涌，千军万马般冲杀出她的身体，将她撕扯。呕吐。呕吐。她的意识里只剩下这两个字。浓稠的秽物翻江倒海，倾泻不止，洗碗池中霎时聚满白色的浑浊的液体。

“砰”，“砰”，谁在屋子里拍打篮球？！林岚猛然回头，循着声源望去，一个矮小佝偻的老人踉跄地上楼，哼着那首消失已久的熟悉的恐怖的歌谣：“白旗袍，红旗袍，滴血割肉染旗袍，扯下长发穿针线，一针一线绣锦袍……白牡丹，红牡丹，血溅白绫绽牡丹，紧裹尸身缝皮肉，夜夜听得哭声寒……”

她是谁？她是谁？这个问题反反复复地出现在她心里、脑里，是她炖的肉？她怎么会在这宅子里，还哼唱这首……歌谣？！席卷而来的问题侵扰着她，摧残着她，犹似汹涌的潮水冲撞着静立的礁石，一浪高过一浪，撞得她粉身碎骨，体无完肤！

“你是谁？”林岚梗在咽喉的疑问脱口而出。伛偻老人停顿片刻，迎着林岚的方向直视，一秒钟，她视若无人地继续上楼。林岚迟疑着要不要跟过去，手足无措地静滞。打电话给王皓，她的手机还在二楼的卧室，先逃出屋子再说。她拔腿冲出院子，大门……上了新锁！她无力地拍打着锈迹斑斑的铁门，声嘶力竭地叫喊求救：“有人吗？救命！”

“砰砰砰”，连续不断地敲打，娇柔的手臂拍打得通红肿胀，而外面静得只有虫吟，无人回应。无奈，她只得考虑着上二楼，拿到手机。她战战兢兢、蹑手蹑脚地回到屋内，灯光将她的身影拉扯得又细又长掩映在院内的小路上。

她圆睁着双眼，凝视楼道，不敢眨一下，脚步轻巧，生怕弄出声响招来那个莫名其妙出现的阴郁古怪的老人。扶着楼梯的护栏，艰难地向上，如履薄冰。林岚看到了老人，背对着她痴痴地站在楼道尽头的那间空房门口，她的手里提着圆形的物体——是一颗人头！她扯着头颅上长长的发丝，面对着陈旧的沾染着尘埃的木质门板呆呆地僵立。她在干嘛？她想要干嘛？

林岚无暇顾及，尽量压抑着内心的恐惧，抚着胸口谨慎地落下小碎步，试图从她身后神不知鬼不觉地潜进房间。"砰",她甩动手里的人头,撞击着门板,一声,"砰",两声,"砰",她是把手里的头颅当成锤头吗?!她要以此砸开紧锁的木门?

"妈,我知道错了!旗袍不是我拿的……"老人开口说话了,喑哑的声音恍如隔世,音调曲折逶迤,跌宕不平。林岚的心跳急剧加速,她一时间陷入维谷,进退两难,因为脚底的木板被踩出了"咯吱"的噪响,而老人的头"咔"地扭向她!

林岚的四肢发软,老人提着皮肉几近被扯掉的头颅逼近她,难闻的腐臭铺天盖地席卷而来。她的盘结的头发,凌乱地散落,脸上是交错纵横深深浅浅的疤痕,一道道印刻着,两颗眼珠在眼窝里自由地滑动,幅度之大,仿佛只要稍稍低头它们就会滑脱出来,咕噜噜地蹦到林岚跟前。布满血丝的白色瞳仁里映着一个高挑的女人——林岚。她的眼球上没有黑色的眼瞳,浑然一体的白!

她手中提着的头颅,皮肉已经严重腐烂,如同水沟里的淤泥一般的墨绿色和黑褐色黏液一点点滴落,散发着呛鼻的刺激性恶臭。落在她走过的每一寸地上,忽然聚集着成千上万的绿头苍蝇,它们狂热地"嗡嗡"叫嚣。转瞬之间,接踵而至的苍蝇将老人手里的头颅团团围裹,它们尽情地享受着"美味"的大餐,舔舐着浓稠的尸液!它们是从哪儿冒出来的?!

老人一步步逼近,林岚捂住嘴和鼻以抵住令她几欲狂呕的腐臭,她被迫向后倒退,头颅上涌动的绿头苍蝇互相挤对,见缝插针、无孔不入,它们游走于空洞的眼窝,穿行于耳孔、鼻腔之间……头颅的骨骼逐渐暴露,仅剩不多的皮肉被一抢而空。

"别动!"老人忽地伸出手,想抓住她!林岚一惊,身体后仰,脚踩空,整个人顺势从楼梯上生生摔滚下去,痛,半晌的麻痹后是撕心裂肺的痛!她蜷缩成团,紧抚着腹部,肠穿肚烂般的刺痛,嫣红的血自下体流出,浸染着她的白色睡衣,仿若一株娇艳的牡丹刹那间绽放!

澄明清澈的泪液溢出眼眶,她绝望和无助地在地上翻转,痛苦地呻吟:

"孩子……我的孩子……"

老人看到鲜红的血,"啊"地尖叫起来,手一松,提着的头颅"刷"地滚下楼梯,围聚着的苍蝇跌跌撞撞地各自四散,而她跺着脚,疯疯癫癫地喃喃自语:"人头!人头!大红旗袍!不,不,不是我,我没有穿旗袍,没有进阁楼……我是谁?妈,不是我!不是我砍下你的头!是冯瑶!是冯瑶!冯瑶……我是冯瑶?!冯瑶?!"她恣肆地大笑,却又像是在凄厉地号哭。

第二十章 胎死腹中

"旗袍……旗袍。你看到我的旗袍了吗?"古怪老人抬高嗓音,撕扯着头顶蓬乱缠结的垢发,发根连着皮肉被掀起,臃肿的血肉裸露,她语无伦次地嘟囔着,形似毫无逻辑更无章法的梦呓。"冯瑶,你在哪儿? 把旗袍还我! 咔! 头断了! 一刀! 血……好多血……"

老人惊慌失措地四处张望,天花板,楼道尽头,楼下的停栖在林岚大腿边上的头颅。她缩成了一团,双手抱膝,头深深地埋进去。"二太太……别缠着我……"

林岚倒在艳红的血泊之中,抽搐、痉挛,如同离开水的鱼在陆地上垂死挣扎。她的视线逐渐模糊,似是遮罩了薄膜,瞳孔放大,昏厥不醒。

她已无力再悲痛,无力再哭泣,浓郁无光的黑暗奔袭压迫着她,无数双白骨嶙嶙凸显骨节的手争先恐后地伸向她,锁扣住她的脖颈、四肢,将她向着东南西北四个方向猛烈地拉扯,"咔嚓",断了! 手臂、大腿以及自己的整颗头颅脱离躯体,血肉淋漓地飞溅暗淡残空,它们在冰冷的空气里悬浮飘荡,肉身上撕碎的肉泥屑末儿如雨零落。

迷蒙中,她看到黑暗的尽头燃着一丝明灭的光亮,一闪即逝,更深的无助与绝望侵袭而来。她的耳边有凌乱的脚步,谁在触动她的身体?摇晃,摇晃,坐在船里左右摆动的感觉,眩晕。她试图睁开眼去看清那个人,眼皮却不曾动弹。

到底是谁?那个丑陋的老人吗?她在做什么?锋利的刀划开了她肚子上的皮肉,一双罪恶的手伸进那道伤口掏空她腹腔内的一切。掏空!孩子!我的孩子!无声的叫喊,传入无底的深渊,没有半点回音。

罗兰公寓9幢502房内。王皓惊悸的目光凝滞在浴缸里那具被割去头颅的女尸旁边,脚上挂着铅球般重得无法挪移抬动,止息。幽幽的腐臭弥漫着。我竟然和一具无头女尸睡在一起?!难以置信,他掐了自己的手背,真实的疼痛感,不是梦!为什么我会在502房?为什么?林珂呢,我不是应该和她在三楼的家中吗,怎么会跑到502房里来?

他的手机铃声骤然奏响,穿透黑夜的静寂,刺破他脆弱的耳膜,唤醒他被勾去的即将消散的魂灵。屏幕上闪着一个陌生号码,见所未见,会是谁?他不由得忆起刚才的那个仍令他心惊肉跳的噩梦,一个陌生女人从电话那端发出悠长的清冷的凄凉的颤音:"王皓,我冷……"

他的手悬在半空将近一分钟,麻木地握着手机,任铃声持续振响。思虑再三,终于鼓足勇气:"喂?"

"你是王皓吗?你太太出事了,被送进市第一医院了,你赶紧过来一趟。"王皓抚着心胸,呼出一口气,不是女人的声音。可他刚要问林岚出了什么事的时候,对方已经匆忙挂断了电话,唯剩"嘟,嘟,嘟"的余音空响。林岚怎么会进医院呢?她究竟出了什么事?没有多余的时间容他思考猜测,他一边拨打报警电话通知警察罗兰公寓发现无头女尸的事,一边马不停蹄地冲出去驾车奔赴市第一医院。

推开医院的大门,消毒水以及其他各种化学药剂的味道迎面扑来。他向值班的护士询问情况,很快找到林岚的病房。三楼。两个穿着警服的男人守在313病房门口。高个子的警员看到慌张的王皓便上前一步问道:

"你是王皓吧?"

王皓点点头,皱起眉:"刚才是你们打电话通知我的吗?"

"嗯。大概半个小时之前有人报警,说长青路 15 号发生命案,也不知真假,我们接到通知不敢怠慢,立即赶过去。抵达的时候,宅子里亮着灯,但我们敲了半天门,却不见人来开门,还隐隐听到有人在喊救命,无奈之下我们只得硬闯进去。在大厅一眼看到的就是你太太倒在楼梯脚,全身浸染着血。她旁边是一颗腐烂的女人头颅,而楼上蹲着一个精神不太正常的老人,大致上我们推测是老人将你太太推下楼梯,导致她摔伤并大量出血。我们不敢耽搁太久,把她送到了医院,经过医生的抢救,已经脱离了危险。现在仍处于昏迷状态。既然你来了我们就先回局里了,刚才又有人报警说在罗兰公寓发现了无头女尸,看来今晚是个不眠夜……等你太太醒了我们会再来向她了解一下具体情况的。"

"头颅?是女人的头颅?!你们说在老宅里有一颗女人的头颅?"王皓惊愕地看着两位警员,个子较高的"嗯"了一声,接着追问道:"莫非你知道些什么?"

"罗兰公寓的无头女尸是我发现的,也是我报的警。那颗头颅……会不会就是无头女尸的?"王皓大胆的猜测连他自己也吓了一跳。腐烂女尸的头颅在长青路的老宅,而无头女尸则在公寓被自己发现,这二者总让人觉着会有什么联系,是什么呢?老人!那个古怪的老人!"老人在哪儿?会不会是她割下了女尸的头颅?然后提着头颅去长青路 15 号的宅院?!"

"这个……我们会调查的。"高个子警员的手机蓦地响起来,他踱着步子接听电话,"局里来的电话,头颅的确是那具无头女尸的,这具腐烂的女尸是一年前失踪的,好像是罗兰公寓一个自杀的女人生前盗走的,她离奇自杀以后那具尸体就一直没找到,如今却……还是不说了,对了,那个老人是从疯人院里逃出来的,叫冯瑶。院方已经派人把她带回去了。事情已经明了,那我们就先走了。"

他们渐行渐远,空荡的走廊里除了他们的脚步声便是窃窃私语:"你不知道吗？一年前那个女人死得很诡异，当时负责这案子的王勇队长，听说没多久就大病一场，其他到过现场的警员也都发生了一些古怪的事……不说了不说了，一说起这个，我的汗毛就倒竖……”

冯瑶。他们说那个出现在老宅里的女人叫冯瑶？王皓冲着他们的背影吼了一句：“请问那个老人被接到哪里的疯人院？”

“康艾！”他们转身离开。

病房里传出林岚痛苦的呻吟，她的双臂撑起上半身斜靠在床头，抚着肚子，抽泣：“没了。都没了！”清澈透明的液滴沿着她瘦削的轮廓滑落。

他握住林岚冷得几乎没有温度的手，替她揉搓捂热：“晚上到底发生了什么事？”

她缩回手，坚韧的外壳瞬间崩溃，泪更汹涌。她别过头朝着窗外望去，漆黑的背景上点染着微茫的霓虹。“你也会关心的吗？”

“别这样好吗。林岚，我想知道究竟发生了什么事？”

她擦拭着眼角的泪水，缓了缓，沙哑哀戚地说：“我本来在房间睡了，楼下厨房传来古怪的声响把我吵醒，我以为是你回来了。而且我看到桌子上放着一锅肉，因为当时肚子饿得实在不行，就把那一砂锅的肉都吃了。等到洗刷碗筷才知道那一锅肉……竟然是猫肉！猫的皮毛以及头颅都丢在厨房的垃圾桶里，正在这时，楼梯口出现了一个满脸刀疤的丑陋老人，她提着一颗人头上楼……”她面部的肌肉在不自然地抽动，眼皮也跟着眨，不安的情绪扰乱着她的思绪，王皓一把搂住她，让她有了片刻的温暖和安全感，一边抚着她的后背。

“我原本打算先逃出宅子再报警的……可是大门里面却多了一把新锁，她加了一把新的锁。无助与慌乱之中我决定回到卧室拿我的手机，我小心谨慎地，甚至脱了鞋，一步步上楼，她一开始拿着人头撞楼道尽头那间空房的门，嘴里还念着什么‘妈，我知道错了’，并没有注意到我，后来地板因为挤压和摩擦发出噪响她发现了我……还提着那颗腐烂了的人头朝我走来，一点点向我逼近，我一直后退，后退……就踩空，摔下了楼梯……”她哽咽着又流出眼泪，将头埋在王皓的怀里。“如果不是她，我根本不会……她一定得付出代价！否则……”她欲言又止，不住地抽泣。

“林岚，你有没有想过……你的亲生母亲可能还活着。”他是怎么了？他的喉咙里梗着一根刺，让他无法开口告诉她那个丑陋的满脸刀疤的女人就是她的母亲冯瑶！

林岚直起身子，惊诧地盯着王皓：“你说什么？”

“我是说……你的母亲还活着，而且……就是出现在老宅的那个老人！”他懊恼地拍打着自己的头，怎么还是没能控制住自己的嘴说了出来?!

林岚失禁地笑，她疯狂地摇着头，连续喊着：“不可能，不可能，绝不可能！你骗我的，你一定是在骗我！你在跟我开玩笑是吗？王皓?!”

“我说的是真的。你母亲，冯瑶，二十二年前被送进了精神病院。”既然已经说了，那么就一次性把一切都告诉她吧。她身为林家的人，有权力知道林家的事。王皓将上次在陈洁葬礼上得知的关于林家二十二年前的那场诡异血案原原本本地向她详述了一遍。

林岚发疯似的掀开被子，“不可能！不可能！”她打开窗户，即将纵身跃下，若非王皓反应迅速，此刻她已经掉在地面，摔得血肉模糊。

任是谁都无法接受这样的事实。活了二十八年竟然不知道自己的母亲还活着，而且她还是个精神病人！如今却逃出疯人院提着一颗头颅回到老宅，还间接地害死了林岚腹中的孩子！她的情绪激动，王皓只能将她紧紧环抱住，怕她再做出傻事。

“你知不知道，她害死了我们的孩子！”林岚瘫软无力地哭着，声嘶力竭地拍打着王皓，她要发泄内心的不满！“我的孩子没了！你开心了？你不是一直都讨厌孩子的吗，现在你满意了？你怎么不笑啊？来，笑啊！”她哭笑出来，悲恸欲绝地瘫坐在冰冷的水泥地上。

王皓怜惜地拥她入怀，嘴唇印在她的额角。“别这样好吗，林岚？一切都是我的错，是我的错！"

她抱紧王皓，放声大哭。"为什么会这样？为什么？"

人生就如一场戏，谁都无法预料下一秒钟会发生什么，只能茫然地走下去。浮萍般顺水而流，漂漂荡荡，任其东西。

一条短信。王皓趁着林岚哭得疲倦睡去之时偷偷打开收件箱。

林珂：王皓，你在哪儿？

王皓的手指"噼里啪啦"娴熟地游走在手机键盘之间，快速地回复：林岚出了点儿事住进了医院，我现在正陪着她，你还在罗兰公寓吗？

林珂：嗯。我刚才打你电话一直是不在服务区，所以只能给你发短信，你们在哪家医院，我去找你们。

王皓：市第一医院。

王皓坐在313病房门口的长椅上静静等着林珂，空荡的楼道里忽然传来"咯噔""咯噔"的脚步声，接着林珂出现在他面前。"我姐怎么样了？没什么事吧？"

"一个……疯子闯进老宅，她受到惊吓摔下楼梯受了点伤，现在没什么大碍了，已经睡下了。你刚才是在罗兰公寓三楼……还是五楼？"

"你家不是在三楼吗？我当然是在三楼啊！怎么这么问？"林珂不解地问道。

"哦……没什么，随口问问。"王皓淡淡一笑，她安然无恙地睡在三楼自己的家里，我明明和她是一起进入家门的，可为什么就跑到502房了呢？左思右想，始终无法想透。他的后脑磕碰着医院走廊的白墙，"砰"，"砰"，对了，是林岚的母亲，冯瑶！她一定进入三楼的房间把我带到502房，把我和那具女尸一同放进浴缸，然后割下腐尸的头颅回到长青路的老宅，一定是她！她的精神不正常，所以举止怪异，这是唯一能够说得过去的理由！

"你在想什么？"林珂盯着思绪游离的王皓，他的深邃迷离的双眸潜藏着浓重的阴霾，忽地泛起一道孱弱的光，映现着一个婆娑女人的暗黑剪影，转瞬即逝。

静寂无声，唯有她的清亮回音“你在想什么”，幽隐的谈话还是惊醒了病房里的林岚，是林珂的嗓门太大了吗？还是她根本就没有入睡。“王皓，谁在外面？”

王皓和林珂一同推开313的房门，林岚的视线片刻不移地定在他们身上，迥异的眼神里充斥着寒意，冷若冰霜。

“姐，你没事吧？”

“你怎么来了？都凌晨一点多了，你不在家里睡觉，现在赶到医院……”林岚素来敏感，对林珂的深更半夜突然来访持有疑问，这让王皓和林珂都陷入一种窘境，不安和尴尬的神色油然而生，他们的脸上不约而同地泛起红晕，是心虚了吧？王皓怎么会这么迟了还通知林珂？一点儿都不像他的性格，而且她也没必要如此匆忙地赶过来，完全可以白天再来探视，除非林珂今晚一直和他在一块儿，没有回家，所以王皓来了医院，她也跟着过来了。呵呵，我说你怎么这么好心呢？是来看我死没死的吧？我不会让你们如愿的！

“我没事！”林岚的语气坚定，铿锵有力。“这么晚了，你是怎么过来的？”

“我……自己……叫了计程车来的。”

“你还是先回去吧，王皓，她一个女孩子，晚上出来不安全，你送她回家吧！”林岚低垂着头，十指相扣，用力地揉搓。

“嗯，那我送完她待会儿再过来陪你。”

“不用了，我没事，你也回去休息吧。”林岚有气无力地说道，是气话吗？可她的脸上没有表现出一丝一毫的生气，王皓读不懂她。她就像黑夜里闪烁不定的星光，让人难以捉摸。

第二十一章　旗袍咒怨

林岚住院一个星期，王皓每天过来陪着，所有人都用羡慕的眼光看着林岚，可她却吝啬得始终没能给出一点儿微笑，哪怕是勉强地拉扯肌肉佯装幸福也懒得去做。王皓倒不在意，他看到林岚瘦削的身子，免不了心生爱怜。

林岚敏感的嗅觉闻到了他身上有着不属于他的气味，凭着一个女人的直觉，王皓之前肯定和其他女人接触过。她不想再跟他争吵，也没有气力去跟他争吵，因而只是轻描淡写地问了一句："什么时候开始身上有其他女人的香水味了？"

王皓一听神情顿时紧张起来，蓦地和她保持了一定的距离，生硬地挤出一个笑，说道："什么香水味？我身上哪有什么其他女人的味道，汗臭味倒是真的。"他在说谎！

王皓局促的神情，慌张的举动更让林岚坚定了自己的猜想。她不希望再次把气氛搞僵，忍了下来："我不过就是随口说说，你紧张什么？！"

他们直接回到长青路，林岚不在的这几日，王皓偶尔会过来看一下，但不会待太久,这偌大的死气沉沉的屋子让他浑身不适,说不出的压抑。家里的一切都井然有序,显然是王皓精心打理过了。林岚大病初愈后首次下厨烧菜。她的菜依旧让王皓赞不绝口,只是那顿饭吃得异常沉默,餐桌上坐着的明明是夫妻,却陌生得如同素不相识。

“你就不怕我在菜里下毒?”林岚一副认真严肃的表情,似乎一点儿都不像在开玩笑,吓得王皓端着饭碗拿着筷子定在那儿,嘴里的饭菜也不敢再嚼更不敢吞咽。王皓放下碗筷。“你还在为孩子的事生气吗？还是不能原谅我吗?”

“我没生气！孩子的事儿与你无关！你……是不是喜欢上了别的女人?”林岚单刀直入,不依不饶地追问道:“是林珂吗？她一直用的是香奈儿,而你身上的香水味……不正是吗!”

王皓也一肚子怒火,理智却将他的愤怒强压了下来,他了解林岚此刻的心情,痛失腹中胎儿,无处宣泄,只能冲他发泄。“我不想跟你吵架。我看……我还是回公寓住吧。”

没等王皓把话说完,她狠狠甩掉手里的饭碗,满心委屈地转身上楼,将自己关在了房间里,趴在床上痛哭起来。能够让她笑让她哭的也就只有王皓吧,本来爱情里就是会有笑有泪的。步入婚姻的男女长时间在一起生活,相互之间的摩擦日益增多,爱情变淡,于是导致情感危机,甚至婚姻破裂是常有的事。

林岚一个人躲在空寂的房间里,倚靠在床头。墙壁上悬挂着的结婚照里王皓和她的脸上都洋溢着幸福而甜蜜的笑,记忆开始一浪接着一浪侵袭她的大脑。任是谁也无法挡住时间飞逝的脚步,仿佛结婚才是昨天刚刚发生,然而却已经是半年前的事了。

林岚也慢慢了解了为何那么多人始终拖着,过了盛夏之年也不愿意走进婚姻的殿堂。他们是预知了婚姻会带给相爱的两个人灾难性的毁灭。就像她和王皓,原本是兴趣相投的,让周围的人都羡慕的一对,可是也仅仅才一年的时间,一切就都开始变化了。

虽然她没有确实的证据证明王皓在外面有女人，但她能够肯定的是他已经不再是当初那个纯真憨厚的王皓。只要稍有诱惑，一定会背叛婚姻。再有意志力和定力的男人也拒绝不了女人的赤身裸体，况且他的事业蒸蒸日上，手头的钱自然不会少，想要勾搭他的人必然会越来越多。

不是林岚想得太多，而是社会上有太多这种实实在在的例子，男人一旦有了钱就会慢慢变坏，在外面风花雪月。而那些好吃懒做又有几分姿色的女人就会像寄生虫一样黏着有钱的男人，她们从不介意当小三，也从不考虑是否会破坏别人的家庭。她们只知道两腿一张的事儿能够让她们得到大把大把的钱，名节声誉对于她们而言就是一摊狗屎，毫无价值。

王皓上了楼，到了林岚的房门口，却没能推开她的房门。又在外面敲了片刻，但林岚始终没有打开门让他进来。他想给她一点儿私人的空间，而且现在两个人要想好好坐下来谈已经是没有希望了，只能等时间来淡褪这一切。王皓仍旧下了楼，睡在了沙发上。

他的身体突然感到一阵冰凉，毛孔不断扩张，流动的液体渗入皮囊。这不是沙发的柔软，倒像是泡在水里。一只手狠狠地将他的头按入水中，他猛地睁开双眼，自己竟躺在蓄满水的浴缸！脊背下……该不会还是那具无头女尸吧?！他几乎跳起来，蹿出浴缸，全身湿淋淋的，冷风吹过顿觉刺骨。

“白旗袍，红旗袍，滴血割肉染旗袍……”谁在唱？沙哑的断断续续的尖锐的女人的歌声。

“林岚，是你吗?”发颤的声音，王皓迈出浴室的大门。林岚蹲在楼梯口，手里的针线一针一针地将一颗人头缝合在一只黑猫的躯体上！“扯下长发穿针线，一针一线绣锦袍。”她“咯咯”地捂着嘴笑，“咔”，她翻转人头，那……那不是她的母亲——冯瑶的头颅吗！

她的手上、身上沾满鲜红的血水，缝好的人和猫的结体就像一个畸形的婴儿——人头猫身的怪物！她温柔地怀抱着它，左右轻轻摇晃，浅唱摇篮曲哄它入睡。“宝宝乖，快快睡，妈妈给你盖棉被！”

她“噔噔”地上楼，王皓只觉毛骨悚然，她不是林岚！即便她有着和林岚同样的穿着，却没有林岚的气韵！王皓跟在她身后，相距约一米，足以看清她的一举一动，听清她的一言一语！

她不是走回自己的房间，而是直直地深入昏暗的楼道尽头，脚步落定在那间空置的旧房门口。“咚咚咚”，她轻叩木门。房间里根本没人，她敲门，谁会给她开门？瘆人的“吱呀”声，门——开了！

王皓全身的经脉绷到极限，一扯即断。冷汗从肌肤肆无忌惮地压榨而出。她旁若无人地进了房间，随后传出“砰，砰”和“噼啪”敲打的声音，半分钟过去，房内的所有声音戛然而止，录音机按下暂停键一般，悄无声息。

王皓胆战心惊地靠近，潜藏于门口窥视。一股受潮发霉的异味扑卷过来。放眼望去，房间里空无一人，徒有四壁！地板上横七竖八凌乱地散放着几块矩形木条，落满尘埃。他侧身进到房间，浓郁的霉臭让他难以喘息，林岚去了哪？眨眼之间竟然人间蒸发了似的，消失得杳无影迹。

他拍打着灰白厚实的墙体，日积月累的肮脏尘垢纷纷扬扬散入空气。一个活生生的人怎么就凭空消失了呢？难道这里别有洞天？他的想法却没能被证实，一番努力找寻，根本没有什么暗阁。待他回头再看来时敞开的木门不知何时已经紧紧关闭，而他毫无知觉。他闻到房间里有另外一个人的气息，在他附近的某个位置，以透明的形式存在着。

他惊惶地试着扭转生锈的门把，门是被人顶住了吗，怎么没有反应？他拼了命地拉拽，木门坚挺屹立，纹丝不动！他掏出手机，试图向人求救，然而手机却失了效，怎么也拨不出去，不是信号问题，那么……是受到某种隐形的神秘力量的干扰？

抓狂！崩溃！他的头顶，有幽幽的女人的呜咽，断断续续，渐强渐弱。沉闷的空间，顿时变得骇然诡异，加之无限蔓延的黑暗，他的世界充斥着源源不断的恐惧。他的手机蓦地振动，什么时候把铃声调成了振动?！吓得他险些扔掉手机。

来自林珂的短信:王皓,你今天怎么没来公司?

王皓:林珂,你快来长青路老宅救我。

林珂:你怎么了?

王皓:我也说不清楚,你快过来,我被困在楼道的一间空屋里!

等了许久,林珂没有立即回复,他想她可能是已经搭车向这边赶了。心里舒坦放松了许多。他焦急地等待着林珂的到来。

一条新短信,他激动地打开,一看,是一个陌生的号码。忐忑的心绪在看完短信后将他完完全全地侵占,恍若挨了别人犀利凶狠的当头一棒,打得他眼冒金星、鲜血四溅,无休无止的疼痛剧烈扩散至各个关节、各个神经。

短信里赫然一行宋体大字:王皓,我是林珂,怎么老打不通你的电话?我的手机不见了,上次好像掉在罗兰公寓你的房间里了,那天匆匆忙忙赶去医院看我姐,也没注意。你记得帮我找找,要是被我姐发现我曾到过你的房间后果就不堪设想了。

林珂的手机掉在罗兰公寓,那么刚才用她手机给自己发短信的是谁?他的脑子炸开了锅,脑浆滚烫,蠢蠢欲动,随时都会挤爆这狭小的颅腔喷涌出来。

那个正用着林珂手机的人回复短信了:你怎么了?你看不到我吗?我已经到老宅了呀,一直就在你身后啊!门没锁,开着的呢!

晴天霹雳,万箭穿心,都已无法形容此刻他内心的惊骇愕然,惊起的鸡皮疙瘩随便抖抖都能抖落一地!后背的荒凉、空洞,一波一波地侵袭,一浪一浪地翻腾,触击着脊梁骨。血液凝固,呼吸静止。

楼道里暗淡昏黄的灯将他的瘦削的影子投射到古旧的朱红漆门板上。他的影子旁边醒目地矗立着另外一个婀娜柔美的人影!一个女人的纤长身影!

他怵然伫立在空屋门前。我不是被困在了漆黑的房间吗?摸不着头脑。他身后站着的女人是谁？她的影子在变幻着伸缩、舒展，抬起了双手，她想干嘛?！他提不起勇气扭头，生怕见到的不是一个女人，而是一具白森森的枯骨！她的每一根指节都在“咯吱”“咯吱”地响，她会用它干枯的如树枝一般的手扭断我的脖子吗?

“啪”，她的手已经搭在了王皓的右肩，他整个人瘫痪了似的塌了下去，几乎就要一屁股贴在地板上。

“王皓，你怎么了?”

“林岚……怎么是你？我刚才……明明看到你进了这屋子……”王皓已分不清眼前见到的究竟是现实还是虚幻。他的脑子一片混沌，心绪乱如织麻。

“你没事吧？门锁都好好在那挂着，我怎么可能进得了房间？我又不是隐形人。”林岚摆弄着生锈的铁锁，“你自已看，锁眼都被铁锈堵死了，即便有钥匙也没法打开。”

“我在这儿多久了?”王皓询问道。他的思维很难再与现实联系，就像被某种神秘的力量牵引，无法自主。

“五六分钟了，我是听到你手机铃声才出来看看的。都快凌晨一点了，回房间睡觉吧。”她的鞋沾着黄泥，她离开过卧室，到过某个有淤泥的地方，或者经过某条泥泞的道路。她去了哪里？王皓直截了当地问道：“你晚上是不是出去过?”

林岚摇头否认，她撒谎！倘若没有出去，鞋底的泥是从哪儿来的！“你的手机在响，不接电话吗?”

王皓愣愣地“哦”了一声，看着手机上显示的是一个陌生号码。

“喂……”

“总算打通了，找到我的手机了吗?”是一个林岚所熟悉的声音，即便很轻，但她听得清楚是林珂在说话。王皓向着楼下走去，避开林岚直视的眼神。林岚默不作声地回到房间。

“明天再说。我现在不方便。”王皓怕林岚起疑心，不敢多聊，慌慌张张挂断了林珂的电话。

王皓被一个噩梦惊醒，在梦里他和林珂躲在一间幽暗的房间，赤裸着身体相互纠缠在一起，她让他有了前所未有的快感，只是林珂的脸慢慢地变成了一具沾满着鲜血的骷髅，她柔滑的肌肤竟然融成了浓绿的腐液。

他猛地睁开眼睛，一张看不清模样的脸正对着他，长长的头发竖直披散下来。她的手里正拿着一把刀对着自己。王皓惊出一身冷汗，竟从床上翻滚下来。

“你拿着刀干什么?!”原来是林岚，王皓用手擦拭着额头上和后背上不断溢出的汗液。

“你刚才说梦话了，还叫着一个女人的名字。”林岚故意放慢语速，将声音拖长。

“什么？叫了……谁的名字?”王皓的神经顿时绷得紧紧的，手臂上的青筋暴胀。

“当然是我，还能有谁？倘若要是别人，我就杀了你。我研究过了，刀子从脖颈的动脉割下去，血液会最快流干，所以痛苦是最短暂的。”林岚的表情很严肃，一点儿也不像是在开玩笑。王皓看着她那张脸越发觉得恐怖。刚才的噩梦惊悸未定，现在四肢无力，软泥似的坐在地板上。

林岚将手里的水果刀放到一旁的橱柜上，笑着说：“看把你吓的，我是开玩笑的。最近在写一部新书，没有灵感，拿着刀……纯粹是为了寻找灵感。”她的话里藏着深层的含义，王皓试图去解读，她是在暗示什么吗？王皓对林岚越来越感到恐惧，就像恐怖片里的女主角从荧幕里爬出来，随时会被她出乎意料的诡异行径吓死。

是自己心虚还是……为什么好端端地会做那个梦？王皓起床进了浴室，冲洗身上的汗液。一边淋浴，一边却在回忆着梦境。都说“日有所思夜有所梦”，难道真的是自己心里对林珂有非分之想？他放大水量，只想冲干净自己的身体，然而内心的欲念又该拿什么冲洗呢？

“刚才又有人打电话给你。我接了，对方一直沉默着不讲话就挂断了。”林岚将手机递给王皓。

“可能是打错了吧。”王皓清楚除了林珂不会再有别人，不是告诉她明天再说吗，怎么又打电话来？王皓暗暗埋怨。他匆忙接过手机，删掉了来电记录以及短信，他刚打开收件箱……怎么是空的！难道之前收到来自林珂手机的短信都是假的？根本是幻觉？不对啊，林珂打电话来要他帮忙找手机是真真切切发生的呀！那么只有一种可能：林岚看了手机里的短信，并且将它们都清空了。

他不想和她争吵，于是若无其事地躺回床上闭上眼睡觉。第二天，林岚早早地就醒过来做了早餐等着王皓起床。他简单地喝了几口牛奶，塞了一块煎蛋就出了门。林岚看他还没走远，便问了一句：“中午回来吃饭吗？”

王皓摆摆手，说道：“不了。”

她站在窗口看着王皓远去的背影。

王皓抵达公司却没有见到林珂。那天下午五点多，离开公司，他回了罗兰公寓。王皓一身疲惫，坐到沙发上，头侧过去看着窗外的深邃天空。几点星光坠饰，一块儿巨大的帘幕遮住了原该明亮的背景。他总觉得生活变得不太真实，迷迷糊糊地在梦境里一般，在一场冗长的不知结局的梦里。何时才能醒来？

林珂的手机，他找遍了整个屋子也没有寻到。究竟掉在了哪里？他凭着记忆回拨昨晚林珂打来的那个号码，“您好，您拨叫的号码是空号，请您核对后再拨……”一夜的时间，怎么就变成空号了？他陷入无端的恐惧中，一种不祥的预感越发强烈。

林珂离奇失踪了。任他们怎么找寻也不见她的踪影。找遍了所有她可能会出现的地方，西餐厅、咖啡馆、酒吧，却一无所获。究竟发生了什么事？她为何会人间蒸发了？

刘涛气势汹汹地跑到王皓家吵着要人，若不是林岚及时赶到，两个人肯定要动起手来。"王皓,你到底把林珂藏哪儿了?"刘涛活像一只发狂的野兽,目露凶光,恨不得吃了王皓。

"说话要有证据,林珂失踪了我们也很担心。我藏她做什么?"

"有些事当着林岚的面儿我也不想说,不过你自己心里清楚。"刘涛瞅了一眼林岚,又瞪着王皓。林岚不是白痴,自然听得出来刘涛话中的意思。

林珂到底去了哪里?为什么也不说一声?平白无故地消失了,该不是出什么事了吧?

张警官的突然现身让所有人都感到意外。他掏出一根烟点燃,放在嘴里吸了几口,缓缓吐出一道扩散的烟,融入空气里。"早上有两个电工报警,在502房间里发现了一具女尸……"

"502房?你是说就在陈洁死的那间房里?"

张警官点点头。他沉重地继续说道:"我们在尸体上找到一枚钻戒。"刘涛凑上前,仔细地盯着戒指看了看,情绪激动:"这是林珂的戒指,是她的!"他笃定地重复了几遍。

林岚也认得这个戒指,"这……这是林珂的戒指!"

"你们确定?"张警官质疑地看着他们,"不会认错了吧?"

"不会有错!"

张警官思忖了半晌,喃喃道:"难道那具尸体是林珂?林珂人呢?"

"她失踪了!"林岚怯生生地回道。

"什么?失踪了?为什么都没人通知我?"张警官斥责道,说着急匆匆地将他们带回警局去认尸。

依旧是那个满溢着冷气的停尸间,一具被割去头颅的女尸停放在显眼的正中间,脖子上的口径凝结着深红色的血。林岚别过头去,不敢看那惨不忍睹的无头女尸。嘴唇轻启,吐出几个字:"林珂的右手臂上有一个拇指大小的疤痕,小时候烫伤留下的。"

张警官卷起女尸右臂的衣袖,一块褶皱的伤疤映入眼帘,刺痛着在场的每一个人。是林珂!谁如此残忍,杀了她不说,竟然还要割去她的头!

头颅！王皓回忆起那晚离奇的经历，可他看到的是林岚提着她母亲冯瑶的头颅走进那间空房……这两者会有联系吗？会不会林岚的母亲又从疯人院里逃了出来?!

“王皓，你是不是有什么线索?”张警官犀利的目光洞悉王皓的异样，他的眉头深锁，支支吾吾、吞吞吐吐：“会不会……我只是猜测，”他为难地瞥了一眼林岚，“有没有可能林岚的母亲……又逃出疯人院了……”

张警官拨打了一个电话，聊了几句，挂断。“冯瑶早上六点多被人接走了。”

“被人接走？谁?”王皓迫不及待地想知道。谁会接走一个精神病人呢?

“林珂!”

时间霎时冻结，众人的目光凝滞在失去头颅的林珂的残缺尸体，一个已死的人接走了冯瑶?！难道是林珂的鬼魂吗？案子陷入了僵局，林珂的死扑朔迷离，冯瑶又被接去了哪里？以及林珂的头颅在哪儿？一连串的疑问纠缠着王皓。唯一能让王皓稍许心安的是林珂并不是穿着旗袍而死，否则又将和那个诅咒的传说牵扯在一起。

张警官想到了什么似的，总觉得林珂的尸体上有些怪异，又说不上来哪里怪异。他目不转睛地审视着这具冰冷的静止不动的尸身，捋着下巴，眼睛豁然明亮：“她的旗袍呢?”

他手下的人你看我我看你，都摇着头。张警官又把注意力转移到值班员身上，接替老陈的值班员茫然地挠着后脑勺，“我记得抬进来的时候还在的……哦，对了，刚才来过一个奇怪的女人，说是来认领尸体的，我带她到了停尸间，奇怪的是一转头就不见她了，我只能回到值班室。会不会是那个女人脱掉了她的旗袍?”

“你还记得她的样子吗?”

“她的脸上有很多疤痕，看上去挺恐怖的，而且驼着背。”在他的描述下，王皓想到了一个人，他脱口而出：“是林岚的母亲——冯瑶！我见过她！她的脸上也有纵横交错的伤疤!”

第二十二章 藏尸阁楼

刘涛的办公室。他的办公桌上堆着十几份文件，最引人注目的是桌角相框里的照片，那是林珂和刘涛的合照，但奇怪的是相框的镜面上沾着厚厚的灰尘，像是刚从什么地方拿出来匆匆忙忙摆上的，所以连灰尘都没来得及擦干净。

王皓和林岚一同随着张警官去找刘涛，如此一来，张警官倒是省了不少事，不必再分别走访。

三人才坐下，一个女人横冲直撞地闯进来，看来她和刘涛的关系不浅，否则作为公司的下属不可能如此造次："刘涛……"她看到办公室里这阵容有些不太对劲儿，各个人面目冷峻，于是又改口道："经理，这里有几份文件需要你签字。"

她就是林珂口中说的刘涛在外面的女人吧，王皓忆起林珂说过的某些话。他仔细地盯着她看了一眼，为何这么面熟？哦，对了，她不就是那个曾经和刘涛一起从酒店出来的女人吗？那时候的她穿着短裙，妩媚妖娆，而现在这身深蓝色制服虽然古板肃穆，却依旧掩盖不掉她骨子里隐透出来的风骚韵致。林岚注意到王皓的视线没有离开过这个女人,男人果然没一个好东西！林岚用手推了推王皓,低声嘟囔,“你的眼珠都快掉出来了!”王皓不好意思地转过头来。

刘涛麻利地在文件上签了字,那个女秘书接过文件,一不留神,高跟鞋踢到了旁边的一个纸箱,也许是因为办公室里这么多双眼睛盯着她让她感到紧张所致。几本书和着一些文件一同滑了出来。她赶忙蹲下身子去整理散落出来的文件和书。张警官上前从地上捡起一本,拍了拍封面上的灰尘,这本书的封面林岚再熟悉不过了,因为就是她刚出版不久的《阁楼里的女尸》。

“哟,这不是我们的美女作家林岚的新书吗？想不到你也是林岚的粉丝。”张警官调侃道。他随手翻了几页,“说真的,等以后我退休了,得找个时间好好读读。”

林岚却没能笑出来,甚至感到全身不自在,她似乎不太愿意别人谈到她的书,而且她自己也很少去谈那本书。刘涛勉强地挤出一个笑:“偶尔翻一翻。”没有人能看透刘涛眼里究竟藏着什么,像是局促不安,因而闪烁不定,目光涣散。

张警官将书递还给正在整理的那个女人,在她手上的那份文件让他又蹲了下去,“这是林珂给你的离婚协议书?”林珂已经在上面签了字。“她出事前来找过你对吧？否则这份文件不应该在公司的吧……”张警官犀利的眼神让刘涛不敢直视。

刘涛点燃一根烟,他什么时候换掉了打火机,王皓在陈洁葬礼上看到的他的那个金黄色的打火机至今记忆犹新。猛地抽了几口,“她是带着协议书来公司硬要我在上面签字。”刘涛愤恨地扫了一眼王皓,“张叔叔,你不会怀疑是我杀了林珂吧?”

“不单单只怀疑你——你们三个都有嫌疑。”办公室里突然变得异常沉默,大家都在思索着什么。“不过有个人的嫌疑比你们谁都大,找到她或许一切就能解开了。”张警官叹了口气,坐回到沙发。许是大家都沉溺在各自的世界，并未听到张警官的后半句话。

难道又要经历一次半年前的那些事情吗？被当成嫌疑犯、审问……王皓的眼皮一直在跳，这一次又是谁冲着自己来了呢？死去的陈洁的复仇吗？

林岚的嫌疑显然是最小的，她没有可能对自己的亲生妹妹痛下杀手。刘涛虽然有杀人动机，但却没有作案时间，他的员工可以证明案发时他一直在公司，而自己虽然没有杀人动机，却有作案时间。该怎么为自己证明清白呢？王皓垂着头焦虑地看着天花板，双手相扣放在膝盖上。

张警官再次发问："刘涛，林珂生前有没有带过什么人回家？或者去见过什么奇怪的人？"

"我基本上都在公司上班，所以不是很清楚她的行踪。为什么这么问？"

"我想你应该还不知道，林珂从疯人院接走了她的母亲冯瑶。而冯瑶很有可能在精神失常状态下杀了林珂。"

"林珂的母亲冯瑶？我怎么没听说过她母亲还活着……她不是早在二十几年前就过世了吗？"刘涛把目光转向林岚。

"这事情一时半会儿也说不清，得赶紧找到她，否则还得出乱子。"一个精神病人在外面游荡，确实令人担忧，万一她的病一发作，又不知是谁要遭殃。

王皓开车载着林岚，沿着路灯点亮的街道回到长青路 15 号。霓虹渲染的夜色闪烁着迷炫的光，就像蒙上了一层薄薄的冷色透明的纸。他的思绪游离，蓦地追忆第一次遇到林珂的场景，也是在这条街，这个地点。如今她却躺在了冰冷的停尸房。

一道人影从前方不远处闪过，进了老宅。"你有没有看到？"

"什么？"王皓沉浸在自己的世界，并未觉察，疑惑地反问。

"一个人进了宅子！"

王皓将车缓缓停靠在门前,下了车,铁门是锁着的。

“会是她吗?”王皓明白林岚口中的“她”是指冯瑶。他们进了院子,静寂如常,没有异样。门外的路灯射进的一点儿光亮以及头顶的皎洁月光足以让他们看清地上的路。

点亮屋里所有的灯,巡视了一番,一切陈设井然有序,没有丝毫被翻动过的痕迹。“会不会是光线太暗,看花了眼?”

林岚坚信自己真的看到了一个人闪进老宅。“你听……楼上有动静。”

王皓也不言语,屏住呼吸细细凝听。他的心里比以往任何时候都忐忑,他似乎能够感觉到一种死亡的信息正在向他传递,心理所承受的压力远比肉体的疼痛要残酷百倍千倍。这歌谣起起落落跌跌宕宕,不止一次地回响:“白旗袍,红旗袍,滴血割肉染旗袍,扯下长发穿针线,一针一线绣锦袍……白牡丹,红牡丹,血溅白绫绽牡丹,紧裹尸身缝皮肉,夜夜听得哭声寒……”

王皓的瞳孔逐渐放大,然后又恢复原状。待他想要追寻声源,声音却戛然而止了!王皓和林岚一同上了楼,检查屋里的每一个角落,根本没有一个人。那么刚刚那首歌谣是谁唱的?王皓瞅准了楼道尽头的那间空屋,“只剩这个房间还没看过。”王皓匆匆忙忙下楼,堂前屋后地翻找,终于在工具箱里搜到了一把铁锤,他“噔噔噔”跑上楼,二话不说,“咣”地猛砸门上挂着的生了锈的锁链。

铁锁不堪重击,倏然落地。他推开门,这动作如此熟悉,似乎练习了数千次,木门“吱呀”敞开。房间里充斥着霉臭味,地面上是几根堆叠的木条,而正中的一张床位上披着一条纯白的被单,崭新如洗,与四周的环境格格不入。刺眼的明亮。地板上、墙面上都积聚着沉郁的尘垢,这白色的被单没有理由会如此洁白,一尘不染。掀开。什么也没有。

他的视线蓦地停留在了旁边衣柜的一道缝隙上。一件薄纱衣裙的裙角夹在了缝隙中。为什么会有轻薄的纱质裙摆夹在缝里呢?是有人曾动过那两片挨着的木板？就像一个人关上一道门的时候，如果不注意就会将自己的衣物夹在门缝里。

他推了推衣柜里的木板，似乎是松动的，又敲了敲，发出一种清澈的空响。王皓心头的惊喜不言而喻，就像哥伦布发现了新大陆一样。一番仔细地查探之后，他在挂衣架的横栏上找到一个锁孔，如果没有猜错的话这里就是打开衣柜秘密的突破口。

他忽然想起躺在医院的林峰昏迷前给了林岚一把钥匙，说是宅子的阁楼。可是一直都没有听说过这屋子还有个阁楼，难道这就是通往阁楼的入口？林岚拿到钥匙之后从来都没有提起过阁楼的事，是她还没有找到，还是已经忘记了这事儿？王皓按捺不住喜悦："林岚，你爸在医院交给你的那把阁楼钥匙还在吗？"他等着神圣的一刻，迫不及待地要揭开阁楼的神秘面纱。

林岚呢？身后的林岚怎么脸上沾满了血？蓬乱的头发上还有不明的墨绿色液体一滴滴往下落，是的，墨绿色的液体，就和人工湖发现的那具腐烂女尸身上的液体一模一样！眼窝里蠕动的蛆虫，慢慢地欢快地爬出来，她正在一点点向他逼近。头断了，"咔"，飞落。一具无头女尸，向他靠近，还幽隐地唱着歌谣。

"啊！"王皓蹬着腿惊醒，一场噩梦，又是一场噩梦！

外面下着淅淅沥沥的雨。他走到窗前，宅子外面有一个人撑着伞呆呆地站着，隔着朦胧的雨雾他看得不太分明，那人不像是女人。这么晚了，会是谁？王皓似乎可以穿透迷蒙的烟雨看到一双正炯炯有神注视着他的眼睛，那双眼睛是要告诉他什么吗？那个人突然放下雨伞，淋着雨俯下身，捡起一块东西，扔到了院子内侧，一个没什么人会注意到的角落。王皓看得十分清楚，他扔下伞就是为了吸引王皓的注意力。那人比划了几个动作，完毕，仍旧拾起伞。渐渐消失在雾雨垂帘中，像是从来都没有出现过。

"你是不是又做噩梦了？"什么时候林岚站在了王皓的身后他竟然没有觉察，她端着一杯水和一颗药丸，递给王皓："要是实在睡不着就服了这颗安眠药吧。”

王皓接过药，却并没有立刻吃掉，如果是从前的他一定会毫不犹豫地将药吃了，但林珂出事之后，林岚某些怪异的行为让他不得不藏有几分戒备之心，还记得上一次林岚拿着刀在自己的脖颈上比划，说是寻找创作灵感，再者，她失去腹中胎儿，精神时常恍惚。然而当着林岚的面王皓又不能显露出对她的不信任，只得把药含在嘴里，还好表现得很自然，林岚并没有起疑心。

王皓趁着林岚转身的空当，将含在口中的药吐了出来，迅速放入口袋。他又跑到院子寻找之前那个淋雨的男人扔进来的东西，在满是淤泥的墙角发现了一个小塑胶袋，透明胶死死地缠绕着，一圈又一圈，严严实实的。

雨越下越大，他才刚在院子站了一小会儿，已经被淋得狼狈不堪。那种雨水倾泻而下的冲击感让他莫名地爽快。收好塑胶袋，他享受着这一场淋漓的大雨。

林岚再一次悄无声息地出现在他背后，她努力地把伞撑高：“你疯了吗！怎么突然跑出来淋雨？”

王皓跟着她转身回了屋子。他的全身已经湿透，只能洗个澡换身衣服。王皓进了浴室，林岚替他准备了干净的衣服。他故意让水“哗哗”地冲击着身体，慢慢地掏出刚才塞好的塑胶袋，他怕被林岚发现，只能如此。撕开缠绕得死死的胶带，一个信封，一张字条：藏尸阁楼！

他是谁？为什么要冒着雨送一张字条？“藏尸阁楼”又是什么意思？难道是……在告诉他阁楼里藏着尸体？王皓内心的疑云越来越重，就要下起一场倾盆大雨。冷。他的整个身体不自觉地战栗。冷汗淋漓滑过脊背。顺流而下，一泻千里，是飞湍，是悬瀑。

“王皓，你没事吧？怎么半天不出来？”林岚敲打着浴室的磨砂玻璃门。

“好了。”王皓穿好之前林岚替他准备好的干净衣物才打开门。林岚扫视着浴室里的一切，眼睛定格在王皓不慎遗落在垃圾篓外的塑胶袋。林岚指着它问道：“那是什么？”

王皓走上前将它拾起，朝着垃圾篓轻轻一放，动作倒是挺潇洒。“刚才在院子里不小心粘在脚底带进来的。”林岚将信将疑地看着王皓。“你刚才有跟谁说话吗?”

“没有啊，你听错了吧。哪里有人说话？我一个人能跟谁说话？难不成是鬼?”王皓说出“鬼”字的时候，林岚的表情异常古怪，倒像是真的见了鬼一般。苍白的脸上没有一丝血色。王皓从她的眼神中看到了许久以前看到过的恐惧，那会儿她说听到屋子里有诡异的声响，后来发现不过就是一只野猫在作祟。他也后悔自己说出了“鬼”这个字眼，在这诡异的老宅里唯一不能说的便是“鬼”。

在这种古旧阴森的老宅子里疑神疑鬼也是在所难免的，何况人又是善于联想的动物，一丝风吹草动就会浮想联翩。他拍了拍林岚的肩膀，问道：“怎么你的脸色这么难看?”

林岚缓过神来，她目不转睛地凝视着王皓。“有吗？呵呵。”

王皓一把将林岚搂在怀里，却发现再也找不到当初的某些温馨的感觉，仿佛两个陌生的身体在接触。局促、紧张。“对了，你还记不记得你爸在医院跟你提过的阁楼?”

“你……怎么突然问起这个?”

“哦，没什么。随口问问。”王皓始终不善于说谎，他的心里有一个疙瘩在以无法预计的速度在生长扩大，那是一颗猜疑的毒瘤。藏尸阁楼——阁楼里的女尸，他甚至将字条与林岚的小说联系在一起。她该不会为了寻找灵感……也杀人吧？他不敢再往下继续想，越想就越会将怀抱里婉约娴静的妻子丑化。

林岚穿着睡衣，又披了一件外套，开着台灯，说脑子里有一些零丁字句跳跃，她要记录下来。王皓看了一眼墙上的挂钟，凌晨一点。他给林岚倒了一杯热水，碾碎口袋里的那颗安眠药，等到药和水完全融合，才轻轻地放到她的右手边，然后也不吵她。他知道林岚一定会喝掉那杯水，因为她创作的时候有那种习惯，喜欢在桌角备一杯水。

林岚专注于自己的创作,隽秀的字体落在纯白的稿纸上。王皓从书架上取出林岚的小说《阁楼里的女尸》,当看到书中的女主角将自己的妹妹幽禁在自己宅子里的阁楼时,一些零碎的片段浮现,但仅仅是倏然一闪,不留痕迹。她在书中的描述如此真实,如此逼真,一点儿都不像是虚构的故事,倒像是亲身经历过一般。难道自己的猜想是真的?阁楼里藏着女尸!

林岚终于习惯性地将右手边的那杯水喝了,揉着太阳穴给自己提提神,创作是一件伤神的事,不但要花大量的时间更要有缜密的逻辑,因而她需要比别人想得更多,以顾周全。她伸了个懒腰,趴在桌子上恹恹欲睡,看来安眠药的药效发挥作用了。王皓推了推她的肩,她没有反应。

夜里的风有些刺骨,他将窗户关好,又给她披了一件毛绒外套。自己则小心翼翼地从她的皮包里找到钥匙,蹑手蹑脚地走出房间。

走廊尽头的空房。他一把一把地尝试,终于有一把钥匙插入了锁孔。他期待的一刻即将到来,内心的兴奋和顾虑一拥而上。他伸手推开那道神秘的木门,迎面而来的是一股刺鼻的气味,像是什么东西腐烂了而散发出来的异臭。视线所及之处尽是漆黑,根本看不清里面究竟是什么。王皓在墙壁上摸索着电灯开关,"啪",按下。室内的光线立刻丰满起来。这……这一切竟跟自己噩梦里的场景一模一样,难以置信!

他拍打着沾染着灰尘的墙面,在衣柜附近有空洞的回响。空的,里面是空的!王皓立刻向旁边推移衣柜,有一个锁眼,这是一道藏在衣柜背后的暗门!他再次用手里的钥匙一把把试过来,"咔",扭转,门开了!

黑压压的一片,霉臭味充溢着暗道。他拿出手机,借着屏幕上微弱的光照亮,映入眼帘的是一个陈旧的木梯,看上去有些年月了,木板上粘连着层层的蜘蛛网,正中还有一个拇指大小的蜘蛛在来回爬动,许是在等待猎物。王皓将身子探进去,用手拨掉缠绕的蛛网,这梯子还能用吗?木板会不会突然断裂?王皓用手摇晃了一下,坚固挺立,稳如泰山。

他扶住梯子的两侧慢慢爬上去,动作尽量放轻,生怕一不小心就会将梯子的木板踩断。这就是他一直想要看个究竟的阁楼吗?也没有什么特别之处，布满了遮罩用的透明塑胶纸。他凭着手机的一点儿光亮自然无法完整地看到房间的具体布置，仅有个大致的轮廓。

一张木桌上的盒子引起了他的注意，盖子上竟然没有一点儿灰尘，俨然是有人使用过，擦掉了上面沾染的尘埃。不用想也知道，一定是林岚，除了她，这里没有别人可以进得来。他好奇地打开盒子，里面是一些乱七八糟的单据。他随手抽出一张，瞥了一眼，这并非一般的单据，而是医院开具的药方，里面是一些他从来没有看过更没有听过的药名。他对药向来没有研究，也不感兴趣，但有一个药名的英文缩写LSD他倒是略有所闻，如果没错的话，这是一种致幻剂，而且非常稀有，甚至已经被列为禁药，是不能随便开给病人的。

盒子底端藏着一副卷轴，他将它铺展开来。遒劲的笔锋勾勒的山水楼阁，气韵横生，画中的女子……纤柔得犹似朱红一叶，轻盈翩跹，她身穿大红旗袍，绝艳倾城。旗袍上的那一点儿晕染开来的牡丹繁盛恣肆，绽尽芳华。这个女人是谁？他的脑海里闪过一系列熟悉的片段，就像汹涌而来的潮水，一次又一次地拍打着他的思绪。

他的手机突然振响，蓦地从手中滑落，重重地掉在了阁楼的地板上。林珂来电！林珂！他全身痉挛，冷汗四溢。林珂已经死了，怎么可能会打电话来？不不不，林珂的电话丢失了，她死了之后那部手机就应该落在别人手里，对，不是林珂！他鼓起勇气伸手去捡，一个料峭的人影投映在地板上，他……身后有人?！王皓的脊背贴着寒冰一般，丝丝阴凉，他甚至不敢向后看。

一双纤长却没有一丝温度的手搭在他的肩膀，绵软的低音："你终于来了，我等你很久了。"她的声音如此苍凉，如此空蒙，仿佛是从另一个世界传过来的，带着绵久的回音，在阁楼里不断地回荡加强。他可以忘记任何东西，却无法忘记林珂的声音，是的，那是他所熟悉的来自林珂的声音。他应该感到高兴才是，可是为何此刻却迟迟不敢回头看她，甚至全身都在恐惧地抖动，就像地板上他的手机振动一般。是肩上的那双冰凉的手让他惊惧。房间里一片幽暗，但她的手却离奇地散发着墨绿的冷光。那根本不是一个活人的手。

“你怎么不敢看我？”那双手轻柔地抚摸着他的面颊，令他毛骨悚然。他能够感觉到林珂在慢慢靠近自己，高跟鞋的鞋底敲击出的声音越来越洪亮，“你好像很怕见到我？”林珂蓦地站到了王皓面前，低垂的发丝遮住了她的脸。除了一堆被墨绿色光晕渲染着的头发，他看不到她的眉目和面容。她的脸是圆圆的平整的肉球！

“你是谁……谁？为什么在这儿？”王皓嘴上虽然在问这个问题，可心里却在想着另外一个问题，你究竟是人是鬼？

“这不得不多谢你的好老婆我的好姐姐林岚！”林珂的话语中带着深重的怨恨。“王皓，我们走吧，离开这里，去一个别人找不到的地方。你已经不像当初那么信任我姐了，迟早也是会跟我和刘涛一样闹离婚的。跟我走吧。”

林珂的手已经死死地抓住了王皓，正在他犹豫不决时，地上的手机又一次有规律地振动起来。屋子里似乎从来都没有过林珂，她就像空气一般在王皓的视线所及之处瞬间消散，没有一丝她曾出现过的痕迹。王皓知道，一定是又出现了幻觉。幻觉！他努力地说服自己，闭眼。止息。再慢慢睁开，阁楼平静如初。

王皓拾起掉落在地上的手机，按了接听键。“喂……”手机的另外一头是“嗞嗞啦啦”断断续续的嘈杂电波声，王皓怒了：“喂，你到底是谁？”

“王皓，我冷！”一个女人颤抖的声音，是林珂！他刚捡起的手机再次落地，荧屏的光还在黑暗中晃动。阁楼里安静得只剩下王皓不够均匀的喘息声，周围的气氛更加诡秘阴冷。

他的大脑顿时空白，瘫软地坐在了一张破旧的椅子上，靠着墙壁，后背愈发湿凉，是汗水渗透了他的白色衬衣？还是……王皓被电击了，倏忽绷紧神经，“嗖”地一下立马站起身，再次拾起手机，这是他唯一的光源，是他的救命稻草。他将刚才碰到的地方照亮。

墙壁上有一片明显的湿迹,沿着水流下来的方向往上看。阁楼顶部的屋檐有些缝隙,偏巧今天下起了大雨,于是雨水顺着漏缝渗进来。阁楼素来无人知晓,唯有林岚自己知道,其他人根本进不来,自然也没有人会注意到这里是否会漏水,更没有人能进来翻修。

墙上的白漆被水浸湿之后就像老人褶皱的表皮,纯白色的墙如今却变成了浑浊的灰黑,但有一处却丝毫没受影响。不仔细看倒也没什么,但如果真的逼近去看,很明显与周围的墙体有所差异,倒像是后来重新刷上去的漆,比周围一圈的墙面都要新得多,而且漆的质量也要好得多。防水漆?!

王皓伸手触摸着已经快要剥落的墙面,又摸了摸崭新得不可思议的那处光滑面,总觉着有些不太对劲儿,却又不知道到底是哪里不对劲儿。当他看到阁楼角落的一小袋水泥和墙面漆的时候,似乎明白过来,刚才那块儿被水浸湿的墙壁确实被人重新粉刷过。

这座房子是老宅子,墙面漆用的也都是几十年前甚至几百年前的老材料,墙面沾了水之后都开始褶皱剥落,而这一处却完好无损崭新如初,明显用的就是时下最好的防水漆。

王皓又把视线转回到刚才椅子所靠着的那块墙壁。虽然是防水漆,却因为周围墙面的影响也有些凸起,他没有考虑太多,第一个念头就是要敲开这墙壁,想弄清楚林岚为什么非要给这一处重新上漆。他感到有一种力量在驱使他这么做。

在一堆废弃的物品里找到了一根铁杵,因搁置的时间太久,而且也没什么用途已经锈迹斑斑。不过用它凿开墙壁还是游刃有余的,再者墙壁也没有王皓想象得那么坚实,主要是因为里面的砖块和水泥都还没有完全凝固定型,大概和这几天潮湿的天气有关,再加上今天的这场突如其来的大雨。

墙面一分一寸地被王皓凿开,王皓的动作极其小心谨慎,一方面是怕弄出太大的动静惊醒林岚,另外则是怕里面藏有什么贵重的物件被自己的粗鲁给糟践了。他忽然感觉到铁杵碰到了一丝柔软的东西,和触碰墙体时不同,王皓放下手里的工具,用自己的双手去扒开剩余的软泥,那种触感让王皓不禁联想到积着水的农田里的那些烂泥。

他又试着向内挤压,没错,刚才铁杵就是碰到里面柔软的东西才有了反弹的感觉。如今他的手正压在那一片柔软处,还有一些“窸窣”的声音,像是塑料纸才有的音质。王皓不知道手中挤压着的究竟是什么,但让他觉得很舒服,倒像是一个女人的胸脯。他刚一这样想,猛地缩回了手,冷汗如同大雨一般浇在他身上,让他全身浸透。

他呆滞了片刻,持着手机将那一点点微弱的光向上移动,刚好落在方才凿开的墙壁处。他的手在颤抖,眼皮也在不停地跳动。他抑制着呼吸,努力地睁开眼睛去看……到底是什么?他的手机从他抖动的手中第三次滑落,“砰”,墙壁里是一具被塑料纸包裹着的女人的尸体,而他触碰到的柔软正如他所猜想的,正是她尚未开始腐烂的胸部。

一股强烈的冷风从镂空的墙壁里侵袭而来,带着异味,刺入他的骨髓,让他瞬间如冰冻般静止。他的背部燃起一丝疼痛感,像是一根尖针生生地扎进了肉体。耳边骤然嗡鸣不止,仿佛有剧烈的磁场,干扰着,他的视线开始模糊一片,连手机的那一点儿光亮也逐渐被黑暗吞噬。

他隐隐知觉有人在挪动他的身体,然而他却看不清黑暗中的那张脸。

咯噔……咯噔……

第二十三章 失 踪

长青路的幽静一如既往，古旧的洋房保持着惯有的缄默，像是在等待着谁的到来，驻守着千百年的寂寞，不曾动摇。林岚开始忘记一些事情，她醒来的时候书桌上散乱地零落着一堆白色的药丸。

她记不起昨晚究竟发生了什么事，但就是觉着全身有些酸痛，尤其是手臂。她仔细地看着那些精致的却不知名的颗粒，仿佛有些印象。应该是安眠药吧，她在心底里默默地念叨着。

她用手捶着自己的头部，又揉了揉两侧的太阳穴，还是没能回忆起发生过什么，昨晚自己应该在赶稿子，当时王皓在床上看书，可是自己怎么就跑到床上来了呢？她百思不得其解。

她推开窗，外面仍旧在下着大雨，看样子一时半会儿是不会停了。这雨也许还要连着下好几天，她叹了一口气。整理好平铺在桌上的稿子，然后轻声喊了一句："王皓。"余音缭绕，却没有一丝回应。她的心抽了一下，一种不祥的预感油然而生。"王皓……"

她走出房间，也顾不得衣着就匆匆忙忙下了楼，屋子里一片死寂，完全见不到王皓的踪影。她急得冲出院子，雨水浸透她的衣服，朦胧中隐透着她绝美的胴体。

这一刻的她似乎已经失去了理智，她只是想要找到王皓这么一个男人，其余的全然不顾。回到屋里，不停地拨打王皓的手机，无论怎么打都是被停机的提示。她四处打听寻找，但都是徒劳。

王皓就这样莫名其妙地从她的视线消失得无影无踪。她努力地回忆，希望能够回想起昨晚发生的一切，为何王皓好端端地就离开了老宅子，离开了自己？她的房间越来越冷清，静寂得只剩下自己低缓的呼吸。

她难以习惯一个人生活的孤独，可那不是她曾经一直想要的生活方式吗，不被人打扰，安心创作。然而此刻，她却感到莫名的空虚，甚至恐惧，只是因为他的消失。她偶尔还会心存幻想希望王皓能出现在自己的眼前同自己吃一顿饭，他失踪了。

林岚不再写任何东西，心像是被抽空了，没有一丝东西，更没有写作的心情。对于王皓的消失，她的脑海里有千百种假设，但没有一种是实实在在有根据的。也许是王皓认识了其他女人，他们已经远走高飞了；又或者是因为厌恶了这段发霉的婚姻，偷偷逃离了。

她待在家里，坐在沙发上，凝视着房门。她期盼着王皓会突然推开门冲着她微笑，说"我回来了"。接着她会满心欢喜地给他斟上一杯茶，即便他真的不会品茶。事实上，她什么也没有盼到。墙壁上的时钟按着自己的运作规律转动着，"哒、哒、哒"的声音弥漫在沉闷的氛围里。

她只是无法接受王皓已经离她而去的事实。她想，他也许根本就不想再见到她了，只是她还在自欺欺人地以为他还会回来找自己。她要等他回来，等着他推门而入。

王皓失踪之后，她的生活规律完全被打乱。不过让她一直神经紧张的却是一个反反复复出现的噩梦。在那个梦境里有一个幽暗的阁楼，光线很暗，伸手不见五指，她沿着陈旧的楼梯爬上去，用手机屏幕上的光亮照向前面。一阵响在耳畔的隐隐哭声让她全身颤抖，当她照亮不远处的一个黑影的时候，一张狰狞的脸诡笑着向她贴近，她被吓得从楼梯滚落下去。大腿周围一摊血在扩散……

闹钟蓦地响了起来，她从睡梦中惊醒。发现自己不过是躺在沙发上睡着做的一个噩梦罢了。

她越来越害怕一个人住在这空寂的老宅子，仿佛又听到了莫名的响动，洗手间的水声，屋子里有人走动的脚步声。梦里的场景让她联想到这座宅子的那间阁楼，她曾打开来看过。阁楼里的陈设都没有变动过，墙壁的表层因连日的雨水渗透有些剥落，掀开垂下的透明塑胶纸，一张破旧的木椅旁边那些泥土让她惊恐万分。

有人进来过？会是王皓吗？林岚猛地挪开座椅，只见墙壁上挖开了一个西瓜大小的孔洞。还有一丝积水从里面向外渗出。到底是谁？为什么要凿开这里？她俯下身子，眼睛正对着那个洞，一层厚厚的塑胶纸映入眼帘，她不知道那是什么，于是伸手去触碰，那东西柔软得就像一个充满水的气球。

她慢慢拨开表层包裹着的塑胶纸，由于空间有限，并不能完全揭开，然而这足以让她看清里面的东西。那是一个女人的胸脯……

林岚认得那件衬衣，是那个满面疤痕的老女人，害得她流产的古怪老人！她的脑子顿时一片空白。为什么？为什么她会死在这里?！脸色苍白的她，不知道自己是什么时候瘫坐到地上的。双手支撑着的地板，却没能禁住身体因极度恐惧而产生的抖动。肌肉每一分每一寸都在无规律地抽搐着，额头以及后背已然汗如雨下。

她再不敢轻易打开阁楼的门。她不敢相信这是真的。她一个人抱着抱枕坐在楼下的沙发上，点亮屋子里所有的灯等到天亮。至于睡觉则放在了白天。日夜颠倒，人也憔悴了许多。脸上原本还有些肉，如今看上去都是凸显的骨头，仿佛苍老了半个世纪。

雨下得越紧越急了，丝毫没有停歇的迹象。

张警官撑着伞站在雨里，虽然隔着朦胧的雨幕，却依然看得清那张严峻瘦削的脸。林岚迟疑了一阵，在门口看着他一步步走近。“我还没报警，他来做什么？”不安，焦虑，一股脑儿袭上来。

“几天没看到王皓了，有些事想跟他谈谈，所以我过来找他。”张警官停在林岚面前，雨水顺着伞沿不断滴落，“你看上去气色不太好，最近睡眠不足吧。发生什么事了吗？”

林岚没有即刻回答，而是愣愣地站着半天不说一句话。她的头发也没梳理，身上也还穿着尚未换掉的睡衣，张警官有些惊讶，一向注重仪表的她怎么如今变得这般邋遢了。想来一定是发生了什么事对她造成了深重影响。张警官猜到这事儿肯定跟王皓有关，在这个世界上也就只有这个男人才会让她爱到疯狂，才会让她迷失方向，甚至失去自我。“是不是王皓出什么事了？”

“我……我们吵架了，这几天我也……没见过他！”林岚在说谎，她必须冷静地编造一个完美的可以让他信服的谎言。不能露出任何破绽，张警官是个警察，对人的观察细致入微，他隐隐感觉到林岚的言语中藏着什么。林岚还没有考虑好，她需要一些时间再告诉张警官王皓失踪的事，她必须先把阁楼的尸体处理掉。“对了，张叔叔……找到那个人了吗？”

那个人？张警官明白林岚所说的“那个人”是指冯瑶。“暂时还没有线索。也不知道她是不是被林珂藏在什么地方了，人海茫茫，要想找到她还真是难如登天。既然王皓不在，我去罗兰公寓和他公司看看，你们俩的事儿我也不方便多嘴，不过都结了婚生活在一起这么久了，有什么事不能坐下来好好谈，非要吵来吵去的呢？！我走了。”

林岚看着他远去的背影，渐渐消失在雨中。她抚着胸口，长长地吸了一口气。阁楼里的女尸该怎么办？是谁杀了那个女人？林岚掉入了寒潭深渊，四面是黑压压的一片，她拼命地挣扎，企图抓住一根救命的稻草，只是这一根稻草又在哪儿呢？王皓，你究竟去了哪儿？

王皓醒来时正躺在医院的某张病床上，纯白无瑕的被褥正盖在他身上，他细细打量了一番房间，这应该是每个刚醒过来的人都自然而然会做的第一件事吧。当然，如果身边有护士，他肯定会先张口问："这是哪儿？我怎么会在这儿？"王皓环视一圈之后并没有发现其他人，除了自己孤零零的一个人。

他掀开被子，走到窗前向着窗外看去，他认得外面的风景，如果没有记错的话，这应该就是林岚的父亲林峰所在的那家医院。自己明明在长青路的老宅子那间阁楼里，怎么就跑到这儿来了呢？

没有人能解开他的疑惑，他敲打着自己的头部，试图想起当晚的事情。脑海里唯一蹿过的就是自己砸开墙壁时看到的那具尚不明身份的女尸。本身光线就暗，又只是看到了局部，很难确定那究竟是谁，况且想要再仔细去看时，自己就莫名其妙地失去了知觉……

该报警吗？王皓犹豫不决，他心里的疑虑除了他自己别人无法理解，他担心那具尸体就是冯瑶，倘若如此，那么林岚必定和冯瑶的死脱不了干系，她会是因为记恨冯瑶害死了她腹中的孩子而杀了她吗？可冯瑶是她的母亲啊！

王皓甚至不敢确定那晚看到的到底是不是幻觉，心理学上有一种病例，人们产生幻觉很大程度上是受到心理暗示的影响，也许是因为自己当时的触感而联想到女人的胸部，然后认定了那就是冯瑶……

心乱如麻，他的手猛地按在了透明的玻璃上。一个护士突然推门进来，王皓光顾着思考自己的问题，并没有觉察到。"你醒啦，该吃药了。"她的声音极细，像是怕惊到他。见他没有反应，她朝他走了几步，加大了音量，"先生，该吃药了！"

王皓缓过神来，歉意地笑道："不好意思，刚刚没听到。"

护士将托盘里的药和一杯水递到王皓手中。

"护士小姐，我在这儿多久了？"

"你在这儿昏迷了快一个星期了，医生说你体内有大量的致幻剂。那种药现在很少有，而且也不会轻易开给病人，你是怎么拿到的？”她不解地看了一眼王皓，“难不成你也是个医生？”

“我……你是说，我是因为致幻剂才昏迷的吗？”

“那倒也不算是。你刚被送来的时候整个人就像是睡死过去了一般，应该是麻醉药起的作用，不过更多的我也不太清楚，你可以去找医生问问。”

王皓“哦”了一声，接着问道：“你还记得送我来这儿的人吗？”

“有些印象，是个身材挺不错的女人，不过她戴着一副硕大的墨镜，遮住了脸，认不清模样。”她像是想起了什么似的，突然走向床头的那个柜子，从最底层的抽屉里取出一个牛皮纸袋，将一包东西交给王皓。“那人临走时嘱咐，等你醒了交给你。对了，你现在没什么大碍了，可以办出院手续了。还得提醒你一句，不要再服用致幻剂了，那东西对你只会有害而无益。”

护士说着离开了病房。致幻剂？难道……王皓回想起在阁楼的那个木盒中看到的单据，是LSD，一种致幻类药物。送他来医院的是个女人，会是林岚吗？除了她还能有谁？能够在老宅出入自由，且又在食物中加入致幻剂，除了林岚他想不到还有谁可以有这样通天的本事！

她杀了自己的母亲冯瑶？还将尸体藏在阁楼的墙壁？那么……林珂的死会不会也是……王皓不敢再想下去，他不想把一个柔弱贤淑的妻子的形象彻底毁灭颠覆！他无法接受这样的事实！是哪里出了问题？

王皓打开牛皮纸袋，里面装的是一份遗嘱的复印件。林峰不是还没死吗，怎么先立了遗嘱？而且受益人是……林珂！林珂的死难道和这份遗嘱有关？

乌云密布的天空，看不见一丝光亮，浓重压抑得让人窒息。一种无形的压力沉沉地落在他的肩上。王皓办理了出院手续，却没有迅速离开医院去找张警官，而是绕过走廊去了林峰的病房。病房里整齐有序，病床边上的那瓶花已经开始枯萎凋谢了，俨然很久都没有人来探望过了。王皓深深地吸了一口气,又蹙起了眉。几分寥落之意顿时涌上心头。

林峰依旧如活死人一般躺在床上,绵软的被褥整齐地盖在他身上。王皓的心里泛起一阵酸楚,林峰在病床上等着断气,林珂莫名失踪,他不希望林岚再发生什么事。否则林家真的是要败落了,而那是他如何都不想看到的结果。可万一林岚真的是杀人犯……

有一个强烈的声音在告诉他:报警！王皓,你必须报警！他拨通了一个人的电话,张警官！

他无奈地盯着天花板,那块暗色的印迹什么时候扩大到了窗框。王皓握着林峰布满针眼的右手,干瘪得就像干尸一般,一层褶皱的皮包着骨头,丝毫没有肉感,也没有常人该有的温度。"对不起,虽然林岚是我的妻子,可我必须报警。"

活着的人总是要历经痛苦和磨难的,他的心仿佛被千万根针扎刺着,在淌血。他只希望警方可以还原事情的真相,只希望林岚是无辜的,她不是杀人犯！静坐了一会儿,王皓便离开,刚回转身,适才为自己送药的那个护士推门进来,愣了片刻,接着笑眯眯地说道:"哦,我想起来了,我说我怎么看你那么眼熟,原来是在这儿见过。"

"什么?"王皓一脸疑惑,不解地看着她,等着她更详细地说明。

"那晚我值班,你和你太太来看他,还有另外一个女人,你不是先送走另外那个女人才来接你太太回去的吗！可能时间太久,你没什么印象,但是我却记得。"

王皓听出她的话里应该还有话,一个护士每天都要见到那么多人,应该不会对每个人都有印象才对,除非有什么重要或者离奇的事让她记忆深刻。王皓追问道:"为什么?"

"那晚,其实还有个男人来探望过他,是在你们离开之后……"她像是在努力回忆当时的情景,然后继续说道:"他好像是来找什么东西的,总之翻找了病人的衣物和公文包,之后就匆匆忙忙地走了。"

"他随便翻找病人的东西,你怎么不报警?"王皓怒道。

“报警？可他和你一样，也是病人的家属。”护士满脸冤屈，可怜兮兮地看着王皓。

“什么？家属？”

“嗯。”她点点头。

王皓能想到的就只有刘涛，因为当初就是他和林珂一起送林峰进的医院，这么说来一定就是他。可他来这儿翻找什么东西呢？遗嘱吗？！王皓却顾不得多想，张警官的警车已经停在了医院门口。他是和张警官一同回老宅的。

森寂的长青路再一次被人群围得水泄不通，警车沿着窄小的街道一字排开。黄色的警戒线已经将老宅子封锁。王皓和张警官不得不在路口就下车，费了一番周折才从熙熙攘攘的肉堆穿过，进入了房子。

“里面情况怎么样？”张警官向一个迎面走来的女警员问道。

“屋主林岚受了伤昏迷在阁楼里，而阁楼的墙壁里面藏着一具女人的尸体和一颗头颅，那颗头颅应该是林珂的，至于女尸，可能就是我们要找的冯瑶！”女警员顺溜地答道。

王皓瞪大了眼睛不敢相信自己所听到的。他的记忆跳回一个星期前的那个晚上，自己的双手还触摸过冯瑶的……怎么墙壁里还有林珂的头颅？！

“王皓，你是怎么知道阁楼里藏着尸体的？”张警官的直视让王皓有种受到压迫的感觉，他该不会是怀疑自己杀的人吧？王皓尽量抚定情绪，从容答道：“之前我收到一张字条，里面写着‘藏尸阁楼’，我也不知道是什么意思，但联想到林珂的死以及冯瑶的失踪，就趁着林岚睡着的时候偷偷潜入了阁楼，因为那几天连着下雨，所以阁楼墙体上的漆开始受潮剥落，露出一块儿和周围不太一样的印迹，我就砸开它，谁料里面竟藏着尸体。再接着我就……被人打了麻醉药，送去了医院。”

这也太巧了吧？别说张警官有些质疑，就连王皓自己也都觉得没有说服力。

“贱人！我要杀了你！杀……杀……”一个男人嘶吼的声音，振聋发聩！蓦地让整个屋子变得骚动起来。声音是从浴室传来的。

“张警官，浴室的门没办法打开，里面有人！”女警员上气不接下气地跑过来。张警官跟着她到了浴室门前，狠狠一脚踢在门板上，门上的玻璃随即变为碎片零落一地。一个男人浸泡在浴缸里，他的右手拿着一把刀，脸上沾着嫣红的血，整个人都在颤抖。他恐惧地凝视着门的方向，挥舞着刀：“别过来，别过来。”

张警官又踹了一脚，比刚才更用力，门随着“砰”的一声响被踹开。“把刀放下！”张警官吼道，他给人的印象一直是慈祥和蔼的，而此刻却让人觉得森冷和战栗。脸上的青筋暴胀。拿刀的男人……是刘涛！他怎么会在这儿？还拿着刀！他身上的血是林岚的吗？林岚受伤昏迷是他所为?!

张警官和他的距离仅剩一米左右，旁边的警员原想拦住他，但是被他推了回去。在场的人没有一个再敢吱一声，就连呼吸都是小心翼翼的。刘涛猛地刺向靠近的张警官，张警官粗壮的手生生抓住了迎面而来的锋利尖刀，虽然动作麻利，却还是被刀刃划出了一道伤口，鲜红的血液汩汩流出。

其他警员迅速上前将刘涛制服，他歇斯底里地喊着：“别碰我！不是我……鬼……是鬼，穿旗袍的女鬼！遗嘱，遗嘱，把遗嘱给我……”看得出来他此刻的状态一点儿也不正常，张警官让人将他带上警车送去医院，和林岚相同的医院。

医院的走廊里行人不断，王皓和张警官都在座椅上焦急地等待着医生从急诊室里出来。林岚的体内检测出麻醉药的成分，而刘涛的症状和王皓一个星期前的状况极其相似，也是致幻剂发生作用致使其产生幻觉，因而情绪焦躁、恐惧不安。

张警官点燃一根烟，有气无力地抽了几口，熄灭。他看了一眼王皓，淡淡地一笑：“放心吧，林岚不会有事的！”

傍晚的夕阳格外绚丽,红色的云霞犹似暗夜里点亮的霓虹,极尽华美。

病房里的林岚仍旧昏迷不醒,她的额头豆大的汗滴不停地溢出。看着她手臂上和腿上的伤不禁让王皓心生怜惜疼爱之情,他宁愿此刻受伤的是自己。不可否认他对林岚的爱从未消失过,即便他们之间已经没有了最初的信任,甚至处处矛盾、猜疑,但自己还是爱着她的。只是在一起的时间久了就忘了爱的存在,好比人无时无刻不在呼吸,却忽略了空气的存在一样。

医院仅剩两名警员,分别守在林岚和刘涛的病房外,等着他们醒来。

王皓走出林岚的病房,和门外的警员闲聊了几句,接着问道:"要帮你们带晚餐吗?"

"不用了,待会儿就有人来换班。"他摇着头道了声谢。既然如此王皓也没必要殷勤地非要给他们买便当,径自离开。

外面的街道人群涌动,车来车往。都市总是如此忙碌,每个人都行色匆匆。

他进了一家快餐店,买了两份快餐,记得以前和陈洁在一起的时候这种活儿基本上都是她在做,因为她不会烧饭做菜,下餐馆是最频繁的事。而跟林岚结婚这么久,他吃惯了林岚烧的菜的味道,虽然她常常一个人闷在房间里创作,对周围的一切不管不顾,但还是把家里打理得井然有序。

夜里的医院更加寂静可怕,不禁让人联想起恐怖片里的某些场景。要是灯光再暗一些再绿一些,那么就更能渲染出阴森恐怖的气氛,最好医院的灯光在不停地闪烁,接着一瞬间全部熄灭,之后一定可以听到女人们的尖叫声穿透云霄。嗯,应该是这样的。

王皓提着两份快餐回到医院,彼时门口的两位警员已经被调换,来了两个陌生的面孔。他努力地搜索记忆,好像有些印象,应该是王勇手下的人。王皓善意地冲着他们简单一笑。他们并没有做出什么反应,王皓侧身进入林岚的病房,带上门。

他坐在林岚的床边静静地看着她,他承认他已经很久没有这么仔细地去看过她的脸了,同处一个屋檐下,天天见面,可他却忙到几乎没有时间好好去看她一眼。医生说过,等麻醉药的药效过了她就会醒过来,所以他不担心。然而他还是深锁着眉头,有一种不祥的预感正在向他逼近。还会发生什么事吗?还是自己太过杞人忧天?究竟林珂是谁杀的?刘涛、林岚,还是冯瑶?他此刻多么想林岚能够立刻醒来告诉他这一切。

时间一分一秒地过去,王皓竟不自觉地靠在她的床沿昏昏睡去,直到凌晨两点多,他感觉到林岚的手动了动,她的额头仍在冒着汗,嘴里念叨着:"别碰我,别碰我!滚啊!"

王皓摇了摇林岚,动作柔和轻缓,"林岚……林岚。"她是听到了王皓温柔的召唤了吧,那种声音总是让人暖彻心扉,她睁开眼看着王皓,停顿了半晌。然后抱着王皓:"王皓,你去了哪儿?是刘涛,刘涛杀了林珂,他还杀了我母亲冯瑶……如今又要杀我!他要侵占林家的财产!还伪造了一份遗嘱……他是杀人凶手。"

"没事了。"王皓抚着她的后背,从上至下,"他已经被警方逮捕了,是张叔叔亲手抓的。我……能不能问你一个问题?"

"什么问题?"

王皓用舌头舔舐了一下嘴唇,湿润有些干燥的唇,"你……是不是一直在我的饮食中加入了致幻剂?"王皓难于启齿的事,最终还是问出了口。他的内心在煎熬,但不能从她口中得到明确的答案,他就寝食难安。

"什么致幻剂?我没有。"林岚顿了顿,他是在怀疑自己吗?林岚咳嗽了两声,感觉口干干的,于是对王皓说:"能给我倒杯水吗,口很渴。"

王皓环顾四周,房间里竟然没有一台饮水机,他站起身:"楼道口有饮水机,我这就去给你倒水,你等会儿。"如果不是林岚,那么会是谁给他服用致幻剂而又不被他觉察呢?鬼吗?

王皓低垂着头走出病房,门外的两个警员居然都靠在座椅上打起了盹儿,王皓盯着手表看了看时间,已经是凌晨 2 点 25 分,人总是会疲倦的,警察也是人,这也怪不得他们。

楼道里静得可怕,唯一能够听到的便是他自己的脚步声,清脆而响亮。

他尽量放慢放轻脚步，生怕惊扰休息着的病人。

他从饮水机下面的抽屉里取出两个杯子，先盛满一杯自己喝了几口，一股凉爽之意顿时袭击全身，让他精神振奋，刚才的睡意也顿时消失殆尽。他又用另外一个杯子接满水，小心翼翼地端回去。他看着林岚病房的门虚掩着，可是刚才出来的时候明明是开着的，难道是风吹的？这种地方也没有可能会有风啊，他百思不得其解。

"你在看什么呢？"林岚凝视着站在门口发呆的王皓。

"没什么。"他依旧坐到床沿，"怎么额头还有那么多汗？很热吗？"王皓将手里的水递给林岚，又用衣袖擦拭着她额角的汗液。

"可能是房间太闷了，喝点水就没事了。"林岚淡淡地笑道。

"你刚才说刘涛杀了林珂和你母亲，还要侵占你们家的家产，到底是怎么回事？"这是王皓压在心里已久的问题，"还有你是怎么受伤的？"

林岚的脸色骤然苍白，那种惊惧的神情似乎在告诉王皓她曾有过一场惊心动魄的经历。她的手紧紧地握着那杯尚有余温的水，试图从中撷取一丝温暖，足以让她有勇气去告诉王皓。她在犹豫，内心的纠结与矛盾让她保持着缄默。

"你失踪后，老宅里就我一个人，我一直在等你回来。我不知道刘涛是什么时候进入宅子的，他有老宅的钥匙，我听到阁楼里有声音，就走进去看，没想到就遇上了鬼鬼祟祟的他。他拿着刀在屋子里发了疯似的乱晃乱砍，嘴里还不停地说他不是故意杀死林珂的，说只要林家的家产，他不想杀人。再后来我被他刺伤，昏迷了过去。"

被刺伤昏迷？她体内不是有麻醉药成分吗？刘涛把麻醉药涂在了刀锋上？迷雾重重，王皓对林岚的陈述半信半疑。他原本以为林岚是凶手，现在一切的罪证都指向了刘涛，这中间总觉着有什么地方不太对劲。

第二天清晨6点多，一个女人的尖叫声响彻整个医院，那是一种撕心裂肺的叫声。王皓和林岚也冲出了病房，那两个睡在走廊座椅上的警员也被这突如其来的尖叫声惊醒。众人围聚在刘涛的病房。

“他……死了!”女护士指着病榻上刘涛狰狞的面孔。

王皓上前看了看,刘涛的眼睛瞪得大大的,脸上的肌肉抽搐着不动,身体蜷曲,样子看上去很痛苦。张警官和王勇等人很快赶到了医院。

“昨晚你们不是守在外面吗,怎么会这样?!你们是干什么吃的!”王勇大声喝斥道。法医已经开始对尸体进行检查,他的眉头紧皱:“死亡时间应该是在昨晚1点到3点之间。至于死因……身体上没有利器的伤痕,可能是药物所致,要做详细鉴定才行。”所有人都在等着验尸报告,大概半个小时后,法医又一次出现在众人面前,摇着头说道,“也不是药物所致。死得还真是蹊跷!”

“连死因都查不出来?”

“只能判定是猝死。”事实上说了等于没说。刘涛一死,林珂、冯瑶的案子似乎也变成了无头公案。刘涛的死就像一个谜,没有人能够解开。穿旗袍的女人!王皓回忆着刘涛在老宅一直叫喊的鬼,穿旗袍的女鬼。会是她吗?旗袍的怨灵又一次杀人了吗?

警方在阁楼的墙壁内发现了一个金黄色的打火机,从中提取到了刘涛的指纹,刘涛握着的那把刀上有三个人的血迹,冯瑶、林珂还有林岚。如此一来,证明了冯瑶的尸体以及林珂的头颅就是刘涛封进去的。王勇的手下赶去刘涛的办公室,找到了一份伪造的遗嘱,林家财产的继承人是林珂。他倒是聪明,林珂这个继承人已经死了,他便是最大的受益者。唯一让人无法理解的是刘涛怎么就在医院暴毙了呢?!也许就是因果报应吧。似乎一切都到此为止,平静收场了。

尾声

王皓站在罗兰公寓的电梯里上上下下，没有打算出去的意思。仿佛一个失去了灵魂的躯体僵硬在那儿。他想了很多，心中只有一个信念，他要带上他的相机以及林岚暂时离开这座让他厌恶的城市。去一个遥远的陌生的城市开始崭新的生活。他回到公寓的第一件事便是收拾好自己的行李，不能容许自己犹豫半分。

他将自己的影集从书架上取出来，吹掉上面沾染的一层尘埃，那里收藏着他所有的美好回忆，生活里最美的瞬间。他要带走那些属于他的记忆。

他的相机尚在老宅，他如何都得去取回来，那是他生命的一部分。林岚的伤势不算严重，但仍旧住在医院休养。王皓还没来得及将自己的想法告诉她，他无法确定林岚会不会同意他的决定，去远方，可林岚曾经说过，无论他到哪里，她都会义无反顾地跟着他。

长青路15号。空幽、冷寂。仿若从来都没有人居住过，依旧如此寥落诡异。王皓坐在大厅的柔软沙发上，静默地看着屋子里熟悉却又陌生的一切,他仍能清晰地记起第一次坐在这里局促不安的情景,如果时间可以倒退或者静止,他希望自己能够永永远远地停留在最初最美好的时刻。单纯地爱一个人。

长廊尽头的阁楼大门洞然大开,是在欢迎他吗？王皓仍能清楚地记忆那晚经历的场景。砸开的墙壁缺口,柔软的腐烂尸体。他的脚什么时候又踏进了光线阴暗的小阁楼。一张旧照片蓦地飘落在地,像一片轻盈的叶子。照片上三个人洋溢着阳光般的微笑,恬美温情。其中的男人是林峰,中间的小女孩应该就是小时候的林岚,而林峰旁边的女人是谁？她的模样为何似曾相识？画中人,对,就是画中的女人！她断然不是冯瑶,王皓在疯人院见过冯瑶二十几年前刚入院的照片。

它是从哪儿掉下来的？王皓仰头看着受潮发霉的天花板,他踩在那张破败的靠椅上。继续观察。那是什么？木质的横梁上有一个小铁皮箱。锈迹斑驳的箱盖一尘不染,看来是有人打开过。他撬开挂着的铜锁,箱子里是一堆叠压的病历,病历上的女人头像和方才那张掉在地上的照片里的女人是同一个人,她的名字叫方文清,她跟林峰和林岚是什么关系？

王皓一张张地翻看着病历,走马观花地浏览,发现这个叫方文清的女人在一年的时间内容貌衰老迅速,异于常人。她患有什么病？难道是人们常说的早衰症！在箱底的日记本中王皓找到了答案,而最后一篇日记更是让王皓大吃一惊：

上天为何对我如此残忍？每当看到自己那张苍老的褶皱的脸,我就想一死了之,这样便不必再面对冷漠无情的世界。可我怎么舍下我的孩子？林岚她还小,她需要母亲。我以为我至死不渝爱着的男人会一心一意地照顾我,可笑的是他把祖宅留给我就带着我的女儿离开了,还娶了别的女人,把我的孩子变成那个贱人的女儿！更可笑的是他竟然跟那个贱女人说我是他妈,明明是她的妻子,却因为早衰症赏赐的这张老人的脸而变成了林峰的母亲！世间还有比这更好笑的笑话了吗？

他还堂而皇之地把那个女人接回家,他是想向我炫耀那个女人有多美,而我有多丑陋吗?他们都该死!冯瑶,他叫她叫得多亲密啊!每听他唤一声,我就觉得恶心,男人爱的果然还是女人那副迷惑众生的皮囊,山盟海誓不过转眼浮云尽皆虚妄。

王皓一口气将整本日记从头到尾看了一遍,大致了解了整个事情的脉络。林岚的父亲林峰和方文清是恋人,一直同居并生下女儿林岚。不久方文清出现异样,样貌迅速衰老,后查出是患有早衰症,虽然也在医院接受治疗,但就目前的医术而言根本无法治愈,林峰于是将老宅留给方文清以作补偿,自己则带着女儿林岚回到城市。随后又结识冯瑶跟冯瑶结婚生了另外一个女儿林珂。冯瑶对林峰的过去一无所知,将林岚视为己出。林峰和方文清感情颇深,即便因为病症分开,他也会时常去探望她。只是他对身边所有的人都隐瞒了方文清的真实身份,而告诉他们说方文清是他的母亲。冯瑶对此深信不疑。

而二十二年前的那场凶案,是由于冯瑶发现了方文清和林峰的真正关系,和方文清起了争执才酿成的,至于冯瑶精神失常是方文清给她炖的那碗汤里加了不少的致幻剂,方文清原想除之而后快,万万没有料到适得其反,赔上了自己的性命。

王皓的大脑就像被人拿着鼓槌不停地击打一般,嗡嗡作响。林岚的亲生母亲是方文清,而不是冯瑶!她会不会是知道了二十二年前的事,所以……刘涛的死莫非也是她……

乱了,乱了,王皓的世界一片混乱。

王皓发疯似的寻找,他要找什么?林岚犯罪的证据?老宅的每个角落都不放过,致幻剂、麻醉药、林珂的手机,这一切的一切都在证实林岚藏着一个巨大的秘密。王皓拿出手机,刚要拨给张警官。门外却响起一个娇弱无力的声音,缥缈而低沉:"你是要报警吗?"林岚细碎轻缓的脚步艰难地迈进大门,她是害怕面对王皓吧。

他们的目光再一次交错,然而缺失了从前的柔绵情意,仿若两个素昧平生的人,虽然近在咫尺,但隔世般的距离还是让两个人默而不言。他们曾是那么深爱着对方，曾被彼此身上散发着的魅力深深吸引，而今却被岁月、婚姻磨蚀得体无完肤。此时的他们甚至都找不出一丝曾相爱过的痕迹。

“刘涛是你杀的吧？”王皓的目光以及话锋直指林岚，语气冷得就像千尺寒冰，让她喘不过气。她对他抱有的最后一点点微茫的希望彻底地被他这句话毁灭得一干二净。她像个接受审判的囚犯，木讷地站在原地，愣愣地苦笑着，凄惨寒凉：“你都已经认定了是我，我还有辩解的余地吗？如果我说不是我，你会相信吗？”

她的心在滴着血，隐隐地疼痛。她的咽喉似有千万根尖锐的针生生地刺着，让她疼得不愿再多说任何话，甚至不愿为自己辩解。她知道，爱的基础是信任，一旦失去了信任那么爱也就烟消云散了。

“昨晚你趁着我去给你倒水的时候出过病房，所以我回来时门才会虚掩着，我明明记得门是敞开的，而你也是因为做了什么才会满头大汗的吧……”王皓将手边的那本《阁楼里的女尸》甩到茶几上，“这本书我看完了，里面的内容很精彩，精彩到不禁让我将你母亲以及刘涛的死和你联系在一起。我一直以为小说都是虚构的，甚至佩服你的想象力，可当我看完你亲生母亲的日记才发现……你的小说……”

王皓读着书里的某些段落，那是他记忆深刻的情节：

他趁着她不注意，在盛满水的杯子里用手碾碎两粒安眠药，然后端到她手中，他温柔的动作让她没有一丝防备，是的，她从来都没有想过眼前这个男人会这样对待自己，她喝下了那杯水，很快的，安眠药让她沉沉地睡去。他将她抱到浴室，放入浴缸，然后打开水龙头注入清澈的温水。她的整个身体逐渐被水覆盖，接着没过下巴、嘴唇以及她坚挺的鼻子……她的头发像黑色的丝带漂浮在水面，她就这样毫无知觉地沉睡在了水底，再不会醒来。他将她柔软的躯体抱进墙壁，涂上水泥，封死。他也同样封存了他的弥久而永恒的爱！

王皓又翻了几页，继续念道：

他看着躺在病床上的那个女人，如果她不死将会毁掉他一切的幸福，他必须作出决定，那应该是一个艰难的决定吧，他曾那么深爱她，然而他还是为她选了一种命运，他从床边的柜子上取出一根针毫不犹豫地刺入她耳垂下方的某个部位，他知道这样可以让她的神经暂时的麻痹。他又取过旁边的针筒，抽空，将那满满的空气注入她的静脉……

"如果我没猜错的话，你也是用这些方法分别杀了冯瑶和刘涛的吧？"

林岚无奈地苦笑着，她不知道是不是应该佩服王皓的丰富想象力，甚至她不知道是该庆幸还是悲哀，庆幸的是王皓第一次看完她的小说，悲哀的是自己竟然会被自己所写的故事所累而成为杀人犯。她眼眶里的泪水顺着脸的轮廓滑落，她既不承认也不否认，呆滞地站在那里傻笑着。

"你说得没错，是我做的。也许一切的源头都该归咎于你们男人的始乱终弃，若非爸爸抛弃了母亲，她也就不会死。我拿到阁楼的钥匙，得知那段陈年旧事，原只想让它们平静地翻过去，继续平淡的生活，只可惜树欲静而风不止。冯瑶当年砍下了我母亲的头颅，难道不该死吗？刘涛野心勃勃地想要侵占林家的财产，居然利用林家旗袍的诅咒传说想致我于死地，他让陈洁穿着红旗袍装鬼，那我就只好陪着他玩下去，谁想陈洁那么没用，竟被活活吓出精神病来，失言将刘涛的阴谋一五一十地说了出来……"

"所以你杀了她？"王皓质问道。

林岚苦笑，嘴角一撇："她的死和我无关。"

"不是你还有谁？"

"你忘了在刘涛办公室看到的一幕了吗？那次他的女秘书整理文件的过程中不慎掉出一本书。他看过我的小说，用我书中描述的杀人方式来嫁祸给我是轻而易举的事。既然他非要将我往绝路上逼，那我就以此为理由约他到老宅商谈。他本可不死，怪只怪他太贪。他一死，杀林珂、冯瑶等所有的罪名就都能往他身上推，自己则置身事外。"

"那林珂呢？你为什么要杀了她？她是无辜的，你杀了她也就算了，还割下她的头颅……"王皓觉得眼前的林岚就像一个恶魔，天真恬美贤淑的形象荡然无存。

“谁让她是冯瑶的女儿，冯瑶割下了我母亲的头颅，我就要让她看到她女儿被割下头颅的惨状，报复一个人的最好办法不是杀了她，而是要让她无助地亲眼看着她身边最心爱的人慢慢死去……冯瑶看着她女儿的头颅被人‘咔嚓’一下割去，发了疯地撞墙，为了成全她们母女我就用水泥把她们封进阁楼的墙壁，多美的艺术品啊！”

“你太恶毒了！你……你是个疯子！”

“王皓，如果不是你和她有染，我根本就没想过要杀她。是你害死了她！”有一种痛，痛得让人无法言语。林岚的心像被抽空了，这不是她想要的结局。不是。她曾为自己和王皓设计了一种唯美温馨的结尾，他们躺在舒软的草坪，仰望着湛蓝澄明的天空，环绕他们的是莺歌燕舞……

他看着林岚，越发觉得这个女人离自己好遥远，这个女人好陌生。他不禁想问：我们认识吗？我们相爱过吗？

“你现在是想连我也杀了吗？”王皓的身子突然酥酥麻麻的，脑子顿时一片空白，仿若一个晴天霹雳正中脑门，耳边回响着杂音，整个人像失去了重力一般浑身不适，这是他想到过的结果，只是没想到会这么快发生。也许这就是他最后的结局了吧，死亡。人生在世，不过匆匆数十载，落叶归根是迟早的事，难得曾经爱过，已无遗憾。会恨她吗？他自己也不清楚。

他们之间也不过像所有尘世中相遇的人一样，擦肩而过，退出彼此的生命。唯一的不同是他们都曾在彼此的生命里留下浓重的一笔。仅此而已。

“王皓，我想你还是不够了解我。在这世界上我唯一不会伤害的就只有你。”她隐忍的痛贯穿全身，疼得发麻，潸然落下的泪结了冰似的生冷刺骨。他的话比尖锐的刀更锥心，将她的爱撕扯得粉碎，零落一地。她敲开卧房的隐秘壁橱，取出那件崭新映丽的大红旗袍，痴痴地凝望，穿上。她性感妖娆的身段立刻凸显出来，凹凸有致，芳华动人。她不再以一个“女鬼”的形象出现，而是一个失落绝望的女人。“你看，我穿这旗袍漂亮吗？”

漂亮。怎么会不漂亮呢？王皓用尽全身气力睁着眼，眼眶里蓄积的泪液让他模糊得只能看到一片红晕，向他走近，走近，带着弥久不散的熟悉香气。生命就要这样结束了吗？他沉沉睡去，恍惚间有一双温暖纤细的手轻抚着他的面颊，一个似有似无的吻痕印在额角……

一场烈火吞噬了长青路15号这幢诡异的古旧洋房，顷刻间夷为狼藉废墟。

王皓被一群小孩子的喧闹声惊醒。白大褂、白床单、白墙壁、白窗帘，这是……医院。我怎么会在医院？正在打盹儿的张警官也伸了个懒腰，“你醒啦，怎么样，感觉好点了吧?”

“我怎么会在这儿?”

张警官搓了一把脸，语重心长地说：“林岚打电话给我，让我去老宅救你。”

“林岚？她……她人呢?”

“我赶到的时候，你躺在老宅的大门外昏迷不醒，而……老宅已经被火烧得面目全非了……二楼的窗口里有个红色的人影，应该是林岚。火势太大，消防人员抵达现场为时已晚，所以……”张警官拍拍王皓的手臂，“我们在烧焦的废墟里找到了她的尸体，很奇怪，她穿着那身红色的旗袍，尸身以及旗袍竟然没有被烧灼过的痕迹。只是她的头颅也被割了下来。你记不记得发生了什么事?”

王皓摇摇头，他仿佛看到一幅清晰的图景：她穿上艳红的旗袍，手里的刀毫不犹豫地一挥，“咔嚓”头颅离开了身体，“咕噜噜”的滚落在地，脖颈上温热的血液四处飞溅，滴落在木质地板上，“滴答”“滴答”，滴落在旗袍上，晕染开来，刺绣牡丹恣肆地吮吸着琼浆玉液，一片片地尽情绽放，绽放。她僵直的身体蓦地倒地，撞翻了一旁点燃的烛火……

穿上红旗袍的女人无一例外地都死了！林家旗袍的诅咒传说是否还会继续延续?

江南飘起了漫天飞舞的雪，这座城市从来都不曾下过雪。王皓背上自己的行囊，带上自己新买的相机，打算悄然离开这座冰冷的让他不愿再多停留一刻的城市。这里有太多的悲伤，有太多的遗憾。

他终于要去一个遥远的陌生城市开始一个人全新的生活。还爱着林岚吗？他自己也不知道，或许吧，所以他才一直一直地随身带着那张定格了她美好一瞬的照片，白色的T恤和黑色的牛仔裤将她的身材完美地展现出来，每当看着它，他的嘴角就会漾起一丝清浅的微笑。

他要最后看一眼曾留存着他无数记忆的那个地方。

王皓站在长青路上的那片空旷荒凉的废墟上，抚摸着虚无的空气。好像又触到了那道刻着岁月印痕的陈旧铁门。那道门曾看着一个个人来了又离开，离开了又来，也不知历经了多少年月，苦苦驻守着冰冷的宅院。

他对着旷远的平地按下快门。有种恍如隔世的感觉，回忆一幕幕在眼前上演。沧桑、悲凉。他又连着按了几次快门，“咔”，镜头里怎么……白色的背景中有一个影影绰绰的暗红色的女人身影？雪地上两排高跟鞋脚印延伸向他。他的耳边回响着一个女人的温柔絮语，音质净白得胜似这白雪，如此亲切如此熟悉：“带我走，去哪儿都好，只要有你……”

后记

记得张悦然曾在一本小说里提到过，她说她是个以卖梦为生的人。时间久远，已经没有明晰的记忆了。似乎是这么表述的。

和她相似，我也是个在出卖自己记忆的人。以前会把或忧伤或喜悦的文字都写进日记，但最终还是论斤卖给了收破烂的阿姨。现在也是在慢慢地掏空记忆，把它们串接起来，变成虚幻的故事。

我想讲一个故事，故事里有纠结的亲情和扭曲的爱情。我不知道应该用怎样的笔调去书写，只是不想太过灰暗太过悲伤。故事是从一个女人的死开始的，然后沿着这一条线引出更多的故事。

这部小说让我纠结了很久，从真正动笔至今已经历时近一年，写写停停，中断过不知多少次。是的，那种没有一丝灵感的窘迫比见到一具无头女尸还要恐怖。我是这么想的。当完成初稿还沾沾自喜之时，却深受一些人的言论打击，从那时起我便下定决心要删改文章，甚至不惜删掉了近5万字，那种痛旁人是无法理解的，这就好比生生地从自己的大腿上割去了一块肉，鲜血淋漓却要忍着剧痛。

有人说这篇小说在探讨当下的社会伦理以及人的心理状态问题，我只是个俗人，肤浅、粗鄙，甚至很现实，所以没有他们说的那么伟大。朋友说《血旗袍》和我以前写的作品风格完全不同，更成熟了。我不清楚是该高兴还是郁闷。但至少我不得不承认，我们的青春已经渐渐消逝。转眼间，身边的人都在谈婚论嫁了，而自己仍旧保持着单身。

《血旗袍》是我的第一本恐怖惊悚小说，在这之前完全没有写此类题材的经验，若说让我受益匪浅的应当属看过的那些恐怖电影。从着笔开始我就对自己的逻辑能力不抱信心，因为自己的理科成绩素来差劲，所以才读了中文。一个感性的人要去写理性的文字着实很费脑力，也极具挑战。

前段时间蓦地发现自己很容易忘记一些事情，也许是年纪大了，记忆力减退，不过还好，至少我把故事从头到尾讲完了。是的，讲完，可能别人会觉得这是一件很容易的事情，但于我而言却极其不容易。一年多的时间沉浸在网游的世界，不曾动笔书写任何文字，更何况还要构架一个无中生有的故事。

我承认自己不是个善于说故事的人，但要感谢天津人民出版社的霍小青编辑，是他的悉心指导才让我有毅力和决心对稿子进行大篇幅修改。我接触过很多编辑，能像他一样对我的作品提出具体的修改意见和建议的少之又少，大多数编辑也就是随便敷衍几句，然后很多事就不了了之了。

有时候觉得自己是个挺幸运的人，总是遇到一些对自己影响深刻的人。于是又想起了那句话，我们要时刻怀着一颗感恩的心。倘若本书能够顺利出版，我最想感谢的便是榕树下，若非得到榕树编辑的信任和肯定，或许《血旗袍》早就被我放弃了，也不会坚持将它写完。

《血旗袍》里男女主角以及其他人物涉及的关系比较复杂，三言两语也说不清道不明，只有看到最后你才会知道凶手是谁。小说的结尾我想了很久，也设计了不同的版本，最后还是选了自己觉得最合适却并非是最温暖的一个。我不知道为什么还会留恋那种暗淡无光的东西，人总是要有幻想和希望的，可我却截然相反，也许是天性使然。

前段时间重新看了几篇以前写的文章，忽然发现那时的文字真的很幼稚，而且感情天真得连自己都觉得可笑。我曾试图说服某网站的编辑，让他帮我把文章删了，但最终还是被拒绝了。这让我着实郁闷，不过后来想想也没必要，就当是给自己的教训。

《血旗袍》里没有华丽的辞藻，我没有办法再去用以前那种写作方式去写一部惊悚小说，或者说我已不会再用一打的虚空词语堆积成毫无意义的句子。它平实、质朴得就像农民身上的布衣，没有炫目华贵的坠饰，但它是有血有肉的。

有人问我这两年有没有遇到或者喜欢上什么人，我真不知道该怎么回答。倘若说欣赏，我确实有一个欣赏的对象，她很安静，不爱说话，和周围的人与众不同；可那种欣赏能算爱吗？我必须弄明白一些事情才敢下定论。就像我很欣赏张悦然、杨幂和刘诗诗一样，那是不能算爱的。

值得庆幸的是，忙于写这本小说让我暂时不必去考虑那些遥远的事情，让我暂时地享受着自己一个人的生活。无拘无束的单身生活。

爱情本就是可遇不可求的，一切顺其自然便好。至于曾经被我拒绝过的人，我只能说声抱歉，虽然我不是什么好人，但也没必要去欺骗别人的感情，因为我知道被欺骗的感觉，比不爱更让人痛心。肉体的伤是可以愈合的，而灵魂的伤或许一辈子也无法痊愈。

然后我开始明白“宁可被你误解，也不愿你了解”的含义，如果一个不了解你的人误解你，你可以原谅他，但如果是一个了解你的人误解你，那么是无法原谅的。因而宁愿被误解也不愿被了解是一种怎样的矛盾和纠结呢?！若是爱一个人就请不要伤害他，因为人这一生真爱就只有一次。一旦伤害造成就会在他的生命里留下阴霾。带着伤的爱是如何都不完整的。

一个人的单身生活也没有想象中那么可怕，至少轻松自由，而且忙碌的生活也让我忘记了自己的孤独。

有时候我也在想，生于80后的我们是不是真的已经老了，因为我们都在拼命地梳理回忆。我真的很想去记起年少时的一些事情，却突然发现自己早已忘了那些曾经。如果可以，我也想像王皓一样用相机定格生活的每一个瞬间。然而我始终不是王皓，也没有那部可以记录生活的相机。

两年前，我亲手埋葬了自己，然后等待着某一天可以遇到一个女人经过我的坟前，为我送上一束花，将我从冰冷的地底唤醒，我会带着我完完整整的爱情向她走去……